KB110895

부마항쟁 다큐소설

시월, 청년이 온다

시월, 청년이 온다

발행일   2022년 2월 14일

지은이   정광민
펴낸이   정광민
펴낸곳   현대사리뷰
출판등록   2017년 9월 27일(제2017-000010호)
이메일   1979siwol@gmail.com
전화번호   051-966-1016   **팩스**   051-966-1016

ISBN   979-11-977824-0-4 03810 (종이책)   979-11-977824-1-1 05810 (전자책)

부마항쟁 다큐소설

시월, 청년이 온다

이제, 진실을 말하려고 합니다

정광민 지음

현대사
리뷰

작가의 말

개인적 체험으로 말한다면 '나의 현대사'는 1979년 10월 16일로부터 시작되었다. 그날 부산대 학생들은 하늘을 찌를 듯한 기세로 독재타도를 외쳤다. 이 시위는 부산·마산의 시민항쟁으로 번졌다. 40년의 세월이 흐른 2019년, 이날은 부마민주항쟁 국가기념일로 지정되었다

지난 세월 동안 많은 일이 있었다. 60대 중반의 나이가 되어서 스스로를 돌아보는 일이 자주 있다. 행운보다는 불행이 더 많았다. 무명의 용사가 민주화를 외치면서 '역사'에 도전했던 후과가 결코 가볍지 않았다.

내가 겪은 삶은 신산했다. 부마항쟁으로 두 번의 옥살이를 했는데 이미 지난 일이 되었다. 내 몸속에 가시가 박힌 것은 그 후였다. 나는 한시도 편하지 않았다. 원인을 생각해 보면 그것은 알려지지 않은 사건과 관련된 것이었다. 나는 젊은 날 부산의 반제청년동맹에 관계했다. 조직 생활은 오래 가지 않았지만 고통스러운 체험이었다.

이 글은 내 몸에 박힌 가시를 뽑기 위한 작업의 일환이다. 나는 누구를 원망하기 위해 글을 쓰지 않았다. 내가 걸어왔던 길을 돌아보고 성찰하고자 했다. 가장 큰 문제는 과거의 드러나지 않은 사건을 어떻게 이야기할 것

인가 하는 것이었다. 고민 끝에 착안한 것은 다큐소설적 방법이었다.

글쓰기에 참고가 된 것은 이병주 선생의 『그해 5월』이었다. 히가시노 게이고의 『나미야 잡화점의 기적』도 빼놓을 수가 없다. 이병주 선생으로부터는 다큐적인 역사서술의 기법을, 히가시노 게이고로부터는 추리적 기법을 배웠다. 이 글이 얼마만큼의 성과가 있는지는 자신이 없다. 서툴더라도 역사의 진실을 말하고 싶었다. 작가의 진심은 이것이다.

책을 내는 데는 적지 않은 분들의 도움이 있었다. 지금은 이름을 밝힐 수 없지만 ㄴ 선생은 초고를 읽고 수정·보완의 방향을 말씀해 주셨다. 부마항쟁의 동지 ㅈ 씨는 집필 기간 내내 관심을 가지고 성원해 주었다. ㄱ과 ㅅ, 그리고 가까운 벗들은 고투苦鬪하는 긴 시간을 지켜보았다. 이 자리를 빌려서 감사의 뜻을 표하고 싶다.

2022년 1월

정광민

목차

제2부 벌교, 만절필동, 토착왜구

제3부 고백: 반제청년동맹

제1부

괴편지:
신영복의
비석

괴편지: 신영복의 비석

　동준은 라면과 햇반으로 점심을 때우고 나서 3층 사무실을 나섰다. 2층은 미용실인데 똥머리를 한 주인아줌마가 마스크를 끼고 손님의 머리를 손질하고 있었다. 1층 입구에 내려서자 3층이라고 쓰인 작은 우편함에 편지 봉투가 하나 꽂혀 있었다. 동준은 봉투를 꺼내 볼까 하다가 그대로 두었다. 나중에 돌아와서 가져갈 생각을 하고는 1층 출입문을 밀고 바깥으로 나왔다.

　사무실이 있는 건물에서 여남은 걸음만 가면 아름다운가게였다. 이 동네로 이사를 올 때만 해도 가게는 없었다. 가게가 들어선 건 일 년 전쯤이었다. 이상하게도 가게를 지나칠 때마다 박원순이 생각났다. 지금 박원순은 없다. 아름다운가게를 이용하는 사람들도 줄어든 것 같다. 허망하다. 박원순은 왜 그랬을까. '피해 호소인'이란 말도 생각났다. 이런 생각도 잠시. 가게를 지나고 헌옷집을 지나 횡단보도 앞에 섰다. 길을 건너면 바로 온천천 진입로였다.

　엊그제 대한大寒이 지나고 날씨가 풀려서 그런지 온천천 산책로에는 사람들이 많았다. 동준은 부산대역에서 출발해서 명륜역까지 가서 돌아오는 코스를 가끔 걷는다. 왕복 4킬로미터는 되는 거린데 점심

식사 후의 가벼운 운동으로는 제격이었다.

동준은 넓은 보폭으로 빨리 걸었다. 어디선가 본 기억이 있는데 이렇게 걷는 것이 운동 효과가 있다고 했다. 10분 정도 걸었는데 약간 숨이 찼다. 숨 쉴 때마다 마스크도 펄럭펄럭 거렸다. 안경에도 김이 서렸다. 동준은 걷는 속도를 늦추고 마스크를 코 아래로 살짝 내렸다.

그때 휴대폰의 벨소리가 울렸다. 윤우일이었다.

"동준아. 지금 어데고?"

"온천천 산책 중."

"나는 지금 사무실 앞인데…."

"그래? 사무실에 들어가 있어라. 비번 알제?"

"도어록이 새거로 바뀌었네."

"아, 맞다. 문자로 보내 줄게."

동준은 우일에게 새 도어록의 비번을 보냈다. 그러고는 빠른 걸음으로 걸었다. 걷기는 평소보다 일찍 끝났다. 건물 입구에 들어섰는데 편지 봉투가 사라지고 없다. 우일이 챙겼나. 그러면서 사무실로 올라갔다. 우일은 회의 탁자에 앉아서 우편물을 흔들어 보였다.

"그 머꼬? 한번 열어 봐라."

"발신자도 수신자도 없네."

"아, 그래?"

우일은 탁자 위에 있는 작은 가위로 흰 편지 봉투를 개봉했다. 봉투 안에는 복사물이 한 장 들어 있있다. 부산내에 새겨진 신영복 글씨의 의미. 인터넷 신문 기사인데, 제목이 있는 첫 페이지만 달랑 복사해서 넣었다.

"누가 이런 걸 보냈을꼬."

"글쎄다."

"신영복은 주사파 심일성쭈의사 아이가?"

"일단 출처부터 알아보자."

동준은 탁자 위에 있는 노트북에서 복사물의 출처를 찾았다. 10·16(십일육) 관련 기사였다. 부산대에 새겨진 신영복의 글씨란 부마항쟁 발원지 표지석 글을 가리키는 것이었다.

> 옛 도서관 자리에는 부마항쟁이 시작된 곳이라는 표지석이 서 있다. 1999년 10월 16일 세운 표지석에는 이 자리에 서린 역사적 의미가 새겨져 있다. 신영복 선생의 글씨다.
> "유신철폐 독재타도 민주주의 신새벽 여기서 시작하다."[1]

부마항쟁 표지석은 동준도 여러 번 가서 봤던 것이었다. 표지석의 비문이 신영복의 글씨라는 것도 알고 있는 사실이었다. 동준은 이 표지석을 볼 때마다 불편했다. 부마항쟁의 발원지는 구舊도서관 자리가 아니었다. 10월 16일 부마항쟁은 부산상대 학생들의 시위로부터 시작되었다. 부산상대생의 시위는 인문사회관과 부산상대 건물에서 시작되었다. 부마항쟁 발원지 표지석이라고 하면 당연히 거기에 있어야 했다. 신영복에 대해서는 잘 몰랐고 관심도 없었다. 다만 왜 신영복인가 하는 의문은 늘 있었다.

그런데…. 신영복의 글씨를 통해 10·16의 역사적 의미를 새긴다고….

동준은 쓸쓸했다.

"그때 앞장섰던 학우들은 어디 가고 신영복의 비문만 남았군."

동준이 노트북 모니터를 보면서 혼잣말처럼 이야기했다.

"민주주의 신새벽이란 무엇일까. 신영복은 생전에 10·16을 어떻게 평가했을까. 10·16은 자유를 위한 투쟁이었는데 말이야."

우일이도 옆에서 거들었다. 동준은,

"나도 그래."

했고. 우일은,

"그런데 동준아. 기사의 내용은 평범하지 않나?"

하고 물었다.

"신영복이 그 자리를 차지하고 있다는 게 특별한 거지."

"괴편지의 '주체'는 무슨 의도로 이런 걸 투함했을까?"

"괴편지?"

"그럼. 이상한 편지지. 발신자가 누군지 모른다는 점, 그리고 편지의 내용물이 자신들의 주장을 직접 표현한 것이 아니라 기사를 통해 간접적으로 전달하고 있다는 점이…."

3인의 회동

동준은 노트북을 켜고 인터넷에서 신영복 관련 자료를 찾았다. 위키백과사전에 「통일혁명당 사건」이라는 제목의 글이 있었다. 위키는 사건의 개요를 다음과 같이 정리하고 있다.

통일혁명당은 김종태가 월북해 조선민주주의인민공화국의 지령·자금을 받고 결성된 혁명 조직이었다. 통혁당은 중앙당인 조선로동당의 지시를 받는 지하당이었다. 주범 김종태·김질락·이문규는 월북해 조선로동당에 입당했고, 당원 이진영·오병헌은 1968년 4월 22일 월북해 교육을 받던 중 1968년 6월 말 통혁당 사건이 터지자 북한에 머물렀다.

이 사건으로 김종태, 이문규, 김질락이 사형을 선고받았다. 서울대학교 경제학과를 졸업한 후 육군사관학교에서 교관을 하다가, 구속되었던 신영복은 1심과 2심에서 사형, 대법원에서 무기징역을 선고 받았다. (⋯) 최종태가 사형을 당하자 김일성은 그에게 영웅 칭호를 수여하고, 해주사범학교를 김종태사범학교로 개칭하였다.

또 다른 인터넷 백과사전인 나무위키에는 이런 글이 실려 있다.

1964년 3월 15일. 역사적인 날이 밝아 오고 있었다. (…) 약속장
소에 와서 보니 이미 김질락, 이문규 동지가 와 있었다. 신영복 동
지가 들어오면서 분위기는 전보다도 훨씬 고조됐다.

그러면 전원 모이셨습니다. 민족의 태양 김일성 장군께서 교시하
신 주체의 당 창건 방침을 받들고, 그 사이 동지들께서 필사의 노
력으로 분투하신 결과 오늘로서 우리는 '통일혁명당 창당준비위원
회'의 결성을 보게 됐습니다.

어디까지나 우리 당이 민족의 태양, 김일성 장군의 혁명사상을
구현하기 위한 한국혁명의 전위당인 만큼 당원과 각계의 애국민중
을 하나의 혁명전선으로 결속해야 할 것이라는 정치활동의 목표로
부터 출발해 우리 당 기관지를 '혁명전선'이라고 하면 어떤가 하고
생각합니다.

전원이 찬성했다. (…) 철필로 긁은 등사판으로 인쇄된 수십 부밖
에 안 되는 신문이었지만 한국에서 발간된 최초의 김일성주의 출
판물에 접했던 순간, 편집위원 전원의 눈이 잠시 뜨겁게 빛났다.

우리들은 이 힘 있는 정치선전 수단으로 보다 많은 김일성주의
자를 육성하고 각계각층 애국민중을 하나의 혁명전선, 통일혁명의
깃발 아래 강고하게 결집시키도록 합시다.

— 통일혁명당 기관지 『혁명전선』 중에서

위의 두 자료에 의하면 통일혁명당은 김일성의 교시를 받들고 조선

로동당의 지도를 받는 남조선의 지하 혁명조직이었다. 신영복은 통혁당 창당준비위원회 결성식에 참여했다. 적어도 이 자료만을 놓고 본다면 신영복도 김일성주의자였다고 단정해도 무리는 없을 듯싶다.

'동준아. 오고 있나? 영호도 도착.'

우일이 카톡으로 메시지를 보냈다. 며칠 전 우일로부터 소주나 한잔하자는 연락을 받고 사무실 부근 도야지 국밥집에서 만나기로 약속을 했었다. 우일은 대학 졸업 후 은행을 다니다가 10년 전에 명퇴를 했다. 그 후 10·16관련자 모임을 만드는 데 힘을 보탰고 지금은 이 모임의 핵심 멤버로 활동하고 있었다. 영호는 몇 년 전 어느 중소기업에서 정년퇴임을 했다. 시간이 나면 한 번씩 모임에 얼굴을 내밀었다. 우일은 자주 보지만 영호는 뜸한 편인데 세 사람이 한자리에 모이는 건 드문 일이었다.

국밥집은 사무실에서 걸어서 5분 거리에 있었다. 저녁 식사시간이어서 그런지 손님들이 많았다. 우일이와 영호는 입구 쪽에 자리를 잡고 있었다. 동준은 둘을 보고,

"오랜만이다. 잘 지냈제."

하고 인사를 건넸다. 영호는,

"동준이 니는 살이 좀 찐 거 같네."

하고 말했다. 동준은,

"그런가. 다 코로나 때문이다. 하하."

하면서,

"영호는 어째 지내노."

하고 물었다. 영호는,

"나는 별일 없다. 시간 나면 도서관에 가고…."

라고 답했고. 그때, 일하는 아줌마가 국밥을 사각 쟁반에 담아 왔다. 얼큰한 돼지국밥을 안주 삼아 소주를 한잔 걸치고 나서 우일이 먼저 이야기를 꺼냈다.

"괴편지 말인데. 신영복 기사를 복사해서 보낸 이유가 멀꼬?"

"전혀 감이 안 잡히는데…."

"동준이는 자료를 좀 찾아봤나."

"글쎄다. 위키나 나무위키에 자료가 있긴 한데…."

영호가 국밥을 한술 뜨고는 말했다.

"느그들하고 약속이 잡히고 나서 도서관에서 신영복의 자료를 찾아봤는데 『담론』이라는 책이 있는 거는 알제? 이 책을 보니까 신영복은 김일성주의자가 아니라는 생각이 들더만."

"근거가 머꼬?"

"김일성주의자라면 김일성을 찬양하고 숭배해야 할긴데. 그런 기 없어."

"헛. 대중강연에서 그런 말이야 했을까마는."

"신영복은 복잡한 사람이야. 어느 하나를 딱 집어서 이거다 하고 말하기는 어려워."

세 사람은 식사 후 아메리카노를 사늘고 사무실로 왔다.

"올해도 기념사업은 할끼제."

우일이 벽면의 사각 선반에 꽂힌 책을 보면서 지나가는 말투로 물었다. 선반에는 『다시 시월 1979』가 있었다. 40주년 기념사업으로 나온 책이었다.

"전시회도 하고 시민강좌도 하고. 근데 요즘 같아서는…. 뻔한 기념사업보다는 실제적인 문제를 다루는 게 필요하지 않을까."

동준이 아메리카노를 홀짝이면서 답했다. 우일은,

"신영복 문제도 좋은 소재지. '부마항쟁 기념사업과 신영복', 이런 주제로 토론회도 있을 수 있지 않겠나."

라고 말했다. 동준은,

"이야기가 나온 김에 이렇게 해 보자구. 우리 세 사람이 3인 톡방을 개설하고, 괴편지 문제를 공유하고 의견을 나누자는 거지."

하고 제안을 했다. 영호도 우일이도 그렇게 하자고 했다.

민주제 對 군주제

'오늘 공부 모임. 저녁 6시 30분. 이스또리아 사무실.'

동준은 옥지영 선생으로부터 공부 모임을 알리는 카톡을 받았다. 공부 모임은 옥 선생이 좌장이었다. 옥 선생은 현업이 사설탐정이다. 국회에서 신용정보법이 개정되면서 탐정사무소가 하나둘 생겨났는데 옥 선생도 얼마 전에 탐정사무소를 차렸다. 사무실은 부산대역에서 가까운 장전동 주택가의 허름한 주택 1층을 임대해서 쓰고 있었다. 옥 선생은 탐정사무소 명칭을 '이스또리아'라 지었다. 역사를 뜻하는 히스토리history는 고대 그리스어 'ἱστορία'가 어원인데 히스또리아 또는 이스또리아로 발음하기도 한다. 고대 그리스의 이스또리아를 탐정 사무소의 명칭으로 정한 데는 그만한 이유가 있었다.

옥 선생의 커리어는 특이했다. 그녀는 고려대 사학과에서 서양사를 공부하다가 그리스 테살로니키 아리스토텔레스 대학에 유학을 가서 역사고고학 연구로 박사학위를 취득했다. 한국에서 그리스 고대사를 전공하고 그리스에서 박사학위를 받은 연구자는 아주 드물었다. 그녀의 전공은 희소성이 있었다. 그녀는 여러 대학에서 강의를 했고 나중에는 부산의 한 사립대의 전임 교수가 되었다. 그녀는 그리스 연구에

전념하면서 수십 권의 저서와 역서를 냈고, 그리스 전문가로서 명성
이 자자했다. 그런 사람이 정년 후 어느 날 탐정사무소를 연 것이다.

옥 선생은 헤로도토스의 『역사』를 최고의 역사서로 평가하는데,
『역사』의 원제가 '이스또리아이'였다. 이스또리아이는 이스또리아의
복수형이다. 고대 그리스에서 이스또리아는 탐구, 혹은 탐구를 통해
얻은 지식, 탐구 결과에 대한 서술이라는 뜻을 지닌 말이었다. 그러니
까 헤로도토스에 있어서 역사의 의미는 과거에 있었던 미지의 사건의
전모를 밝히고 그것의 원인을 규명하려는 탐구 작업이었던 것이다.[2]
이스또리아는 탐정사무소의 이름으로도 절묘했다. 미지의 사건의 전
모를 밝히고 그 원인을 밝히는 것은 탐정의 소임이기도 했다.

동준은 일찍 사무실을 나섰다. 이스또리아는 관련자 모임 사무실
에서 걸어서 10분 거리에 있었다. 부산대역 1번 출구 쪽으로 걸어가
면 젊음의 거리가 나온다. 대학 주변의 흔한 상가들로 죽 이어지는 거
리였다. 편의점, 커피숍, 미용실, 옷 가게, 떡볶이집, 맥도날드, 중국집,
한식집, 핸드폰 대리점, 치킨집 등등. 이런 게 청년을 특징짓는 것은
아니지 않을까. 젊음의 거리라고 한다면 무엇인가 청년적인 것이 있어
야 하는데. 어디에도 그런 것은 없었다. 그런데 생각해 보면 특징이
없지는 않았다. 42년 전 부산대 학생들이 "독재타도"를 외치면서 교외
로 진출했는데, 그 첫 번째 통과지점이 이 거리였다. 사람들의 역사에
대한 무지, 무관심이 문제였다. 부산대 신정문과 구정문 부근의 골목
길은 역사적 가치가 충분히 있다. 이 거리를 '10·16 거리'로 부르면 어
떨까. 동준은 이런 생각을 하면서 좁은 골목길로 들어섰다. 크고 작

은 빌딩 사이에 20, 30년 된 낡은 단독주택이 여남은 채 올망졸망 모인 동네가 있었다. 그중에서도 1, 2층 외벽이 새하얗게 칠해진 집이 단연 눈에 띠었다. 1층 입구에는 하얀 바탕에 지중해 블루 색의 이스 또리아가 한 자 한 자 새겨진 작은 현판이 걸려 있었다.

문을 밀고 들어서자 옥 선생은 컴퓨터 앞에 앉아서 뭔가 작업을 하고 있었다. 옥 선생은 동준을 보자 얼굴에 웃음기를 띠고 반갑게 맞이했다.

"어서 와요."

옥 선생은 60이 넘은 나이인데 얼굴에 주름살 하나 없고 단정한 외모를 하고 있었다. 키는 크지도 작지도 않았고, 몸매는 가녀렸다. 독신이어서 그런지 모르지만, 노년의 분위기는 전혀 없었다. 언제나 활기가 넘쳤다.

"아이고. 선생님. 반갑습니다. 하하."

동준도 웃으면서 옥 선생과 인사를 나누었다.

"요새 알바를 다닌다면서요."

"아, 어떻게 아십니까."

"다 아는 수가 있다 카이."

옥 선생은 대구 출신인데 일부러 대구 말을 표 나게 말할 때가 있었다. 두 사람은 상담실의 긴 탁자를 두고 마주 보고 앉았다.

그때 우일이 사무실로 들어섰다. 몇 분 뒤 진승일 변호사와 추순실 기자가 잇달아 도칙했다. 공부 모임의 멤버가 모두 참석했다. 공부 모임은 관련 도서를 정하고 각자 순서를 정해서 발제를 하는 방식인데 그날은 진 변호사가 발제자였다. 발제 도서는 헤로도토스의 『역사』

제3권이었다.

"모두 오셨네요. 코로나로 힘든 시긴데…. 나들 건강하게 지내셨죠. 여러분을 뵈니 힘이 납니다. 『역사』 제3권은 민주제, 과두제, 군주제를 둘러싼 논쟁이 기록되어 있습니다. 이 부분은 고대 그리스에서의 민주주의 개념의 탄생과 밀접한 관련이 있습니다. 흥미진진한 주제입니다. 그럼, 진 변호사의 발제를 들어 볼까요."

옥 선생의 간단한 인사말이 끝나자 진 변호사는 미리 준비한 발제문을 배포했다.

"방금 옥 선생님도 말씀하셨습니다만, 헤로도토스의 『역사』 제3권 80절에서 84절까지는 폭군 캄퓌세스를 몰아내고 일곱 명의 페르시아 귀족들이 향후 페르시아의 정치체제를 어떻게 할 것인가를 두고서 논쟁하는 장면이 담겨 있습니다. 가장 먼저 입장을 표명한 사람은 오타네스였습니다. 그는 군주제를 반대하고 민주제를 주장했습니다."

이제 더 이상 우리들 가운데 한 사람이 독재자가 되어서는 안 된다는 것이 내 신념이오. 독재정치란 즐거운 것도 아니고 좋은 것도 아니기 때문이오. 캄뷔세스의 횡포가 얼마나 심했는지 여러분들도 알고 있을 것이며, 마고스의 횡포도 여러분들은 겪어 보았소이다. 아무 책임도 지지 않고 무엇이든 마음대로 할 수 있는 독재정치를 어찌 좋은 제도라 할 수 있겠소? 세상에서 가장 훌륭한 인물이라도 일단 독재자가 되고 나면 평상시의 사고방식에 벗어나기 마련이오. 독재자의 두 가지 악덕은 시기심과 교만인데, 교만은 그가 가진 지나친 부와 권력으로 말미암아 생기고 시기심은 인간의 타고난 본성이오. 이 두 가지 악덕은 모든 악의 뿌리니, 그가 저지르는 모든 악행은 교만과 시기심에서 생겨나기 때문이오. 독재자는 원하는 것을 다 갖고 있어 시기심이 없을 것이라고 여러분들은 생각할지 모르지만, 신하들에 대한 그의 태도는 여러분들의 예상과는 정면으로 배치되오. 독재자는 백성들 중 가장 훌륭한 자들이 살아 있는 것을 시기하고 가장 열등한 자들이 살아 있는 것은 좋아하며 모함에는 누구보다도 귀를 잘 귀울이지요. 그는 누구보다도 상대하기 어려운 사람이오. 그를 적당히 찬양하면 충분히 찬양하지 않는다고 역정을 내고 지나치게 찬양하면 아첨꾼이라고 역정을 내니 말이오. 그러나 독재정치의 가장 큰 문제점은 아직 말하지 않았는데, 그것은 독재자는 조상 전래의 규범을 철폐하고, 여인을 겁탈하며, 재판 없이도 사람을 죽인다는 것이오. 그러나 민중정치는 첫째, 법 앞에 만인이 평등하니 그 이름부터 가장 좋고 둘째, 독재자가 하는 못된 짓을 하나도 하지 않소. 민중정치에서 관리들은 추첨으로 선출되고 직무에 책임을 지며 모든 안건이 민회에 제출되오. 그래서 나는 우리가 독재정치를 철폐하고 민중의 힘을 늘리기기를 제의하오. 국가는 민중에게 달려 있기 때문이오.[3]

메가뷔조스는 오타네스를 반박하고 과두정을 옹호했습니다.

독재정치를 철폐해야 한다고 말한 오타네스의 의견에는 나도 동감이오. 그러나 민중에게 정권을 맡겨야 한다는 그의 주장은 최선의 판단이라 할 수 없소이다. 아무 쓸모 없는 군중보다 더 어리석고 교만한 것은 아무것도 없기 때문이오. 독재자의 교만을 피하려다 절제 없는 민중의 손아귀에 틀어산나는 것은 도저히 용납할 수 없는 일이오. 독재자는 무엇을 할 때 알고 하지만 민중은 알지를 못하오. 훌륭한 것이 무엇인지 배운 적도 없고 타고난 감각도 없는데 알 턱이 없지요. 그들은 겨울철에 불어난 강물처럼 맹목적으로 정치에 뛰어들어 좌충우돌할 뿐이오. 페르시아인들에게 악의를 품고 있는 자들만이 민중정치에 찬성하시오. 우리는 가장 훌륭한 자들의 단체를 선발하여 그들에게 정권을 맡길 것이오. 물론 그들 속에는 우리도 포함될 것이오. 가장 훌륭한 자들에게서 가장 훌륭한 의견이 나온다는 것은 당연할 일일 것이오.[4]

세 번째로 다레이오스가 발언에 나서 앞의 두 사람을 논박하고 군주제가 최선의 체제라고 주장합니다.

나는 메가뷔조스가 민중에 관해 말한 것은 옳다고 생각하지만, 과두정치에 관해 말한 것은 옳지 않다고 생각하오. 우리가 논의를 위해 문제의 세 정체政體들, 즉 민주제와 과두제와 군주제가 최선의 상태에 있다고 가정한다면 나는 군주제가 월등히 우수하다고 단언하오. 가장 탁월한 한 사람에 의한 지배보다 더 나은 것은 분명 없기 때문이오. (…) 과두제에서는 격심한 개인적 반목이 생겨나기 십상이오. 저마다 우두머리가 되고 싶어 하고 자신의 의견이 관철되기를 원하기 때문이오. 그렇게 되면 그들은 서로 심하게 반목하게 되어 파쟁이 생겨나게 되고, 파쟁은 유혈사태로 유혈사태는 결국 도로 군주제로 이어지기 마련이오. 이것만 보아도 군주제가 최선의 정체라는 것을 알 수 있오. 그러나 민중이 지배하면 국가에 부패가 만연할 수밖에 없는데 부패한 자들은 서로 반목하기보다는 서로 형제가 되기 십상이오. 그들은 국가를 약탈하기로 결탁하기 때문이오. 그런 행위는 누군가 민중의 지도자로 부상하여 그들의 부패 행각에 종지부를 찍을 때까지 계속되오. 그 결과 그는 민중에게 찬양받게 되고 찬양받다 보면 결국 군주가 되기 마련이오. 이 또한 군주제가 최선의 정체라는 증거요. 한마디로 우리의 자유는 어디서 났으며 누가 우리에게 자유를 주었지요? 민중인가요 과두제인가요, 아니면 군주인가요? 우리는 한 사람에 의해 자유를 획득했던 만큼 한 사람을 통해 자유를 견지해야 한다는 것이 내 생각이오. 그밖에도 우리는 조상 전래의 건전한 관습들을 폐지해서는 안 되오. 그것은 우리에게도 도움이 되지 못하오.5)

"이러한 세 가지 의견을 놓고 일곱 명의 귀족들이 갑론을박했습니다만. 결국 네 명이 다레이오스의 주장에 동조하고 군주제를 실시하는 것으로 결론이 났습니다.

저의 소감은…. 2,500년 전 페르시아에서 이와 같은 이상정부를 둘러싼 논쟁이 있었다는 것이 놀랍습니다. 그러면서도 페르시아에서 민주제에 관한 논의가 있었는가 하는 것은 의문입니다. 이 논쟁을 보고 저에게 드는 생각은 이렇습니다. 옥 선생님도 서두에서 말씀하셨습니다만 오타네스는 민주제를 지지한 것으로 알려져 있지요. 천병희 교수는 '플레토스plethos'를 '민중정치'로 번역했습니다. 플레토스란 원래 '다수'를 의미한다고 하는데, 음… 민중이라 번역해도 크게 무리는 없어 보입니다. 다만 오타네스는 연설에서 민중을 뜻하는 '데모스'란 말을 사용하지는 않았다는 것을 확인하고 넘어갔으면 합니다. 참고로 김봉철 교수는 '다수의 통치'로 번역했습니다. 오타네스는 민중정치를 정당화하는 제일의 근거로서 이소노미아를 들었습니다. 이소노미아는 평등을 뜻하는 'iso'와 법을 뜻하는 'nomos'가 합쳐진 것인데 '법 앞의 평등'을 의미하는 그리스어입니다. 여러 논자들은 이소노미아는 민주주의와 같은 뜻으로 쓰였다고 합니다. 어떤 논자들은 이소노미아와 민주주의를 구분하기도 합니다. 한나 아렌트는 이소노미아를 '무지배no rule'로 번역했습니다. 민주주의는 '데모크라시', 즉 '민중(데모스)의 지배(크라시)'이므로 지배의 한 형태이지만, 이소노미아에는 크라시가 없다, 즉 지배의 관념이 완전히 결여된 것이다, 이런 얘기지요. 지배와 피지배가 분화되지 않고 자유롭고 평등한 상태가 '이소노미아'란 겁니다."

"우선 말입니다. 페르시아에서 민주제를 포함한 이상정부 논쟁이 있었던가 하는 문제인데요."

옥 선생이 진 변호사의 이야기에 끼어들었다.

"여러 역사학자들이 이야기하고 있습니다만, 이상정부 논쟁은 실제 페르시아에서 일어난 논쟁은 아닙니다. 아무래도 당대의 헬라스인들의 논의가 투영된 것이라고 봐야지요. 그러니까 세 사람의 페르시아 귀족의 연설 내용은 당시 고대 그리스에서 있었던 이야기들을 헤로도토스가 요약해서 정리한 것이라고 할 수 있지요."

"이소노미아의 의미는…. 천병희 교수는 '법 앞의 만인의 평등'이라 번역했습니다만…. 헤로도토스는 이소노미아를 '민주정치'라는 뜻으로 사용하기도 했습니다. 한나 아렌트나 가라타니 고진 같은 사람은 다르게 이해하지요. 이들은 '민주정은 아테네에서 시작되고 다른 폴리스로 확대된 것이 아니다. 그것은 본래 이오니아에서 시작된 원리에서 기초하고 있다. 그것은 민주주의가 아니라 이소노미아라 불리는 것이었다.'라고 주장합니다. 따라서 이들은 민주주의의 뿌리에 해당하는 개념으로서 이소노미아를 위치 짓고 있습니다."

진 변호사는 민주제를 부정하는 논의들의 역사적 배경을 물었다.

"군주제를 지지한 다레이오스는 그렇다고 치더라도 과두제를 옹호한 메가뷔조스 또한 민주제를 굉장히 부정적으로 묘사하고 있는데요. 민중 혹은 민중정치의 문제가 광범하게 노정되고 있었다고 보는 것이 올바른 역사적 사실 인식이 아닐까요."

그는 부산대 경제학과 79학번이다. 대학 졸업 후 잠시 직장 생활을 하다가 그만두고 사법고시 공부를 했는데 3년 만에 합격을 했다. 부산대 경제학과 출신으로서는 드문 케이스였다. 진 변호사는 대학 1학년 때 부마항쟁을 체험했는데, 10·16 세대로서 민주화에 대해 유달리 자부심이 강한 사람이었다. 그렇지만 박정희 평가에 대해서는 운동권 주류와는 정서가 달랐다. 박정희의 독재는 잘못되었지만 경제발전에 있어서 박정희의 공로는 정당하게 평가해야 된다. 이른바 공칠과삼론이 그의 지론이었다. 그는 개인의 '자유'를 중시했고, 운동권에 만연한 전체주의적 사고에 대해서는 분명하게 선을 그었다.

토론자로서 제일 먼저 추순실 기자가 발언에 나섰다.

"고대 그리스의 민중정치를 보면 긍정과 부정의 양면이 있었던 게 아닌가 생각합니다. 다수가 법 앞에 평등하고 관직은 추첨에 의해 결정되며 모든 문제가 민회에 제출된다고 하는 것은 민주주의의 긍정적인 면이지 않을까요. 민중정치의 부정적인 측면도 있었습니다. 중우정치로 흐를 위험성은 상존하지요. 결탁의 문제라든가 부패의 요소도 내적으로 존재하고요."

그녀는 동아대 정외과를 나왔는데, 부산에서 인터넷 신문『민주부산』을 창간하고 발행인 겸 편집장을 맡고 있다. 추 기자는 지역의 정경유착과 개발 비리를 파고드는 기사를 많이 썼고, 그러면서 친노, 친문 인사들과 폭넓은 인맥을 형성했다.

다음은 우일이 이야기를 시작했는데 논쟁적인 이슈를 제기했다.

"저는 현실적인 문제를 이야기하고 싶은데요. 이상정부 논쟁을 보니까 오늘의 남북문제가 생각납니다. 헤로도토스의 언어로 말하자면 남은 민주제이고 북은 군주제입니다. 군주제는 군주젠데 보통의 군주제가 아니고 전체주의적 군주제지요. 개인의 생각까지도 통제를 하니깐. 남북은 정치제제가 너무나 이질적입니다. 남북의 통일 방안으로 연방제 이야기가 나온 지 오래되었지요. 김일성이 고려연방제를 말했고 그 후 낮은 단계 연방제가 나왔는데…. 문재인은 낮은 단계 연방제를 지지한다고 했지요. 그런데 낮은 단계든 높은 단계든 민주제와 군주제가 연방을 한다는 게 과연 가능한 일입니까."

"남한이 민주제라는 건 이해가 되는데…. 북한이 군주제라는 거는 어떤 근거로 그렇게 이야기하는 거예요?"

옥 선생이 굳은 표정으로 물었다.

"아⋯. 정말 몰라서 묻는 겁니까."

"네에."

옥 선생은 눈을 동그랗게 뜨고서는 우일을 쳐다봤다. 옥 선생은 서양사를 전공해서 그런지 북한문제에 대한 역사 인식은 빈약했다.

"북에서 넘어온 어느 인사는 김일성 족속이라는 표현을 쓰고 있던데요. 김일성에서 김정일 그리고 김정은으로 이어지는 김씨 3대 세습을 보시고도 그런 말씀을 하십니까. 그리고 오타네스가 말한 군주제의 세 가지 표식에 비추어 봐도 김씨 정권은 영락없는 군주제입니다. 재판도 없이 사람을 처형하는 일은 비일비재하지요."

옥 선생은 특별히 대꾸를 하지 않았다. 우일은 계속 말을 이어 갔다.

"남북관계가 순탄하지 못한 이유를 외부적 요인에서 찾는 사람들이 있는데요. 이를테면 미국의 對 조선 압박정책, 봉쇄정책 탓이라는 거지요. 김씨 세습정권의 오래된 거짓말입니다. 그 보다는 이질적인 정치제제가 근본적인 문젭니다. 남한의 민주제와 북한의 군주제는 끊임없이 경합하는 관계에 있지요. 북한의 빈곤문제는 따지고 보면 군주제에서 비롯된 겁니다. 대량의 탈북자 문제가 왜 생겼습니까. 남북관계의 긴장도 군주제에서 오는 요인이 큽니다. 미국을 몰아내고 평화를 어쩌고 하는 사람들 말이죠. 국민을 속이고 있어요. 진정한 평화는 북한의 민주화에서 옵니다. 이북이 군주제에서 벗어나야 합니다."

"아. 그러고 보니깐 유시민은 김성은을 '계몽군주'라고 칭했더군요."

진 변호사는 핸드폰에서 유시민의 발언을 찾아내 읽었다.

"일반적으로 전제군주들이 했던 일을 안 한 게 좀 있고. 대개 그런

게 계몽군주라는 이름이 붙은 사람들이 한 일들이에요. 김정은 국무위원장은 독재자죠. 북한 체제 전체가 3대째 세습을 하고 있는 왕조국가니까. 이 사람은 생물학적 운명 때문에 자기 뜻이 어디에 있건 상관없이 전제군주가 된 사람이잖아요. 과거에 계몽군주라는 사람들이 왜 그런 일을 했냐 하면, 계몽사상가들의 영향을 받아서 그런 거거든. 계속 과거처럼 할래니까 사람들이 더 이상 참아 주지 않을 것 같기도 하고, 국제사회에서 왕따가 되는 것 같기도 하고 이러니까 자기가 통치하는 제국을 조금 더 오래 잘 해먹으려고 그런 개혁 조치들을 했던 거거든요. 안 하는 것보다 훨씬 낫다, 우리 민족에게는. 그런 취지에서 좀 김정은 국무위원장을 고무·선동할 목적으로."[6]

"그래 계몽군주란 사람이 고모부를 처형하고 이복형을 암살하고 바다에 빠진 사람을 불태워 죽입니까."

우일이 계몽군주론을 맞받았다.

"아. 오해하지 마세요. 저는 김정은을 변호할 생각은 추호도 없습니다. 유시민이 계몽군주란 말을 하긴 했습니다만 김정은을 왕조국가의 세습 군주로 보고 있다는 점에서 윤 선배님의 논지와 비슷한 데가 있지 않는가, 그런 취지에서 한 말씀 드린 겁니다."

진 변호사가 자신의 발언을 보충했다.

"아…. 이런 이야기는…, 식사를 하면서 하지요. 배가 고프네요."

추 기자는 이런 논의가 못마땅했다. 옥 선생은 약간 당황하는 듯했고 양쪽의 표정을 살폈다. 우일은 얼굴에서 불편한 기색이 역력했다.

"부회장님. 더 하실 얘기가 있습니까."

"할 얘기야 많습니다만. 배가 고프다니까…."

"그럼, 공부 모임은 일단 마치고 식사자리에서 남은 이야기를 하기로 해요."

일행은 부산대 전철역 2번 출구 쪽에 있는 돼지갈비집으로 갔다. 외국인으로 보이는 알바가 집게를 사방으로 바쁘게 움직이는 사이에 석쇠 위의 양념갈비가 노릇노릇하게 구워졌다. 사람들은 갈비를 쌈에 싸서 열심히 먹었고, 몇몇은 우일이 제조해서 돌린 소맥을 한 잔씩 걸쳤다.

진 변호사가,

"오늘따라 소맥이 와 이래 맛있습니꺼."

하면서 말문을 열었다.

"부회장님, '일국양제'란 것도 있지 않습니까?"

"일국양제라고요? 중공이 제안한 중화권 통일 방안 말이지요?"

"예."

"그거는 홍콩을 보면 답이 안 나옵니까."

"중국이 홍콩보안법을 제정하면서 일국양제는 끝났다, 이런 이야기죠."

진 변호사는 홍콩 사태의 전말을 잘 알고 있었다.

그러면서,

"홍콩에서 「임을 위한 행진곡」이 울려 퍼졌지요."

라는 말을 덧붙였다.

"홍콩보안법이 제정되었을 때 중공 당국에 항의한 5·18 단체가 있었습니까?"

우일이 진 변호사에게 소주를 따르면서 물었다.

"제 기억으론 없는 것 같은데요."

옆자리에서 이야기를 듣던 옥 선생은 주인을 불러 된장찌개를 시켰다.

그때 한 젊은 여성이 가게로 들어섰다.

옥 선생이 그녀를 보고,

"이리로."

하며 손짓을 했다.

그녀가 빈자리를 찾아 앉자 옥 선생이 "이스또리아 탐정사무소 김수현 박사"라고 소개를 했다. 공부 모임 멤버들은 전원 초면인 듯했는데, 추 기자가 숟가락을 놓고,

"전화로 서로 인사를 했죠? 원고 청탁 건으로."

하며 아는 척을 했다. 수현은,

"처음 뵙겠습니다."

하고 인사를 했다. 동준이,

"이스또리아가 일거리가 많은 모양입니다. 이런 인재를 영입하고…."

하자 옥 선생이,

"이스또리아는 독립적인 관계예요. 자기 일은 자기가 만들어 가면서 해요."

라고 말했다. 그러자 수현이,

"아, 동준 선생님. 그러지 않아도 연락드리려고 했는데…."

하면서 명함을 건넸다.

"선생님 전번은…."

동준은 문자로 전번을 보내고 맥주잔에 남아 있던 소맥을 쭉 들이
켰다.

신부의 훈장

가스레인지 위의 둥근 팬에서 물 끓는 소리가 점점 요란해졌다. 감자와 계란도 덩달아서 요동을 쳤다. 챙이 짧은 검정색 위생모에다 조리복을 갖추어 입은 사내가 가스 불을 중불로 낮추었다. 사내는 흰머리 탓인지 머리색이 푸르스름했다. 몇 달 전부터 알바를 했는데, 사내는 동준이었다. 동준은 안방과 홀에 있는 냉장고에서 게맛살, 오이, 당근을 가져왔다. 그리고 조리대 도마 위에서 작업에 들어갔다. 게맛살은 한 줄을 반으로 자르고 다시 세로로 반으로 잘랐다. 그리고 별사탕처럼 아주 작게 깍둑썰기를 했다. 오이는 굵은 소금으로 세게 문질러서 씻어 주고, 껍질의 오톨도톨한 부분을 살짝 긁어 내고, 반개를 잘라서 씨 부분은 제거하고 잘게 깍둑썰기를 해 뒀다. 당근은 채 썰어서 잘게 썰었다. 오이와 당근은 팬을 달구어서 살짝 볶았다.

삶은 계란은 껍질을 까고 노른자와 흰자를 분리하고 흰자는 작게 다지고, 노른자는 채에 걸러 보슬보슬한 가루로 내려놓았다.

감자가 젓가락이 쑥 들어갈 정도로 잘 익었으면 불을 끄고 감자를 채로 건져서 큰 볼에 옮긴다. 그리고 감자 으깨기로 감자를 곱게 으깬다.

동준의 머릿속에는 자꾸 부마항쟁 발원지 표지석 사진이 떠올랐다. 엊저녁 식사자리가 끝나고 사무실로 돌아와서 잠시 쉬고 있을 때 수현이 카톡을 보냈다. 부마항쟁 발원지 표지석 사진이라고 하면서…. 1999년은 10·16의 20주년이 되는 해인데, 그날의 행사를 전혀 몰랐다.

"샐러드 다 돼 갑니꺼?"

미영이 감자샐러드를 빨리 끝내고 다른 반찬 포장을 해 달라고 야단이었다.

동준은 "알써." 하면서 다음 작업을 서둘렀다. 볼에 오이와 당근, 게맛살을 투입하고, 소금과 설탕으로 간을 보고 마요네즈를 적당히 넣고 나무 주걱으로 대여섯 번을 비볐다. 볼을 포장 작업대에 옮겨놓고 반찬 용기에 180그램을 담고 계란 노른자 가루를 살짝 얹어 준다. 노란색의 고명이 얹힌 감자샐러드는 반찬 가게의 인기 품목이었다.

동준은 반찬 포장을 서둘러 끝내고 사무실로 돌아왔다. 그리고 컴퓨터 모니터에 사진을 띄워 놓고 한참 동안 쳐다보았다. 제막식에 10월 16일 시위를 주도했던 주요 관련자는 없었다. 그 자리에 있었던 이들은 부산민주항쟁기념사업회, 민자통, 부산대민주동문회 쪽 사람들이었다. 부산 운동권의 단골 멤버들이었다. 이날 행사의 주빈은 문재인이었다! 문재인은 부마민주항쟁기념사업회 이사회에서 몇 번 만난 적이 있었다. 부마기념사업회가 부산민주항쟁기념사업회로 이름이 바뀌고 나서는 그럴 일도 없어졌지만.[7] 동준은 이상하게도 낯설었다. 문재인도 민자통도 부민동도 그 자리에 있는 모든 이들이 타인처럼 느껴졌다. 부마가 아닌 다른 운동권 행사 같기도 했다. 동준은 사진을 3인 카톡방에 올렸다.

제일 먼저 반응을 보인 이는 우일이었다.

우일: 엥, 이런 사진이 있었어?

동준: 나도 처음 봤어.

우일: 아이고, 저 화상들!

우일은 저들에 대해 감정이 좋지 않았다.

영호: 저기서 제일 성공한 사람은 문재인이구먼. 하하하.

우일: 그러네 ㅠㅠㅠ

영호: 그다음은 송기인인가 ㅋㅋㅋ

우일: 노무현 때 과거사위원회 위원장을 했지. 장관급인가?

영호: 송기인은 훈장도 받았다지?

동준: 음. DJ가 줬지. 국민훈장 모란장인가. 부마항쟁을 이끌었다고⋯

영호: 송기인이 10·16을 이끌다니?

오래전에 동준이 송기인의 훈장 문제를 제기한 적이 있었는데, 영호는 내막을 모르고 있었던 것 같다.

동준: 공적功績 사항에 부마항쟁을 이끌었다고 적혀 있어. 인터넷에 법무부 보도
　　　자료가 있었는데⋯. 이상하게 안 보이네. 『한국경제』 기사가 하나 있고. 잠

깐. 내 파일에서 가져올게.

동준은 송기인 신부의 공적개요를 복사해서 올렸다.

부산 지역 민주화의 상징으로 1979년 부마항쟁과 1987년 민주항
쟁을 이끄는 등 한국 민주주의의 발전에 크게 공헌.

영호: 어떻게 이런 일이 있을 수 있냐.

우일: 허위공적이지.

동준: 송신부는 부마항쟁을 이끈 적이 없어. 송신부는 1979년 10월 16일 항쟁
　　　때는 부산에 없었지. 서울에 출장갔다가 부산에 돌아온 것은 16일 밤이었
　　　고 시위현장과는 무관한 '명상의 집'에 머물렀어. 87년 6월항쟁 때도 송신
　　　부는 미국에 장기 체류 중이었지.

동준은 힘껏 자판을 두드렸다. 영호는 기가 막힌다고 했다.

우일: 동준이 너도 DJ를 만난 적이 있다메?

동준: 응. 아주 오래된 이야기지. 1980년 2월 20일인데. 이 날짜를 어떻게 기억
　　　하냐면 신문 기사를 보고 알았어. 나는 물론 까마득히 잊어버리고 있었고.
　　　3년 전 10·16 관련자 모임 밴드에 글을 하나 올렸는데, 옛날 신문 기사를
　　　검색하다가 안 사실이시. 1980년 8월 14일 자 기사더구만. 「김대중 내란음
　　　모 사건」이란 제목으로 대문짝만하게 실렸던 것 같아. 전후 사정을 모르는
　　　사람들이 많은데. 약간의 배경 설명을 하자면. 10·16 항쟁 때 나는 긴급조

치 9호 위반으로 구속되었지. 그런데 10·26으로 긴급조치 9호가 해제되었고, 그해 12월 8일에 석방이 되었지. 호철이는 나보다 먼저 나갔을 거야. 계엄법 위반으로 구속된 학우들은 석방 조치에서 제외되었는데 몇 달 후 서울서 항소심이 있었어. 학우들이 아직 옥중에 있는데 먼저 나왔다고 가만히 있을 수는 없었지. 그래서 재판을 응원하기 위해 몇몇이 상경했더랬지. 모임을 주도한 이가 누군지는 기억에 없고. 재판이 끝나자 DJ의 부산 조직 책인 노경규 씨가 서울까지 왔는데 김 선생님은 뵙고 가야 하지 않겠나? 하고 제안했고 아무도 토를 달지 않았어. 나는 김 선생이 누군지 몰랐어. 그냥 재야인사로 알았지. 근데 목적지에 당도해서 깜짝 놀랐어. 동교동 김대중 선생의 자택이었어. 세월이 지나서 생각하면 아무런 준비 없이 만났던 것 같애. 크게 후회가 되는 장면이야. 암튼 나는 DJ를 처음 봤어. 표정이 조금 어두웠던 것 같기도 하고. 우리 일행은 응접실에서 접견했는데. DJ는 10·16을 크게 평가하는 발언을 했어. 당시의 신문 기사를 하나 올려볼게.

동년 2월 20일 10시경 위 자가에서 자신의 심복 사조직원 부산 거주 공소의 노경규의 안내로 자가를 방문한 부산대학생 조태원, 동준, 이호철, 신재식, 이주홍 등과 만나 노경규로부터 "이들은 부마사태를 주도한 부산대학생들이다."라고 소개를 받고 동인들에게 "부마사태는 학생·시민들의 영웅적인 거사이며 10·26사태는 부마사태의 연장선상에서 일어났다. 한국 역사에 있어서 3대 민중운동을 꼽는다면 동학혁명, 4·19 의거, 부마사태다"라고 말하며 '행동하는 양심 김대중'이라고 새겨진 볼펜·사진·책자를 준 후 기념촬영을 하는 등…:

동준: '부마항쟁은 한국의 근현대사에서 3대 민중운동의 하나다!' 어마어마한 평가를 한 거지. 그런데 5·18이 터지고… 10·16은 잊혀지고…. DJ가 4자 필승론을 외치면서 대선에 출마했던 1987년에는 나는 '비판적 지지'를 했었지. 수십만 인파가 운집한 부산 수영만의 DJ 연설회에도 나갔었지. 물론 김영삼의 연설회에도 쫓아다녔고. DJ가 대통령이 되고서 1999년 민주공원 준공식에 참석했었는데… DJ는 연단에 있었고, 나는 내빈석에서 그의 연설을 듣는 입장에 있었고. 19년 전의 일은 완전히 잊어버린 것 같더만. DJ가 따로 찾지도 않았고… 나는 그냥 내빈석의 한 사람으로 조용히 있었지.

영호: 참. 거시기 하구만. 김대중은 대통령이 되고서 5·18만 챙겼지. 10·16을 위해서 뭘 했냐 말이야. 부마항쟁은 3대 민중운동의 하나라고 치켜세우고는 …. 그 후 상황 변화가 생겼다고 해도… 뭔가는 했어야 하지 않냐?

우일: 송기인이에게 훈장 하나 주고 땡처리 해 버렸구만.

동준: 으음… 사실을 말하자면 그렇게 된 거지.

우일: 그런데 왜 송기인이 훈장을 받았남?

동준: 글쎄다. 10·16 세계에서 최대의 미스터리지.

우일: 최근 구술 자료를 보니깐 송기인은 전라남도 순천 출생이더만.

영호: 그래?

동준: 지금까지 부산 구포 출생이라고 한 건 어떻게 되는 거야.

우일: 여러 의문이 있었는데. 이제야 퍼즐이 풀리는 것 같아.

탐문

'김 박사. 나는 지금 사무실에 있소.'

며칠 전 문자를 받고, 답신을 보낸다는 게 차일피일 늦어졌다. 수현은 기다렸다는 듯이 즉시 카톡으로 메시지를 보냈다.

'아, 선생님. 지금 부산대 부근인데 10분 내로 그리로 가겠습니다.'

동준은 수현을 기다리는 동안 쿠팡에서 책을 찾았다. 영호가 말한 『담론』, 그리고 『신영복 평전』, 『감옥으로부터의 사색』, 『신영복 함께 읽기』를 찾아서 주문했다. 얼마 후 수현이 도착했다.

"선생님, 접니다."

수현은 하얀색 통바지에 옅은 베이지색 니트 상의를 걸쳤다. 밝은 느낌이었다.

"어서 오시오."

동준은 서향西向의 유리문을 등지고 앉았다. 유리문에는 겉감이 망사로 된 비올라 커튼이 쳐져 있었고 그 위로는 단체의 슬로건이 적힌 진홍색 현수막이 걸려 있었다.

"선생님이 그렇게 앉아 계시니까 무슨 독립운동을 하는 분 포스가 납니다. 핫핫."

"독립운동이라뇨. 허허."

동준은 등 뒤의 작은 냉장고에서 박카스를 한 병 꺼내 김 박사 탁자 앞에 놓고,

"며칠 전 학생들이 인터뷰를 하러 오면서 사온 거요. 하나 드시오."

라고 말했다.

"앗. 고맙습니다."

"그리고 창문을 열어 놓았으니깐 마스크는 껴도 좋고…. 편한 대로 하세요."

"네에. 그러지요."

"그래 오늘은 무슨 이야기를 하시려고…."

수현은 가방에서 아이패드를 꺼내 작동시키고는 화면을 동준에게 보여 주었다. 제막식 사진이 띄워져 있었다.

"이분들 아시죠?"

"모르는 사람도 있지요."

"저어, 문재인 대통령 옆 사람은…."

"오른쪽에 다리를 쪼그리고 앉은 사람?"

"예에."

"이상록이란 사람 아니오."

"아. 이 선생님이구나. 이행봉 교수님으로부터 이야기를 들은 적이 있습니다."

"이행봉 교수하고는 어떻게 되시오?"

"박사학위 논문 심사위원이셨지요."

"…."

동준은 한동안 말이 없었다.

그러자 수현이,

"아, 동준 샘이 쓴 글, 읽어 보았습니다."

하고 말했다.

"어떤 글 말이오?"

"「이행봉 교수에게 묻는다」라는 글…."

"그 글은 어떻게 알았어요?"

"10·16 항쟁사를 연구하는데 동준 샘의 글을 모를 수 있습니까."

"10·16 항쟁사 연구를 하시오?"

"꼭 그런 건 아닙니다만…."

"10·16의 발생사를 기술하는 데서 상당한 왜곡이 있지요. 대표적으로 이행봉 교수지요. 이 교수 글은 옛날에 쓴 논문이지요. 최근 논문으로는 부산대 강사를 한다는 김 아무개 씨가 쓴 논문이 있는데 문제가 많아요. 운동권 중심으로 부마항쟁을 파악한다나? 정작 운동권은 대단히 소극적이었는데 말이오. 역사창조파라고 해야 하나. 없는 사실을 만들어 내고 있으니까. 그런 사람이 부마항쟁 진상조사보고서를 집필한다고 하니…."

"동준 샘의 논점은 충분히 이해가 됩니다. 잘못된 부분은 바로잡아야 하겠지요. 제가 오늘 선생님을 찾아뵌 거는 좀 다른 얘긴데요. 1979년 10·16 이후 부산의 민주화 운동의 전개는 어느 정도 흐름이 파악됩니다만. 성격을 달리하는 움직임도 있었던 것 같은데, 그게 잘 정리가 안 되네요."

"성격을 달리하는 움직이라면, 어떤 걸 말하는 거요."

"지금까지 부산의 학계에서나 시민사회 영역에서 전혀 논의조차 되지 않은 문제인데요. 이를테면 사회주의 운동이지요."

"으음…."

"저는 부산에서 사회주의 운동이 있었다고 확신합니다."

"그런 운동이야 있었겠지요."

"부산의 정치를 민주화 운동의 산물로서 이해하는 사람들이 많은데요. 꼭 그렇지만은 않아요. 부산에서 배출한 세 사람의 대통령을 보면, 김영삼이나 노무현, 문재인은 부산의 민주화운동과 밀접한 관련이 있지요. 그런데 이들 사이에는 정치적으로 어떤 단절이 있습니다. 김영삼을 우익 정치가라고 한다면 노무현·문재인은 좌익 정치가이지요."

"잠시만. 김 박사가 말하는 좌익과 우익은 뭘로 구분합니까?"

"음…. 예민한 문젠데요. 한국적인 정치지형을 두고서 하는 이야깁니다만. 크게는 북한을 어떻게 보는가에 따라 입장이 갈리지요. 좌익은 친북이고 우익은 반북이죠. 북을 중심에 놓고 보면 북은 중국과 혈맹관계이고 따라서 친북을 하게 되면 결국 친중 노선으로 기울게 되지요. 거꾸로 북을 비판하는 세력은 한미동맹을 중시하지요. 그러니까 친미는 우익의 정치노선으로 되는 겁니다."

"김 박사의 좌우 구분법은 뭔가 도식적이지 않아요? 북을 비판하면서도 미국 일변도가 아니라 한중, 한러, 한일 관계를 유연하게 가져가려는 사람들도 많아요."

"중도론을 말씀하시는 거죠?"

"중도론이라고 할까, 실용노선이라고 할까."

"중도론의 의미에 대해서는 저도 긍정하는 부분이 많습니다. 이 문제는 다음에 말씀을 드리지요. 원래 이야기로 돌아가면. 노무현과 문재인이 좌익 정치가로서 성상하는 데는 부산의 좌익운동과 밀접한 관련이 있습니다."

"좌익운동?"

"1980년대 새롭게 나타난 사회주의운동을 저는 좌익운동이라 부릅니다."

"음…."

"부산의 좌익운동의 흐름에서 주목되는 사건은 부림사건입니다."

수현은 부림사건 이야기를 하려다가 말을 멈추고,

"아, 혹시 생수 있습니까? 목이 말라서…."

하면서 물을 찾았다.

동준은,

"있지요."

하고는 자리에서 일어나 냉장고 문을 열었다. 그리고 생수병을 꺼내 유리컵에 물을 따라 수현에게 건넸다.

수현은 자리에서 일어나,

"감사합니다."

하고는 두 손으로 물을 받아 조용히 마셨다.

마스크를 내린 수현의 얼굴은 처음 봤는데…. 넓은 이마에다 콧등이 시원스레 뻗었다. 무쌍의 눈매가 깻잎처럼 수수해 보였지만 눈빛이 날카로웠다. 뭔가 범상하지 않은 느낌이었다.

"동준 샘. 부림사건 하면 누가 제일 먼저 생각납니까."

"그야 노무현이지요."

"그러시군요. 〈변호인〉 영화 탓인가. 노무현은 이런 말을 했어요. '부림사건에 사실 사건이 없다. 무슨 저항의 움직임이 구체적으로 있었던 게 아니라 억지로 엮어 낸 조작된 사건이었다.' 이 말은 뭐라고 할까요. 으음. 무리하게 억지로 엮어 낸 측면이 있긴 하지만…. 사회주의 혁명을 목표로 한 움직임이 있었던 게 사실이지요."

"사회주의 혁명?"

동준은 수현이 어느 정도 파악하고 있는지 궁금해서 금시초문인 듯이 되물었다.

"이상록은 자술서에서 사회주의 혁명이 자신의 투쟁 목표라는 것을 또박또박 적어 놓고 있습니다."

"이상록이 사회주의자란 것과 노변하고 무슨 관계가 있나요?"

"노무현은 자서전에서 '부림사건은 내 삶을 바꾼 사건이었다.'라고 했어요. 부림사건은 노무현에게 큰 영향을 주었습니다. 노무현이 좌익적 사상에 눈을 뜨는 계기가 되었다는 거죠."

수현은 자료를 하나 찾아 카톡으로 보냈다.

"동준 샘, 이거 함 보세요."

부림사건은 내게 있어 또 다른 의미를 가지고 있다. 그때까지 나는 독재와 고문에 대해서만 분개해 왔던 것이 사실이다. 그런데 부림사건이 진행되고 있는 와중에도 학생들은 나에게 녹점자본에 의한 노동착취와 빈부격차의 모순 같은 문제를 이해시키려고 노력했다. 그러면서 자신들이 읽다 붙잡혀 온 그 책들을 읽길 권했다. 바쁜 데다 경황이 없어 책이 잘 읽히질 않았다. 나 또한 짧은 식견으로 토론을 하여 오히려 그들을 설득시키려고 하기도 했다. 학생들이 무엇을 말하려고 하는지 그땐 잘 이해도 못 하고 넘어갔다. 그러나 나는 그들로부터 많은 감명을 받았다. 그리고 그들의 관심사에 관해서도 차츰 눈을 뜨게 되었다. 훗날 그들이 석방되어 나올 때쯤에는 나도 꽤 많은 책을 읽고 있었으나 그보다는 그들의 순수한 열정과 성실함이 나를 운동으로 끌어들인 것 같다.[8]

"노무현은 검찰에서 거론한 불온서적인 리영희의 『전환시대의 논리』, 『우상과 이성』, 박현채의 『민족경제론』, E. H. 카의 『역사란 무엇인가』, 셀리그만의 『경제사관의 제(諸)문제』 같은 책을 하나하나 다 찾아 읽었습니다.[9] 그리고 이런 말을 합니다."

　　자기희생적이고 주변 사람들과 더불어 살려고 하는 친구들 아닌가. 나도 정말 그런 생각을 가지고 살고 싶다. 그런 이들을 사회주의자, 공산주의자라고 한다면 이 세상에 바르게 살고 싶어 하는 사람들은 다 사회주의자, 공산주의자 아니냐.[10]

"노무현이 좌익사상의 영향을 받은 것은 확실합니다."
"좌익사상이라고…? 그렇게 두루뭉술 말할 게 아니라 구체적으로 말해 봐요. 어떤 좌익인지."
수현은 서늘한 눈빛으로 동준을 바라보았다. 그리고 다시 입을 뗐다.
"바로 그 지점인데요. 먼저 이 자료부터 봐요."

수현은 이상록이 쓴 글을 발췌해서 카톡에 올렸다.

78년 3월 중에 『일반경제사 요론』(이영협)을 읽고 역사를 경제적으로 해석하는 시각을 제공받았고 동년 4월 중에 『경제사관의 제문제』(셀리그만)를 읽고 유물사관에 대한 초보적인 이해를 가졌으며, 동년 8월말까지 읽었던 박현채의 『민족경제론』은 한국의 경제구조에 대한 인식을 넓혀 주었고, 리영희의 『전환시대의 논리』 『우상과 이성』 『8억인과의 대화』는 베트남 전쟁이 공산주의자들(월맹)의 침략전쟁이 아니라 미국의 재식민화 기도에 저항한 민족독립전쟁이었다는 사실과 중공의 사회주의 제반 제도와 실상을 소개하여 주었다. 위 리영희의 저서들을 읽고는 사회주의가 독재사회이며 인간을 노예처럼 억압하는 사회라고 생각했던 평소의 선입관을 제거할 수 있었다. 그 무렵 읽었던 『한국 공산주의 운동사』(고대 아세아문제연구소) 4권과 5권에서는 일제하에서 공산주의자들도 항일투쟁을 했다는 사실과 현 북한의 김일성이 본명은 김성주이며 만주에서 게릴라투쟁을 하던 바로 그 사람이라고 하는 사실을 알아 우리가 배워 왔던 역사가 많이 왜곡되어 있음을 깨닫고 분개도 하였다.

78년 9월 경에 『후진국경제론』(조용범)을 읽고 한국의 경제구조가 식민지경제구조임을 깨달았으며 사회주의제도에 대한 소개를 받고 그 후 사회주의에 심취하게 되었다. 78년 11월 경 『서양경제사론』(최풍식)을 읽으며 칼 마르크스 유물사관의 기초개념인 생산양식, 생산관계 등의 개념을 명확히 하고, 자본주의 성립과정에 대한 인식을 체계화하였고, 현대세계가 자본주의에서 사회주의로의 전 세계적인 이행기라는 사실을 깨달아 사회주의의 역사적인 정당성을 확신하였다.

79년 1~2월 경 『경제학』(이영협)을 읽고 사회주의에 내한 이론적인 확신을 갖게 되었다. 위 저서의 내용은 마르크스의 경제원론에 준하는 것인바 자본주의 경제분석이다.

80년 1~2월 경 『자본주의 경제와 구조』(일본 세무경리협회)를 읽고 이영협의 『경제학』에서 명확치 못했던 가치론(노동가치설)을 확실히 정리하였으며 스위지의 『자본주의 발전이론』을 읽고 공황론과 제국주의론에 대한 체계적인 이해를 하였다.

81년 1~3월 경 미우라 쓰또무의 『변증법이란 무엇인가』를 읽고 마르크스의 유물변증법에 대한 이해를 갖게 되었다.

위에 나열한 저서들을 읽는 과정에서 사회주의 사상을 형성케 되었으며, 사회주의 이론을 체계화 하는 과정과 노동운동 이론을 형성케 되는 데에는 이태복(당시 광민사 대표)의 영향이 컸다.[11]

"이상록은 자신이 사회주의 사상을 포지하게 되는 경위를 상세하게 기술하고 있습니다. 그의 좌익사상은 요약하면 이렇습니다. 첫째, 마르크스의 경제원론 및 유물변증법에 기초한 사상체계. 둘째, 김일성을 긍정 평가하는 역사 인식. 셋째, 한국경제를 식민지 경제구조로 인식. 넷째, 반미적인 동아시아 역사 인식(= 베트남전쟁은 미국의 재식민화에 대한 민족독립전쟁이었다는 사고). 다섯째, 중국에 대한 반공적 인식의 교정과 중국 사회주의 제도에 대한 긍정적 이해. 이상록은 운동권 의식화의 모범생 같은 사람이었습니다. 위와 같은 책을 읽고 그는 결국 반미, 친중, 친북 성향을 갖는 좌익 사상가가 된 거죠.

그런데 여기서 한 가지 주의를 요하는 부분이 있습니다. 이상록은 김일성을 긍정하는 역사 인식을 가지게 되지만 주체사상을 수용하지는 않았다는 겁니다. 그는 주체사상에 대해서는 비판적이었습니다. 그런 점에서 이상록을 친북 좌익으로 규정하는 것은 무리가 있습지요."

"그렇다면 노무현의 친북 좌익은 어디서 기인하는 것입니까?"

수현이 정리한 이상록의 좌익사상은 어디까지나 원론적인 이야기였다. 그래서 동준은 더 구체적인 것을 물었다.

"하나의 가설이지만요. 부산의 주사파가 노무현 정치로 대거 인입되었다고 보지요."

"부산 주사파라면 어느 쪽을 말하는거요?"

"아, 그 부분은요…. 지금은 탐문 중이라고 말씀드릴 수밖에 없습니다만."

동준은 놀랐다. 수현은 자리에서 일어섰다.

"선생님. 오늘은 이만 가 봐야겠습니다. 다른 약속이 있어서요."

"그래요…."

나의 시작은 나의 끝이었다

동준은 감자샐러드도 만들었고 카레도 만들었다. 콩자반 포장도 했고 멸치볶음 포장도 끝냈다. 미영은 배추를 소금에 절이고는 나물을 데치고 무쳤다. 콩나물, 무나물, 시금치나물, 고사리나물, 도라지나물을 큰 볼에 가지런히 담아서 홀의 반찬매대에 가져다놓았다. 둥근 국 통에서 시락국도 끓고 있었다. 아침 일이 대충 끝났다. 미영은 아침 식사용 반찬을 챙기기 시작했다. 새벽 시장에서 사온 생고등어를 굽고 김치며 국이며 반찬을 챙겨 안방 테이블에 밥상을 차렸다. 미영은 전기밥솥에서 밥을 한 공기 퍼서 식탁에 놓았다. 김이 모락모락 났다.

"식사 하이소."

"아이고. 수고했수다래."

"'수고했수다래'가 머꼬. 어디서 그런 말을 배워 가꼬."

"하하하. 수고했다고 하는데 와 이라노."

"마아. 식사하입시다."

동준이 시락국을 한술 떴는데 은근하게 시원한 맛이 있었다.

"아지매가 갈수록 반찬 솜씨가 느네!"

"그라믄. 반찬집 아줌마가 반찬 솜씨가 있어야지. 말이라꼬 하나."

"또 시작이다. 자화자찬. 하하하."

그때 젊은 여자가 가게 문을 열고 들어왔다. 여자가,

"나물 있습니까."

하고 물었고 미영이,

"나물 있습니더."

하고 답하고는 잽싸게 식탁에서 일어나 홀로 나갔다.

"요새 며칠 안 보이데."

"아. 어디 좀 다녀왔습니다."

그녀는 반찬 진열장에 있는 오색 나물을 보고,

"이거 줘요."

했다. 미영은 포장을 해서 봉지에 담아서 나물을 건넸다. 그리고 오천 원을 받았다. 그녀가 반찬을 들고 나가는 모습을 보고, 미영은 다시 방 안으로 돌아왔다,

"자아가… 하. 자아라 하믄 안 되지. 나이가 스물일곱인데. 이름이 하윤이라는 앤데. 저그 아버지하고 맨날 싸우다가 원수가 됐단다. 집 나와서 이 부근 원룸에 혼자 살고 있다네."

"웅. 그래? 차분하게 생겼던데."

"무슨 대학원에 다닌다고 하더만."

"아버지하고 왜 싸우나. 딸자식이."

"저그 아버지가 학교 선생님이라 카던데. 누슨 간섭이 그래 심하단 다."

"요새도 그런 아버지가 있나?"

"뭐라 카더라. 어릴 때부터 아버지가 좋다는 책을 읽고 독후감을 써서 내고 아버지한테 검사를 받았다네. 너무 하기 싫었단다. 중학교 때부터는 무슨 필사를 해서 냈다던데. 대학에 늘어가서도 그랬다네. 하루는 아버지한테 인자 이런 거는 더이상 못하겠다고 했단다. 그라고 대판 싸움이 벌어졌다 안 하나."

"으음. 그런 일이 있었나."

동준은 사무실로 돌아왔다. 신영복을 탐문하는 작업의 일환으로 알라딘에서 책을 주문했었는데 벌써 여러 권이 책상 위에 쌓여 있었다. 조금이라도 시간이 날 때 책을 읽어야겠다고 마음을 먹고 책을 펼쳤다.

『어느 지식인의 죽음』. 통혁당 사건으로 사형을 당한 김질락의 옥중수기다. 원제는 '주암산'이라고 한다. 김질락은 1969년 9월 23일 대법원에서 사형이 확정되고, 1972년 7월 15일 사형이 집행되었다. 사형선고가 내려지고도 2년 이상이나 생명을 부지한데는 이 수기가 참작되었을지도 모른다. 이상하게도 김질락은 7·4 남북공동성명 직후에 처형되었다.

저자는 머리말에서 "나의 시작은 나의 끝이었다."라고 썼다. 사형선고를 받고 '죽음의 그늘 밑에서 가슴 태우며' 이런 글을 썼을 거라고 생각하니 처연해진다. 그는 통혁당은 '죽음의 항로'였다고 고백했다. 그가 말한 죽음이란 그의 개인적인 비극만을 의미하는 것은 아닐 것이다.

김질락은 김일성과 손을 잡은 남조선 혁명운동의 허상을 목격한 역사의 중인이었다. 그는 북과의 야합이나 공존이 얼마나 어리석고 위험한 일인가를 절실히 깨달았다고 했다.

북과의 야합이나 공존이 얼마나 어리석고 위험한 일인가를….

동준은 이 부분을 두 번, 세 번 반복해서 읽었다. 김질락과 신영복은 둘 다 통혁당 관련자였지만 전혀 다른 생을 살았다. 김질락은 결국 옥중에서 생을 마감했다. 신영복은 살아남았고 감옥 생활 20년보다 더 긴 세월 동안 고전과 서예에 능통한 인문학자로 추앙을 받았다. 김질락은 죽음조차도 매장되었지만 신영복은 사후에도 사람들의 추모가 끊임없이 이어지고 있다.

신영복은 김질락의 지도를 받았다는데…. 그는 옥중에서 김질락의 처형 소식을 전해들었을 터이다. 신영복의 글에서 김질락을 이야기한 부분이 있는지 검색했지만 아무리 찾아도 나오지 않았다. 아, 그런데 그날은 두 군데서 김질락 이야기를 찾았다. 『손잡고 더불어』에 이런 대목이 있다.

이른바 통일혁명당 사건은 그 내용이나 규모로 보아 당시 지식인 사회, 아니 사회 전체의 지축을 흔드는 사건이었습니다. 그 일에 관여한 사정을 말씀해 주시지요.

『청맥』지의 편집을 맡고 있던 김질락 선배를 통해서입니다. 박희범 교수 댁에서 원고 청탁차 방문한 『청맥』지의 편집진과 인사를 나눈 것이 최초의 인연이었다고 기억됩니다. 그리고 『청맥』지의 집필진인 새문화연구회에 참여하게 되었지요. 새문화연구회는 젊은 강사 20~30명 정도가 회원으로 참가하고 있었습니다. 저는 당시 학생 서클 운동에 열심이었는데, 인원이 늘어나면서 기관지나 교재 편집에 관여하여, 그것을 서클의 교재로 이용할 수 있도록 했으면 좋겠다는 생각을 하게 되었습니다. 제가 『청맥』지에 글을 쓴 적은 없지만, 자연히 이 잡지의 내용과 방향에 대해서 김질락 선배와 논의를 많이 한 편입니다. 그 과정에서 법률적 용어로 말하자면 포섭당하게 된 셈이지요.[12]

신영복은 김질락에게 포섭을 당했다고 말하고 있다. 김질락의 영향을 많이 받았다는 이야기다. 김질락은 위의 수기에 의하면 북에 대해 비판적이었다. 신영복은 어떻게 생각했을까? 『신영복 평전』에 이런 글이 있다.

쇠귀는 자신이 연루된 통일혁명당 준비 모임과 조선노동당은 전혀 관계가 없었다는 사실을 여러 차례 강조했다. 통혁당의 건설 논의 자체가 기본적으로는 남북 간에 서로 다른 체제와 독자적인 정치적·경제적 토대가 구축되어 있다는 것을 전제했기 때문이다. 쇠귀는 김질락이 북에 다녀온 사실도 전혀 몰랐다. 김질락은 북한이 지나치게 관료적이며 남한 사정을 잘 모른다는 비판적 입장이었다. 당연히 남한 혁명은 남한 사정을 잘 아는 사람들이 구심이 되어 진행해야 한다는 점에 합의하는 상황이었다.[13]

신영복은 혁명에서 남한의 주체성을 강조하는 입장이었다.[14] 북한은 김일성의 남조선혁명론을 강조했고 남한혁명을 이북의 남조선혁명론에 종속시켰다. 신영복이 이북에 비판적이었다고 한다면 아마도 이 부분일 거 같다. 그런데 『통혁당』이란 책은 사뭇 달랐다. 『통혁당』은 대동에서 1989년에 출간한 책인데, '역사·성격·투쟁·문헌'이라는 부제가 붙어 있었다. 표지 앞날개에는 이런 글이 있었다.

적들은 지금 민족의 자주독립과 인민의 자유해방을 위해 분기한 우리 애국자들과 혁명가들을 '반역자'로 몰아 잔인하게 처형하며 반미구국과 통일혁명을 위한 우리의 성원을 말살하기에 광분하고 있다. 그러나 이것은 임종에 이른 자들의 최후 경련에 불과하다. 교형리들은 우리 대오에서 몇몇 전우들을 앗아갈 수 있어도 그들이 뿌린 혁명의 불씨는 결코 소멸할 수 없으며, 불원고조될 혁명 노도를 그 무엇으로도 막을 수 없다.

— 「통일혁명당 선언」 중에서

뒷날개에는 대동에서 낸 책들이 소개되어 있었다.

『항일무장투쟁사』, 남현우 엮음
『김일성 선집』, 조선노동당 중앙위원회 엮음
『애국시대』(상·하), 조해문 지음
『우리 시대의 철학』, 이징민 지음
『민족과 경제』, 편집부 엮음
『민족과 경제』(II), 편집부 엮음

『학생회 운영의 원칙과 방도』, 우상호 지음

대동은 주사파 NL계 출판사였다. 더불어민주당 국회의원 우상호의 이름도 보인다. 출판사가 NL계인데서도 알 수 있듯이 『통혁당』은 북측의 시각에서 편집된 책이었다.

우리들은 비록 김종태, 최영도, 이문규, 정태묵, 윤상수 동지들을 비롯하여 많은 혁명전우를 잃어버리는 참혹한 희생을 치르기는 하였지만, 최초의 시련을 완강하게 이겨내고 당조직을 재건하여 마침내 한국에 통일적인 주체형의 혁명적 당을 건설하는 역사적 과제를 성공리에 달성했다. 마침내 1969년 8월 25일 우리들은 통일혁명당 중앙위원회를 결성하고 창당을 엄숙하게 선포하는 선언과 강령을 국내외에 발표하였다. 창당을 발표하는 그 역사적 순간에 통일혁명당은 위대한 주체사상을 지도 이념으로 하고 항일의 빛나는 혁명전통을 계승한 한국혁명의 전위당임을 자랑스럽게 천명하였다. 영광에 찬 김일성주의당, 통일혁명당의 창당은 스스로의 운명을 스스로의 힘으로 개척하기 위한 한국민중의 혁명투쟁에 새로운 이정표를 세운 역사적인 사건이었다. 오랜 세월 착취와 압정에 고통받았던 한국의 근로민중은 비로소 자주성을 수호하고 창조성을 발휘할 수 있게 하는 참된 혁명의 참모부를 가질 수 있게 되었고, 실패와 좌절의 악순환 속에서 고생했던 한국혁명은 백전백승의 위대한 김일성주의 기치 아래 오로지 승리의 정상을 향하여 파죽의 기세로 나아가는 상승궤도를 탈 수 있게 되었다.

통일혁명당의 창당은 한국의 판도에서 김일성주의 당건설이론이 거대한 생명력을 발휘한 빛나는 결실이며, 위대한 김일성주의를 한국혁명의 실천에 있어 철저하게 구현할 수 있게 하는 결정적인 뒷받침인 것이다.[15]

북한은 통혁당이 1969년에 재건되었다고 주장한다. 그리고 통혁당은 김일성주의를 지도 이념으로 하는 당이라는 것을 분명히 하고 있다. 신영복이 말한 '혁명에서의 남한의 주체성'은 어디에 있는 것일까?

4인 4색

낯선 곳이었다. 거무스레한 회색의 물체가 산 중턱을 뒤덮었다. 산 안개인지 산안개구름인지 분명하지 않았는데 점점 커졌다. 그것은 하늘을 향해 빠르게 움직였다. 산봉우리가 시야에서 사라졌다. 남은 것은 회색뿐이었다. 모든 것이 순식간이었다. 어디가 어딘지 분간을 할 수도 없었다. 그때 누군가의 목소리가 들렸다.

"이봐. 신영복! 이북에서 만든 통혁당 자료에도 신 군이 통혁당 창당준비위원회 결성식에 참가한 것으로 나오지 않는가. 사실대로 말하게나!"

머리는 반백이었다. 안경을 꼈는데 낮고 뭉툭한 콧등 탓인지 두 손으로 자주 안경테를 위로 끌어올렸다. 안경알 너머 작은 눈에서 발산되는 눈빛은 매섭고 음산했다. 어디선가 본 적이 있었다. 아, 김형욱이었다. 그는 손에 쥐고 있던 자료를 하나 툭 던졌다.

1964년 3월 15일. 역사적인 날이 밝아 오고 있었다. (…) 식사를 마친 김종태 동지는 거리로 나갔다. 그날은 일요일로 쾌청한 봄날이었다. 거리는 사람들로 몹시 붐볐다. 그는 명동 한일관을 지나

미도파 백화점으로 나갔다. 불광동 행 버스가 만원이어서 경향신문사 앞까지 와서 택시를 탔다. 약속장소에 와서 보니 이미 김질락, 이문규 동지가 와 있었다. 잠깐 있다가 땅이 꺼져 버릴 듯한 발걸음으로 신영복 동지가 도착하였다. 찌르면 즉시 되튀길 듯한 강력함과 두 눈에서 이글이글 불타는 열정, 신영복 동지가 들어오면서 분위기는 전보다도 훨씬 고조되었다. 온몸에서 봄의 따사로움을 띄우고 정력 넘치는 동지들을 믿음직스럽게 바라보던 김종태 동지가 먼저 입을 열었다.

"그러면 전원 모이셨습니다. 민족의 태양 김일성 장군께서 교시하신 주체의 당창건 방침을 받들고, 그 사이 동지들께서 필사의 노력으로 분투하신 결과 오늘로써 우리는 통일혁명당 창당준비위원회의 결성을 보게 되었습니다."16)

"김형욱 씨가 여기 웬일입니까. 1979년 10월 파리 근교에서 실종되지 않았나요?"

안경을 낀 온화한 얼굴의 신영복이 몽실몽실한 것의 위로 뿅 나타났다.

"나야 신출귀몰하는 존재가 아닌가. 핫핫핫."

"신계로 들어가셨으면 이제는 미망에서 벗어날 때도 되지 않았습니까."

"미망이라니? 신세에도 신실은 존재한다고."

"무슨 진실 말입니까?"

"그러니까 말이야. 자네들은 자꾸 조작 어쩌고 그러는데. 통혁당 사건은 조작이 아니라고."

"나는 조선로동당에 입당한 사실이 없습니다."

"자네더러 누가 조선로동당에 입당했다고 그랬는가?"

"중정에서 수사를 받을 때 고문을 하면서 자백을 강요하지 않았습니까."

"아…. 그건 미안하게 되었네. 내 진심으로 신 군에게 사과하네. 그렇지만 김종태가 비밀리에 북한을 들락거리고 김일성을 만나고 조선로동당에 입당한 건 사실이 아닌가."

"김종태는 이름도 들어 보지 못했습니다."

"그럼 김종태와 함께 회합을 갖고 통혁당 창당준비위원회를 결성했다는 이 자료는 무언가?"

"나는 중앙정보부 그림 속의 핵심조직인 민족해방전선의 조직책 김질락을 다섯 번인가 만났습니다. 이진영은 서너 번 정도 만난 게 전붑니다. 이문규는 학생운동 선배라서 이름만 아는 정도였고요."[17]

"이보게. 신 군. 자네는 방금 김질락을 여러 번 만났다고 했는데, 김질락이가 남긴 옥중수기는 보았겠지. 제목이 『주암산』인가 그랬지. 그 책을 보면 자네 이름이 자주 등장하는데 말이야. 으…음. 자네는 『청맥』 사무실에도 자주 출입했더군. 『청맥』은 통혁당의 합법 기관지 아닌가."

"통혁당 인사들과 처음 인연을 맺은 곳은 박희범 교수 집이었습니다. 박 교수는 저의 석사학위 지도교수였습니다. 박희범 교수는 당시 『청맥』의 단골 필자 중 한 사람이었기 때문에 편집진이 원고를 청탁하기 위해 박교수의 자택을 방문한 자리였지요. 1965년 말인가, 나는 그때 숙대 강사를 하고 있었지요. 『청맥』의 필자 모임인 새문화연구회에 대학원 선배들을 따라 나갔다가 김질락을 만났지요. 나는 경우회, 청맥회 같은 서클을 지도하는 데 주력했기 때문에 새로 나온 잡지 『청맥』의 편집에 관여해 그것을 서클의 교재로 이용할 수 있겠다고 생각했습니다."

"신 군. 자네는 통혁당 기관지 『혁명전선』 창간호 편집위원회에도 참가했더구먼."

"…"

"김종태는 이런 제안을 했지."

제가 생각해 온 안을 우선 제출합니다. 무슨 신보라든가, 무슨 신문이라고 하는 경우도 있고 무슨 전선이라고 이름을 붙이는 예도 있습니다. 지난날 중국공산당은 『구국신보』라는 이름을 붙였고, 남베트남 같은 경우에는 현재 『해방전선』이라는 신문을 내고 있습니다. 우리들은 이러저러한 예를 참고로 하면서도 어디까지나 우리 당이 민족의 태양, 김일성 장군의 혁명사상을 구현하기 위한 한국혁명의 전위당인 만큼 당원과 각계의 애국민중을 하나의 혁명 전선으로 결속해야 할 것이라는 정치활동의 목표로부터 출발하여, 우리 당의 기관지를 『혁명전선』이라고 하면 어떤가 하고 생각합니다.[18]

"자네는 김종태의 제안에 찬동을 했고…"

조국 통일과 한국혁명이라는 우리 당의 과제도 함축되고 있고 통일혁명당이라는 우리 당의 이름도 반영되었다고 생각합니다. 좋다고 생각합니다.[19]

"위의 발언을 한 기억은 없습니다. 다만 통일과 혁명은 서로 돕는 관계여야 한다는 정도의 이야기는 어디선가 했던 것 같습니다."[20]

"그리고⋯. 김질락은 자네와 함께 민족해방전선을 구성했다고 적었더군."

"민족해방전선이라는 명칭에 대해 명시적으로 합의한 적은 없어요. 관련된 논의는 있었습니다. 다만 그 내용이 식민지반봉건사회론에 입각해 사회 제반 세력을 결집할 수 있는 통일전선체 건설을 위한 전위 조직이 필요하지 않겠는가 하는 정도의 이야기였지요. 당시 베트남 민족해방전선도 미국 앞잡이 티우 정권에 반대해 통일 운동을 벌이고 있었기 때문에 한국에서도 민족해방전선이 필요하다는 생각은 있었습니다."[21]

"신 군은 통혁당 사건과 자네가 관여했던 청년학생운동은 별개인데 동일 사건으로 엮였다고 말하고 다녔더만."

"그랬지요."

그때 지상에서 개나리 하나가 하늘로 솟구쳐 올랐다. 개나리 줄기가 수백 미터는 되어 보였다. 노란 꽃잎에는 창문이 달려 있었는데 바람에 심하게 흔들렸다. 누군가 창문을 열고 나왔다. 인상이 안온하지는 않았다. 안병직 교수였다.

"신 선생. 오랜만이요. 명국冥國은 평온하신지요. 어렵게 뵌 자리인데 저도 한 말씀 드려야겠습니다. 통혁당의 하부운동은 사실상 제가 근무했던 서울대학교 상과대학에서 가장 활발했습니다. 상과대학에서는 4·19 의거 이후 '경우회'라든지 '후진국경제학회'라든지 학생들의 학회활동이 매우 활발하게 전개되었는데, 이 학회활동을 통하여 사상운동도 전개되었습니다. (…) 65년 전후로는 학생들 사이에 자생적 공산주의 사상이 광범하게 전개되기 시작했습니다. (…) 학생운동그룹 중에는 기독교학생운동도 있었는데 그 리더가 박성준 씨였습니다. (…) 그러던 그가 경동교회를 중심으로 경제복지회란 기독교 학생단체를 이끌었는데 그 운동이 자못 활발했습니다. (…) 언제부터인가는 정확히 잘 모르겠습니다만, 신영복 씨가 박성준을 통하여 경제복지회를 지도하기 시작했습니다. 앞에서 나왔던 『주암산』을 읽어 보면 김질락이 신영복을 지도하고 있었습니다. 그래서 자연히 상과대학은 통혁당 학생운동의 본마당이 되어 버렸습니다."

"그 봐. 신 군이 관여했던 학생운동이 통혁당 학생운동의 하부운동이라고 하잖아!"

"김형욱 부장은 미안합니다만 그냥 조용히 있어 주세요."

안병직은 김형욱과 눈도 마주치지 않았다. 김형욱이 무슨 심판관처럼 구는 게 못마땅했다. 안병직은 계속 이야기를 이어 갔다.

"그러고 있는데, 하루는 김수행 교수가 황급하게 만나자고 하는 겁니다. 당시에 김수행은 상과대학의 조교였을 뿐만이 아니라 제가 동생처럼 오랫동안 데리고 있던 사람이었지요. 물론 제가 사상적으로 지도하고 있기도 했습니다. 그래서 무엇이냐고 했더니, 이거 큰 일 났다는 것입니다. 그러고는 자기 연구실로 안내하는데, 들어가 보니 북한에서 내려온 서적이 책상 위에 그득하게 쌓여 있는 것입니다. 예를 들면 한글로 깨알같이 작은 글자로 인쇄된 『마르크스 선집』, 『레닌 선집』, 『스탈린 선집』과 같은 이론서뿐만이 아니라 고리키의 『어머니』라든가 『밀림』이라든가 『넌 누구의 아들이냐』라든가 하는 소설들이 잔뜩 쌓여 있는 거예요. 누구로부터 받았는지 물어보니까 역시 신영복 쪽에서 나온 것이에요. 그래서 어떻게 할 것이냐고 물으니, 제가 시키는 대로 하겠다는 것이었습니다. 학생들이 하교하고 없는 저녁때까지 기다렸다가, 둘이서 그 책들을 모두 변소에 쳐넣고 말았습니다. (…) 그리고 그 이튿날인가 며칠 후인가…. 신영복의 집으로 찾아갔습니다. (…) 제가 위의 사실을 직접 안다고 하면 그가 불편하게 느낄 것 같아서 요즈음 상과대학에서는 이러저러한 일이 있는데 너와 내가 선배이니 일을 수습해야 하지 않겠나 하였더니, 신 선생은 왜 그러한 일을 자기와 상의하느냐고 항의했지요. 그러한 태도를 보이는 사람에게 더 이상 말을 해 보아야 소용이 없을 것 같아서 알아서 처리할 것으로 알고 돌아오고 말았습니다."[22]

"안 선배님. 제가 김질락을 처음 만난 건 선배님을 따라 새문화연구회 모임에 나갔을 때 였지요."[23]

"으음. 그랬었지. 그러고 보니 나도 책임이 없다고 말할 수는 없구먼. 나는 대학원에서 박현채 선생을 만나고 사회주의자가 되었지. 좌익운동에도 관여했고…."

안병직이 머뭇하는 사이에 김형욱이 큰 소리를 내면서 말을 하기 시작했다.

"프롬 페이퍼 투 스틸From paper to steel! 종이로부터 강철로! 일명 'P. S. 작전'은 신 군 자네가 입안한 게 맞는가?"

그러면서 김형욱은 자료를 하나 꺼내 읽기 시작했다.

> 반제민족해방투쟁의 가장 적극적이고 결정적인 형태는 무장투쟁이다. 방대한 폭력에 의거하여 식민지독재지배를 하는 적과 투쟁하여 민족적 자주권을 쟁취하는 데는 수천만 대중을 각성시켜 하나의 정치대군으로 묶어세워 이것에 무장투쟁준비를 병행시키고 결정적 시기에 혁명적 폭력으로 반혁명을 박살내지 않으면 안 된다. 우리 통일혁명당은 그러므로 당연히 정권전취를 위한 결정적 시기에 대비하여 무장투쟁준비에 힘을 기울이지 않으면 안 된다.

아직도 인쇄 잉크 냄새가 남아 있는 신간호 『청맥』을 넘기면서 신영복 동지는 아까부터 이러한 것을 생각하고 있었다. 발밑으로 천천히 흐르는 한강 수면을 배경으로 하여 무기를 손에 부여잡고 함성을 지르며 적진으로 육박하는 수만군중의 성난 소리의 흐름이 보이는 것 같았다.

관악산 너머 하늘 끝에서 피어나는 핏빛 저녁노을 탓인지 물에 비치는 무장군중의 영상은 한층 너 확실하게 보이는 것 같았다.

"송 군, 나는 통일혁명당을 위한 우리의 투쟁을 'P. S. 작전'이라 부르고 싶다. 프롬 페이퍼 투 스틸, 종이로부터 강철로! 어떤가? 이 『청맥』

과 『혁명전선』 같은 위력 있는 선전선동 수단으로 당원과 민중을 각성시키는 한편, 무장준비를 하여 궁극적으로는 폭력혁명을 하지 않으면 안 되겠지."

"그대로입니다. 빨리 무장준비를 하지 않으면 안 됩니다."

"나는 며칠 전에도 저 남산에 올라가서 이쪽 저쪽 지형을 바라봤는데 남산과 저 북악산에 박격포를 몇 문 설치하여 청와대, 미국대사관부터 포격하여 적의 중추신경을 마비시킨다면 그때부터는 일이 간단하게 될 수 있다고 생각했네."

"전술적으로는 완전히 가능하죠."

진해 해군보급처에 소속된 송○○ 소위는 서서히 어떤 것을 후려치는 것처럼 주먹을 움직이며 기세를 올렸다. 그리고 박격포를 탈취하는 것은 자기가 떠맡겠다고 말하였다.

"포를 분해하여 산 정상까지 운반하여 설치하는 것은 우리 청맥회가 맡겠습니다. 그러면 우리의 이 계획을 조직에 제기하여 합의를 보도록 합시다."

전신의 세포로부터 젊음과 힘을 발산하는 것 같은 신영복 동지는 송 소위와 헤어진 그 길로 김종태, 이문규 동지 등을 찾아갔다. 적을 그토록 떨게한 통일혁명당의 무장계획, 'P. S. 작전'은 이렇게 하여 입안된 것이다.

신영복 동지를 비롯한 청맥회 멤버들과 당원장교들에 의해서 P. S. 작전의 'S 작전', 즉 무장준비공작이 활발하게 전개되어 갔다. 이것은 우리 통일혁명당 서울시위원회와 전라남도위원회가 탄압받기 전의 일이었다.[24]

신영복의 표정에는 미동도 없었다. 김형욱의 말이 끝나자 차분하게 자신의 이야기를 시작했다.

"제가 수사를 받을 때 이 건으로 큰 곤욕을 치렀지요. 그런데 이른바 P. S. 계획이란 문건은 없습니다. 저는 다만 무장력을 혁명의 원칙문제로 제기했을 뿐입니다. 게바라의 『게릴라 전투』라는 책, 그리고 마오쩌둥의 「항일유격전쟁에 있어서의 전략문제」와 「항일통일전선 전술의 현재적 문제」라는 논문이 저한테서 압수한 것으로 기억되는데, 저는 다만 유격 전쟁의 조건을 베트남의 정글, 라틴아메리카의 농촌 배후지, 중국의 정강산과 같은 자연적 조건에 국한해서 사고하는 것이 온당한가라는 문제제기를 하는 정도에 그쳤습니다."[25]

"신 군이 무장력 문제를 제기했다는 건 사실이구먼. 오케이. 이 정도로 충분하네."

그때 얼레지 줄기가 하늘로 솟구치고는 꽃잎 창문이 열리고 흰 수염을 흩날리면서 한 사람이 나타났다. 한홍구 교수였다.

"이봐요. 김형욱 씨! 『통혁당』 자료를 무조건 팩트로 몰아가는데 그건 아니에요. 『통혁당』이란 자료는 진보진영이 만든 건 분명한데… 신영복이 김종태, 이문규, 김질락 등과 함께 통혁당의 강령을 정하는 등 당의 핵심 성원으로 활동한 것으로 해 놓았습니다. 신영복은 민족해방전선이 조직한 산하단체라고 발표된 경제복지회나 경우회, 동학혁명회 등은 각각 역사가 오랜 자생적인 단체로서 자신과 개인적인 관계를 맺었을 뿐인데, 사건에 연루되어 고생하게 되었다면서 미안해했지요. 중앙정보부가 엄청나게 부풀린 것이냐는 질문에 대해서는 그런

측면도 있지만 또 한편으로는 김질락 등이 북에 산하단체라 보고한 것 같다고 덧붙였습니다. 남과 북 관료집단의 성과주의와 자기활동을 과장해서 보고한 통혁당 지도부의 합작으로 사건이 확대된 것이시 요."

"내가 이런 말을 하기는 뭐하지만…, 남북의 관료주의라는 말을 하셨는데, 박정희나 김일성은 비슷한 데가 있단 말이여. 박정희가 통혁당의 팩트를 부풀렸다는 건 인정하지 않을 수 없지, 북한 역시 엘리트 출신의 육사교수가 김일성의 교시를 받들고 남조선혁명을 위한 당 건설에 적극 동조했다고 하면 그보다 더 좋은 일이 어디 있겠는가. 김일성이 자신의 위신과 지도력을 내외에 과시하는 데 통혁당이야말로 절묘한 도구였지."

김형욱은 의외로 한홍구의 지적을 선선히 수용했다.

그때 갑자기 검푸른 빛이 번쩍이면서 허공을 갈랐고, 이어서 콰르르릉 천둥소리가 사방을 뒤흔들었다. 동준은 잠에서 깨어났다. 의자에 앉아서 졸고 있었다. 눈앞 책상에는 『통혁당』, 『신영복평전』, 『어느 지식인의 죽음』이 펼쳐져 있었다

신영복이 쓴 제호: 우붕잡억

"아니…. '우붕잡억'이 신영복의 작품이라고…."

동준은 신영복 아카이브를 보다가 깜짝 놀랐다. 『우붕잡억』이라는 책의 표지가 신영복 아카이브에 사진 자료로 떠 있었다. 책 표제를 신영복이 썼다는 것이다.

'우붕牛棚'은 중국 문화대혁명 당시 지식인을 가뒀던 헛간을 말한다. '잡억雜憶'은 이런저런 기억을 뜻한다. 그러니까 '우붕잡억'이라 함은 저자 지셴린季羨林(계선림)이 몸으로 겪어 낸 우붕의 기억, 즉 중국 문화대혁명의 참상을 회고한 것이다. 『우붕잡억』은 1992년에 원고가 완성되었는데 책이 나온 것은 1998년이었다. 책 출판에 이르기까지 6년이나 걸렸다. 그만큼 우여곡절이 많았다는 것이다. 중공당국은 문화대혁명을 비판적으로 다룬 이 책이 대단히 불편했을 것이다. 그럼에도 불구하고 이 책은 중국공산당 중앙당학교에서 출판했다. 이는 중국공산당조차도 문화대혁명의 오류를 인정하고 있다는 것을 확인시켜 주는 것이다.

한국에서 『우붕잡억』 번역본은 2004년 7월에 나왔다. 동준은 10여

년 전에 이 책을 처음 읽고 크게 감동을 받았다. 그 후 지셴린은 현대의 중국인 중에서 가장 존경하는 인물이 되었다.

저자는 서문에서 광기의 진실을 있는 그대로 남김없이 드러냈다고 했다. 그리고 책의 말미에서 문화대혁명은 문화도 없었고 혁명도 없는 10년 재앙이었다고 고백했다. 이것을 압축적으로 가장 잘 드러내고 있는 부분이 제20장, 남은 생각 그리고 성찰이다. 아래는 제20장을 발췌한 것이다.

세상 사람들은 모두 이른바 프롤레타리아 문화대혁명은 '문화'도 없고 '혁명'도 없는 영락없는 진짜 '10년 재앙'이었다고 생각한다. 이것은 중국인의 공통된 인식으로 더이상 논의할 필요도 없다. 이 전무후무한(나는 그러길 희망한다) 재앙을 겪으며 중국인은 정신적으로 물질적으로 실로 막대한 손해를 입었다. (…) 박해를 받았던 중년, 노년층의 지식인에게 문화대혁명 얘기를 꺼내면 아직 가시지 않은 노기와 불만이 피맺혀 응어리져 있음을 알게 된다. (…) 하지만 나는 기어코 고집을 피워 스스로 뛰어들었고 결국 보복을 받았다. 집안을 약탈당하고, 얻어터지고, 욕을 듣고, 비판투쟁을 당하고, 우붕에 갇혔다가 하마터면 죽을 뻔하기도 했다. (…) 이 기간 동안 나는 학교에 파견된 좌파를 지지하는 해방군과 노동자들을 만나 보았다. 이들은 모두 내가 엎드려 배워야 할 대상이었다. (…) 나는 한 점의 의심도 없이 굳게 믿고서 열심히 명령을 받들었다. 그러나 이제 겪어 보면서 점차 그들 가운데 몇몇은 정책을 이해하는 수준이 매우 낮을 뿐만 아니라 품행까지 포악하고, 심지어는 법을 어기고 기강을 어지럽히기까지 한다는 것을 발견하게 되었다. 나는 마치 찬물을 뒤집어쓴 것처럼 화들짝 깨달았다.

"빛난다고 해서 모두 금은 아니고 사람이라고 모두 완전한 사람은 아니구나."

그러나 이런 모습이 뜻밖에도 내가 평소 숭배하던 사람에게서 일어나리라고는 전혀 상상조차 못 했다. 유물론자는 마땅히 사실을 추구해야 하며 정정당당해야 한다. 절대로 사탕 발린 소리나 거짓말을 해서는 안 된다. (…) 그러나 얼마 가지 않아 상황은 변했고 극좌파의 물결이 모든 것을 뒤덮었다. 그 속에서 해외 관계가 결국 모함하고 날조하는 주요 빌미가 되었다. 해외에서 돌아온 사람들에게 어떻게 해외 관계가 없을 수 있겠는가? 이는 세 살배기 어린애도 다 아는 상식이다. 그러나 좌파 지도자들은 이점을 빌미로 스파이니 간첩이니 몰아세웠고, 끝내 감당할 수 없는 죄목들을 덮어씌웠다. 해외에서 온 사람들은 그제야 위기를 느끼고 경악했다. 문화대혁명에 이르자 상황은 더욱 나빠졌다. 나라를 사랑했던 수많은 사람들이 얼마나 억울한 일을 당했던가! 박해받고 죽어 간 것은 말할 필요도 없다. 살아남은 사람 역시 서둘러 떠났다. (…) 이것이 중국에 끼친 해가 얼마나 컸는지는 조금이라도 생각이 있는 사람이라면 모두 알 것이다.

지셴린은 문화대혁명의 오류를 통렬하게 적시했다. 『우붕잡억』에 앞서 문화대혁명을 비판한 영화로서는 1986년에 상영된 〈부용진〉이 있었다. 1994년에는 〈인생〉이 개봉되었다. 인생은 위화의 소설 『활착活

着』을 영화로 만든 것이다. 위화는 중국의 문화대혁명은 공허한 계급 투쟁이었다고 술회했다. 그 후로도 문화대혁명을 다룬 영화가 계속 이어지고 있다. 2014년에 상연된 〈5일의 마중〉도 그 중 하나다. 중국에서 문화대혁명은 현대사의 지울 수 없는 상흔이다.

중국 사람들은 정작 기회가 있을 때마다 문화대혁명의 상처를 돌아보고 역사의 교훈을 찾고 있음에도 불구하고 한국에서는 그렇지 못했다. 정말로 기이한 현상이라고 하지 않을 수 없다. 한국에서 현대 중국혁명 연구의 개척자로 이야기되는 리영희는 중국의 문화대혁명을 인류사에 일찍이 찾아볼 수 없는 대실험이라고 극찬했다. 리영희가 이런 문혁론을 피력한 책이 그 유명한 『전환시대의 논리』였다. 『전논』 초판 1쇄가 나온 것은 1974년이고 2판 1쇄가 나온 것은 2005년이었다. 초판은 30쇄나 찍었다. 수많은 사람들이 리영희의 이런 문혁론을 배웠다. 『전논』 2판은 『우붕잡억』이 나오고서도 7년의 세월이 지난 시점이었다. 리영희는 재판을 찍으면서도 잘못된 문혁론을 바로잡지 않았다. 『우붕잡억』을 참조하지도 않았다. 강산이 세 번 네 번 바뀌어도 리영희의 문혁론은 그대로였다.

이런 지적인 풍토에서 신영복이 『우붕잡억』의 제호를 썼다는 것 자체가 엄청나게 큰 사건으로 다가왔다. 신영복은 리영희와 다른 것이 아닐까. 『우붕잡억』의 제호를 보고 동준은 이런 생각이 들었다. 인터넷을 더 검색했다. 아…. 신영복은 지셴린의 저서 『다 지나간다』 추천사를 썼다. 동준은 책상에서 일어나 방 안 서가를 뒤졌다. 서가의 한쪽 구석에 책이 있었다. 얼른 책을 꺼내 보았다. 뒤표지에 신영복의 추천의 글이 실려 있었다.

나라의 스승으로 존경받는 현대중국의 원로학자 지셴린은 그 깊고 너른 품이 산과 같다. 이 책에는 그의 98년의 생애를 통하여 길어 올린 사색과 달관이 무르녹아 있다. 학문과 진리, 바람과 물, 생명과 죽음, 사랑과 우정 등 그가 몸소 겪었던 개인적인 고난은 물론 세상과 인정에 이르기까지 시종 부드럽고 낮은 목소리로 이야기 한다. "인자는 산을 좋아하고仁者樂山 오래 산다仁者壽"는 논어구를 떠올리게 된다. 마치 노스승이 나란히 걸으며 들려주는 듯한 평상심을 만나게 된다.

『다 지나간다』가 나온 것은 2009년 1월인데, 이때 저자는 병상에 있었다. 지셴린은 6개월 후 향년 98세를 일기로 타계했다. 신영복은 지셴린을 대단히 높이 평가했는데…. 노학자가 도달한 인간적인 풍모에 반했던 것 같기도 하고.

하지만 동준은 적이 실망했다. 신영복은 중국의 '10년 재앙'을 "그가 몸소 겪었던 개인적인 고난"이라는 말 뒤로 감추었다. 그리고 "시종 부드럽고 낮은 목소리로 이야기한다."라고 썼다. 지셴린은 백수白壽를 바라보는 나이에 『다 지나간다』를 썼다. 그는 담담하게 인생론을 말했다. 하지만 그의 인생론에는 문화대혁명의 상흔이 짙게 남아 있었다. 아래는 '착한 사람, 나쁜 사람'이라는 제목의 글에서 가져온 것이다.

2,000여 년 동안 철학계에서 논쟁이 끊이지 않는 두 가지 학설이 있다. 인간의 본성이 본래 선하다는 성선설性善說과 인간의 본성은 본래 악하다는 성악설性惡說이 바로 그것이다. 맹자는 성선설을 주

장했고 순자는 성악설을 내세웠음은 잘 알려진 사실이다. 이 두 가지 학설 외에 인간의 본성은 선하지도, 악하지도 않다고 주장하는 중립파도 있다. 내 개인적인 견해는 중립파에 가깝지만 완전히 일치하지는 않는다. 그런데 내게 반드시 성선설과 성악설 가운데 하나를 골라야 한다고 강요한다면 솔직히 난 성악설을 지지한다.[26]

지셴린이 성악설을 지지하게 된 계기는 문화대혁명 때문이었다. 『우붕잡억』에서 지셴린은 이렇게 말한다.

나는 채 옷을 걸치지도 못한 채 부엌으로 내쫓겼다. 고희에 가까운 숙모와 나의 아내까지도 함께 내몰린 채 일가족 모두가 졸지에 큰 죄인이 되어 버렸다. 밤은 깊고 바람은 차가웠다. 부엌에는 뼈마디가 시큰거릴 정도로 바람이 휘몰아치고 있었다. 가족 모두 바람소리 속에 놓인 채 온몸으로 싸우고 있었다. 나는 두 노파가 무슨 생각을 하는지 전혀 알 수 없었다. 서로 말도 할 수 없었고 몽둥이의 그림자만 우리 눈앞에 번쩍거릴 뿐이었다.

하지만 내 머릿속은 맑았다. 인도주의 같은 것을 떠올릴 수도 없었다. 인도주의는 일찌감치 호되게 비판을 받은 후 폐기되었고, 이를 거론하는 사람은 곧바로 수정주의자로 낙인찍혔기 때문이다. 지금까지도 잘 모르겠다. 어떻게 한 점의 인간성도 허용하지 않고 사람의 도리를 말할 수 있단 말인가? 중국 8천 년의 철학사에서 인간의 본성이 악한가 선한가 하는 논쟁은 지금도 이러쿵저러쿵 일치된 결론을 보지 못하고 있다. 나는 원래 성선설을 지지하며 사람마다 측은지심을 갖고 있다고 믿었다. 그러나 가정이 약탈당한 그 순간, 나는 신앙을 바꾸어 성악설로 개종했다.

"사람의 본성은 본래 나쁘다. 착한 것은 그의 노력에 의한 결과다."

가정이 약탈당하는 것을 보고서 당신은 저들의 본성이 착하다고 말할 수 있겠는가? 저들이 지닌 본성이 짐승의 것이 아니라고 말할 수 있겠는가? 이제는 조금이라도 양심을 지닌 사람들은 바로 그 양심 때문에 가책받아 걱정하고 근심하지 않은 이가 없다. 저 나쁜 습속을 만든 사람은 정녕 누구란 말인가? 이런 못된 습속은 과연 언제부터 시작된 것인가?[27]

중국에서 『우붕잡억』이 나오던 해, 지셴린은 87세였다. 『다 지나간다』의 원본인 『閱世心語』가 나왔을 때, 지셴린은 96세였다. 지셴린은 『우붕잡억』에서 성악설을 말하면서 "내 마음엔 피눈물이 흐른다."라고 썼다. 96세의 지셴린은 『다 지나간다』를 쓰면서도 성악설을 지지했다. 그의 마음속에는 여전히 피눈물이 흐르고 있지 않았을까.

지셴린의 반사反思

　동준은 독서대에 나란히 놓인 두 권의 책을 흐뭇이 바라보고 있었다. 하나는 『우붕잡억』이고 다른 하나는 『牛棚杂忆』이다. 『우붕잡억』은 중고 책인데 알라딘에 등록된 온라인 서점에서 구입했다. 이상하게도 『우붕잡억』은 일찍 절판되었다. 번역이 깔끔했는데. 책을 낸 미다스북스 편집부에 메일을 보내 왜 책이 나오지 않는지 물었지만 아무런 답이 없었다. 중국의 압력이라도 있는 것일까. 그럴리야 없겠지만…. 10여 년 전 이 책을 처음 접했을 때도 도서관에서 빌려서 봤던 것 같다. 사무실 서가에는 '지셴린'이란 라벨이 붙어 있는 파일이 꽂혀 있는데, 부분 부분을 복사해서 철해 놓은 것이었다.

　『우붕잡억』은 몇 군데 볼펜으로 밑줄이 그어져 있긴 했지만, 전체적으로 양호했고 복사물과는 비교할 수 없었다. 표지가 있는 책이 손에 들어온 것이다! 검은 붓글로 쓰인 '우붕잡억'은 비뚤비뚤하고 투박했다. 문화대혁명기의 지식인의 고난을 이런 서체로 표현한 것이리라 짐작한다. 택배로 온 책을 받고서 제일 먼저 확인을 했던 건 신영복이란 이름이었다. 표지 앞날개 아래쪽에 아주 작은 글자로 '제자 신영복'이라 인쇄되어 있었다. 글자가 워낙 작아서 여간해서는 신영복이란 이름자를 찾아보기가 어려웠다.

『牛棚雜憶』은 중공중앙당교출판사에서 2005년에 낸 책이다. 중공중앙당교는 정식 명칭이 중국공산당중앙당교다. 중국공산당중앙당교는 중국공산당의 고급간부를 양성하는 기관이고, 중공중앙당교출판사는 산하의 출판사인 것 같다. 『牛棚雜憶』은 알라딘에서 중고 책을 주문한 날 같이 주문했는데 책이 도착한 건 한 달이 좀 지나서였다. 중국에서 책을 수입하는 데 시간이 걸렸던 것일까.

표지는 옅은 초록색 바탕인데 제목은 흰색으로 세로쓰기했고 오른쪽 끝에 배치했다. 표지 왼쪽에는 연필로 그린 노년의 지셴린의 프로필이 자리하고 있었다. 표지를 넘기면 반투명용지에 인쇄한 지셴린의 프로필이 나오고, 다음 페이지에는 하단에 깨알 같은 글이 박혀 있다. 한글 책은 이렇게 번역했다.

> 『우붕잡억』은 피로 바꾸고 눈물로 쓴 책이다.
> 내가 살아남아 이 책을 쓴 것이야말로 내 평생 최대의 행복이요,
> 후세에 남겨 줄 나의 가장 아름다운 선물이다.
> 부디 나의 축원을 담아 세상 사람들에게 전해지기를 바란다.
> 이 책은 누구를 원망하거나 앙갚음하려고 쓴 것이 아니다.
> 오직 하나의 거울일 뿐이다.
> 이를 통하여 악과 선, 추함과 아름다움, 절망과 희망을 비추어
> 보았으면 한다.

목차를 보았다. 자서, 본문 21장, 부록으로 되어 있었다. 본문 중 제

일 궁금했던 건 20장이었다. 중국어판 20장의 제목은 '余思或反思'였다. 한글 책은 '남은 생각 그리고 성찰'이라 되어 있다. 反思는 처음 보는 말인데⋯. 동준은 네이버 중국어사전에서 '反思'를 검색했나.

1. (명사, 철학) 반성. [독일어 Nachdenken과 영어 reflection의 역]

2. 1980년대 중국에서 주로 과거의 역사 발전 과정이나 사회사조 등에 대해 심도 있게 재고찰하는 것을 가리킴.

3. 동사 (지난 일을) 돌이켜 사색하다.

중국어사전에서 反思는 영어 reflection의 역어 또는 독일어 Nach-denken의 역어로 나온다. 반사의 첫 번째 뜻은 반성 혹은 숙고로 이해해도 되겠다. 독일어 동사 '나흐덴켄nachdenken'은 뒤집어서 다시 생각해 본다는 뜻을 가지고 있다. 이중에서 관심이 가는 것은 두 번째 의미였다. 중국의 1980년대 역사적 재고찰이라 함은 주로 문화대혁명과 관련된 것이었다. 문혁이 끝난 후 상흔문학이 출현했고 1980년대 전반기에 반사문학이 나타났다. 그리고 역사반사, 문화반사라는 말이 등장했고 정치가들도 심심찮게 반사라는 말을 썼다.

反思의 중국 발음은 '판쓰'다. 한국어사전에는 反思란 말이 없다. 그러니까 성찰로 번역할 수도 있다. 성찰은 사전적으로는 자기의 마음을 반성하고 살피거나 가톨릭 고해 성사 전에 자신이 지은 죄를 자세히 생각하는 일을 의미한다. 반사를 성찰로 읽는 것은 틀린 것은 아니지만 개인적인 뉘앙스가 강하고 역사적 맥락이 충분히 전달되지 못하는 약점이 있다.

지셴린의 反思는 문혁에 대한 반사이자 역사에 대한 반사다. 그가 생각하는 反思는 무엇이었던가? 지셴린은 네 가지 물음으로서 문제를 제기한다. 첫째, 문혁이라는 전무후무한 재앙을 겪으며 중국인은 정신적으로 물질적으로 실로 막대한 손해를 입었는데, 이 비싼 대가를 치르고 어떤 교훈을 얻었는가? 둘째, 문화대혁명은 지나갔는가? 셋째, 피해자는 울분을 풀었는가? 넷째, 문화대혁명은 왜 일어났는가?

지셴린은 이렇게 말한다. 중국인은 교훈을 얻었지만 불충분했다. 문화대혁명은 완전히 지나가지 않았다. 오늘날의 청년은 문혁을 머나먼 남의 나라의 이상한 이야기쯤으로 듣는 경향이 있는데, 훗날 그들에게 비슷한 일이 일어나지 않으리라는 보장이 없다. 지식인은 조국을 열렬히 사랑했지만 학대를 받았다. 피해자들은 울분을 풀지도 못했다.

'문화대혁명이 왜 일어났는가'에 대해서는 대답할 수 있는 사람들조차도 일부러 대답을 안 하거나 대답하기를 꺼려했다. 이제는 진실을 말해야 한다. 핵심적인 것은 무엇을 버리고 어디로 갈 것인가, 하는 문제다.

지셴린의 反思는 굳이 이야기하자면 애국주의의 틀 안에서 이루어진다. 그의 성찰의 지향점은 반사회주의도 아니고 반체제도 아니다. 이 점에서 중공당국과 타협이 이루어졌다고나 할까. 그렇지만 지셴린은 이 제제가 갖는 악함과 추함을 온전히 드러냈고, 견디기 어려운 절망을 이야기했다. 문혁기의 악의 근원은 지셴린의 기억을 따라 실사구시적으로 재구성하면 개인숭배 권력의 존재와 좌익 권력의 당파적

인 이해와 대립 관계, 그리고 권력의 호명에 따라서 언제든지 비인非人
으로 전락할 수 있는 개체 혹은 대중의 문제가 크게 부각된다. 이들
문제는 중공체제의 문제와 불가분의 관련성을 가지고 있다. 지셴린의
문혁 반사는 이런 문제까지도 의식하고 있는 것이 아닐까. 그가 쓴 혈
환루사血換泪写란 말이 아프게 와닿는다.

우민끼의 '10월 민주항쟁정신'

오후에 동준은 알바를 마치고 아반떼를 운전해서 사무실로 나왔다. 사무실 건물 옆 빈 공터에 주차 공간이 있었지만 자리가 없었다. 할 수 없이 공영 주차장으로 갔다. 주차장은 사무실 바로 맞은편에 있었다. 차에서 내리면서 조수석에 있는 납작모자를 집어 썼다. 뒷좌석 문을 열고 등 가방을 꺼내 어깨에 메고 왼손으로는 책이 든 에코백을 들었다. 그리고 자동차 키로 문을 잠그고 천천히 걸어 나왔다. 바람은 차가웠지만 춥지는 않았다. 한낮의 햇살은 따뜻했다. 동준은 목걸이에 달려 있는 마스크를 끌어 올리면서 길을 건넜다.

여느 때와 달리 사무실 1층 입구에는 대학생으로 보이는 청년들이 줄지어 서 있었다. 얼마 전 1층에 세 들어 있던 꽃집이 나가고, 그 자리에 닭강정 가게가 들어서면서 이런 풍경이 생겨났다. 청년들이 줄서 있는 바로 옆 외벽에는 10·16관련자 모임 현판이 붙어 있었는데 거기에 눈길을 주는 이는 없었던 것 같다. 그들을 유인하는 것은 매콤한 닭강정 볶는 냄새였다. 동준은 청년들 사이를 비집고 1층 입구에 들어섰다. 3층 우편함에 우편물이 있었다. 동준은 우편물을 꺼냈다. 또 괴편지가 와 있었다.

동준은 편지 봉투를 한 손에 들고 사무실로 올라갔다. 탁자에 가방을 내려놓고 편지 봉투부터 개봉했다.

「10월 민주항쟁정신이 적폐청산투쟁의 불길로」라는 제목의 복사물이었다. 출처는 『우리민족끼리』 2020년 10월 16일자 기사였다. 원문은 아래와 같다.

해마다 10월은 찾아와 남조선에서 《유신》파쑈독재통치를 끝장낸 남조선인민들과 청년학생들의 대중적인 반파쑈민주화투쟁인 10월 민주항쟁이 있은 때로부터 41년이 되였다.

돌이켜보면 1979년 9월초 야만적인 《유신》파쑈독재를 반대하여 강원도와 대구에서 시작된 남조선인민들의 투쟁은 한 달 동안이나 끊임없이 벌어지면서 남조선각지로 급속히 확대되여갔다.

서울대학교와 리화녀자대학교를 비롯한 여러 대학교 학생들은 《민주구국선언문》, 《경제시국선언》, 《학원민주선언》, 《민족민주선언》, 《리화민주선언》 등을 발표하고 도처에서 반《정부》삐라들을 뿌리면서 항쟁의 불길을 지펴올렸다. 특히 10월 16일 부산대학교 학생들의 반《정부》시위투쟁을 발단으로 더 세차게 타오른 대중적 투쟁의 불길은 삽시에 마산, 서울, 대구, 청주, 진주를 비롯한 남조선 전지역에로 확대되였으며 항쟁용사들은 악명높은 《유신헌법》의 철폐와 《독재〈정권〉퇴진》, 《언론의 자유》 등을 웨치면서 박정희군사파쑈도당의 폭압에 맞서 견결한 싸움을 벌리였다.

자주, 민주, 통일을 위한 남조선인민들과 청년학생들의 대중적 투쟁사에 뚜렷한 자욱을 남긴 10월민주항쟁은 《유신》독재의 철권통치, 폭정에 대한 인민들의 쌓이고 쌓인 원한과 분노의 폭발이었다. 또한 친미사대매국과 동족대결, 파쑈폭압정책으로 엄청난 죄악만을 쌓아 온 《유신》독재자를 파멸시키고 식민지파쑈통치체제를 밑뿌리 채 뒤흔들어놓은 정의의 항쟁으로서 외세를 둥에 업고 민의를 거스르는 반역의 무리들은 비참한 종말을 면치 못한다는 진리를 력사에 뚜렷이 새겨 주었다.

10월민주항쟁이 있은 때로부터 41년이라는 세월이 흘렀지만 아직도 참다운 새 정치, 새 생활을 위해 결연히 일떠섰던 항쟁용사들의 념원은 실현되지 못하고 있다.

지금도 남조선에서는 《유신》파쑈잔당들이 날이 감에 따라 더욱 격렬해지고 있는 인민들의 적폐청산투쟁에 도전하여 더러운 잔명부지, 부활을 기도하며 단말마적으로 발악하고 있다.

청산되여야 할 적폐집단인 《국민의힘》을 비롯한 보수패당은 음으로 양으로 민심을 기만하며 재집권야망을 실현해 보려고 책동하는가 하면 사회대개혁과 경제, 민생관련법안들의 《국회》통과를 사사건건 가로막고 도처에서 집회란동을 부려대며 남조선인민들의 생명안전을 엄중히 위협하고 있다.

현실은 10월민주항쟁의 념원이 아직까지도 실현되지 못하고 있다는 것을 그대로 보여 주고 있다.

지금 남소선에서 10월민수항쟁 용사들의 뜻을 이어 종말의 위기에서 솟아나 보려고 갖은 오그랑수를 다 쓰고 있는 《국민의힘》을 비롯한 보수패당의 발악적 책동을 짓부시고 검찰개혁, 사회개혁을

이룩하기 위한 적폐청산투쟁이 힘차게 벌어지고 있는 것은 너무나
도 응당하다.

《유신》독재통치를 끝장낸 10월민주항쟁정신은 모든 악의 근원이
며 재앙거리인 보수역적패당을 말끔히 쓸어 버리기 위한 적폐청산
투쟁, 사회의 자주화와 민주화를 실현하기 위한 남조선인민들의 대
중적 투쟁의 불길로 더욱 세차게 타오를 것이다.

동준은 3인 톡방에 문건을 스캔해서 올렸다. 그리고 구글에서 '우리
민족끼리'를 검색했다. 검색 화면 상단에 『우리민족끼리』 웹주소가 나
왔다. 클릭을 했는데 『우리민족끼리』는 불법·유해 사이트라서 차단되
었다는 경고 창이 떴다. 다시 검색 창으로 돌아와서 위키백과사전을
열었다. 다음과 같은 글이 실려 있었다.

우리민족끼리는 조선민주주의인민공화국 조국평화통일위원회(조
평통)의 산하 조직 조선류일오편집사에서 운영하고 있는 인터넷 선
전 및 선동 매체로, 본사는 중화인민공화국 심양시에 있다. 대한민
국의 민중의 소리와 소식을 공유하고 있다. (…) 김정은을 비롯한
김씨 일가와 조선로동당을 찬양하는 글들이 많다.

나무위키에도 글이 있었는데 표현이 신랄하다.

70~80년대부터 북한이 주로 주장하는 선전 방식 중 하나. 남한
사람들을 꾀어내기 위해 한민족 민족주의에 호소하는 문구다. (…)

줄여서 '우민끼'로 부른다. (…) 많은 사람들이 우리민'좆'끼리라고 부르는 것도 어쩌면 당연한 일.

여기까지 읽었는데 카톡 신호음이 들렸다. 우일이 보낸 것이었다.

우일: 이거는 또 머어꼬?

동준: 우민끼가 공표한 부마항쟁 41주년 성명 같은데.

우일: 우리가 언제 독재 퇴진을 웨쳤냐. 독재타도를 외쳤지!

동준: ㅎㅎㅎ 그러게 말이야.

우일: 글고 오그랑수는 먼말이여?

동준: 속임수란 뜻인 것 같애.

우일: 참 웃긴다고. 오그랑수를 쓰는 건 쟤네들 아냐.

동준: 북한에서 부마항쟁을 '10월민주항쟁'이라 부른다는 건 언젠가 본 적이 있는데… 10월민주항쟁과 10·16 항쟁은 서로 비슷해 보이지만, 성격이 달라.

우일: 쟤네들은 한국에서 벌어지는 일을 죄다 엔엘피디알(NLPDR)에다 끼워 맞추는 거지?

동준: 北은 10·16을 식민지파쇼통치체제에 대한 항쟁으로 묘사하고 있는데. 식민치파쇼통치체제란 김일성이 말한 민족해방 인민민주주의혁명론(NLPDR)과 관련이 있지. 엔엘피디알은 남조선에서 美 제국주의 침략세력을 내쫓고 그 식민지통치를 없애며 군사파쇼 독재를 뒤집어엎어야 한다는 거야. 식민지파쇼'통치체세란 여기서 나온 말이지.

우일: 10·16은 유신독재에 항거한 거야. 박정희 정권을 식민지파쇼통치체제라고 생각한 사람이 어디 있었나. 박정희는 미국 카터 정권과도 사이가 좋지 않

았지. 아, 그리고… 지금 유신 파쇼 잔당이 어디 있어. 1980년 봄, 대학가에서 유신잔당 물러가라는 구호가 나오긴 했지만. 박정희 사후 유신잔당이란 대표적으로는 김종필이었지. 전두환도 '새끼 박성희' ㄱ룹이니깐 유신잔딩이라고 할 수 있겠네. 김종필은 김대중과 DJP연합을 했지. 지금은 세상을 떠났고. 전두환은 살아 있지만, 아흔 살에 지팡이를 짚고 법정에 불려 다니는 신세인데… 박근혜는 또 어때. 벌써 4년째 감옥소에 있지 않나. 새끼 박정희인 이명박도 감옥소에 있고.

동준: 그러게 말이다.

우일: 그런데 말이야. 현재의 집권당인 더불어민주당에 대해서는 일언반구도 없는데, 국민의힘에 대해서는 왜 그리 악을 쓰면서 욕을 해대는지 모르겠어. 그들이 사용하는 용어를 봐. "보수패당의 발악적 책동을 짓부시고", "모든 악의 근원이며 재앙거리인", "보수역적패당을 말끔히 쓸어 버리기 위해"… 이게 정상적인 언어라고 생각해?

동준: 남과 북이 사실상의 反보수 연합이 이루어진 게 아닌가 하는 느낌이 들어. 요사이 부쩍.

우일: 어… 그러고 보니까 '보수타파'란 말이 생각나네.

동준: 그래. 2018년 9월인가. 북의 최고인민회의 상임위원장 김영남이 더불어민주당 당대표 이해찬을 만나는 자리에서 '보수타파'란 말을 꺼냈지. 그런데 그보다 먼저 자극적인 용어를 사용한 이는 이해찬이었어. 2017년 4월 문재인 후보 선거운동을 하던 이해찬이 "극우 보수세력을 완전히 궤멸시켜야 한다."라고 발언했지.

동준의 이야기가 끝나자 영호가 등장했다.

영호: 대한민국은 민주공화국이고 그 틀 안에서 좌우가 함께 공존하는 것이 민주주의지. 어느 논설위원이 말했던 것 같은데. 대한민국 헌정질서 내의 정당은 보수든 우익이든 적이 될 수는 없는 거지. 그런데 보수타파라니? 보수를 타파하고 나면 뭐가 남겠냐고. 북한식 수령독재를 하자는 거 아냐? 조선로동당에 반대하는 정당이 존립할 수 있겠어? 더불어민주당이 하는 걸 보면 정말 의심스러워. 조선로동당과 손잡고 도대체 뭘 하려고 하는지⋯.

우일: 공감. 그건 그렇고. 이걸 편지함에 넣고 간 이들은 어떤 사람들일까?

우일이 괴편지 문제로 화제를 돌렸다.

영호: 글쎄. 여전히 안개 속이긴 한데. 뭔가 큰 윤곽은 나온 게 아닐까?

우일: 큰 윤곽이라니?

영호: 사물을 단순하게 보면 친북이냐 아니냐인데. 친북은 아닌 것 같아. 만일 우민끼 식의 친북이 목적이라면 굳이 신영복을 끼워 넣을 필요는 없지 않았을까.

우일: 음. 일리가 없지는 않은데. 친북이 아니라고 단정하는 건 곤란해. 신영복은 좌익이지만 부드러운 이미지를 가지고 있고 지지층의 폭이 넓다고. 이런 걸 활용해서 친북으로 끌고 가려는 전략일 수도 있어.

우일은 친북 쪽에 혐의를 두는 인상이었다.

우일: 동준이는 어떻게 생각하노?

동준: 친북일 수도⋯ 아닐 수도⋯. 솔직히 말하면 잘 모르겠어. 그런데. 친북이 아

닌 어떤 것? 실체가 뚜렷하지는 않은데….

우일: 동준아. 옥 선생하고 이야기를 해 보면 어떨까?

동준: 그럴까.

우일: 내가 약속을 잡을게.

영호: 나는 못 간다. 미안.

동준과 우일은 사무실에서 만나 이스또리아로 갔다. 옥 선생은 자초지종을 듣고 우일이 건넨 문건을 정독했다.

"이런 문건은 처음인데…. 뭔가 정제되지 못한 느낌입니다."

옥 선생의 첫 반응은 의외로 냉정했다. 그러면서도,

"적폐청산 투쟁은 해야 되는 거 아니에요?"

하고 말했다. 우일은 인터넷에서 적폐청산을 지지하는 옥 선생의 칼럼을 본 적이 있었다. 그는,

"왜 北은 국민의힘만 물고 늘어지는지…."

라며 중얼댔다. 동준은,

"적폐는 여야 기득권 세력에게 공통하는 문제인데 말이야."

라며 맞장구쳤다. 옥 선생도 가만히 있지 않았다.

"국민의힘이 기존 적폐의 대표선수였던 건 확실해요. 이건 두말할 필요가 없어요. 그렇다고 해서 여당이 적폐와 무관하냐 하면 그건 아니에요. 지금 여당에 속했다고 해서 과거에 티 없이 맑게 살았다거나 무엇이든 개혁에 적극적인 사람들인 것은 결코 아닙니다. 한국의 부패는 여야를 불문하고 총체적이기 때문이지요. 여기 보니까 유신잔당 이야기가 있는데요. 박정희는 유신을 하면서 국민발안권을 폐지했어

요. 지금도 우리 민초에게는 국민발안권이 없습니다. 이것이 유신잔재가 아니고 무엇입니까. 지금 여야의 어느 의원이 이 문제를 제대로 다루고 있습니까?"

옥 선생은 국민의힘을 적폐투쟁의 주요한 대상이라고 이야기하면서도 더불어민주당에 대해서도 시시비비를 가리는 입장이었다.

"한반도에서 가장 오래된 적폐는 김정은 정권 아닙니까."

옥 선생의 말이 끝나기가 무섭게 우일은 김씨조선 적폐론을 꺼냈다.

"북한이 10월 민주항쟁 정신을 말하는데, 그들이 이런 말을 할 자격이 있을까요. 세월이 지나서 보면 박정희 정권은 이북의 김씨 정권에 비하면 양반이었습니다. 독재라는 면에서 김씨 3대가 75년을 해 먹지 않았습니까. 박정희는 18년간 권좌에 있었고, 유신독재는 7년이었습니다. 정치범수용소를 만든 건 누굽니까. 박정희입니까. 김일성입니까. 경제발전과 국민의 생활면에서는 어떻습니까. 남과 북은 하늘과 땅의 차이가 나지 않습니까. 한반도에서 누가 적폐입니까. 역사 앞에서 이제는 양심적으로 말해야 합니다."

우일은 상기된 표정이었다. 목소리도 커졌다.

"부회장님. 진정하시고… 이 문제를 어떻게 대처해야 할지 생각해 봐요."

옥 선생이 화제를 돌렸다.

"아… 그렇지요. 홋홋".

우일은 멋쩍게 웃으면서 옥 신생의 얼굴을 쳐다봤다.

"여기는 탐정사무소입니다. 이제부터는 탐정으로서 이야기를 하겠습니다."

탐정이란 말에 동준도 우일도 빵 터졌다.

"그래서 옥 샘을 찾아온 거 아입니까. 하하하."

"왜 웃어요? 중요한 문제를 두고서…."

옥 선생은 정색을 하고 말했다.

"우선 이 사건의 명칭부터 정합시다. 두 분은 괴편지라고 하셨는데…. 편지 봉투 안에 들어 있는 건 편지가 아니에요. 두 번 다 복사물이었어요. 자신들의 생각을 적어서 상대에게 보내는 것이 편지인데. 이들은 자기 생각을 말하지 않고 있습니다. 복사물 뒤에 숨어 있어요. 이들의 의도를 알 수 있는 단서는 복사물뿐입니다. 이들은 복사물을 통해 무엇을 이야기하려고 한 것일까요."

그러자 동준이,

"아. 그러네요. 옥 선생님의 말씀을 듣고 보니 퍼뜩 떠오르는 게 있습니다. 부마항쟁과 북한과의 어떤 관련성을 묻는 건가요?"

라고 말했다. 옥 선생은,

"상당히 근접한 것 같습니다. 부마항쟁과 북한은 아무런 관련이 없지요. 상식적으로는. 그런데 그게 아니지요. 우민끼의 41주년 기사를 보세요. 북한은 그들의 시각으로 10·16을 각색하고 그걸 남조선 인민들을 향해 발신하고 있습니다."

동준은,

"결국 북한식의 역사공정이군요. 그렇다면 북한식 역사공정을 어떻게 보는가 하는 것이 문제가 되겠지요."

라고 말했다.

"예. 좋아요. 첫 번째, 이들은 북한식 역사공정의 지지자다. 두 번째, 북한의 행위 또는 북한적인 요인의 영향에 대해 물음을 던지고 있다. 세 번째, 북한을 비판하는 사람들의 소행이다. 어느 쪽일 거 같아요?"

"세 번째는 아닌 거 같습니다."

우일이 말했다.

"왜 그렇게 생각하나요?"

"북을 비판한다면 우민끼 기사를 그대로 복사해서 투함하지는 않았겠지요. 우민끼에 대한 비판 글을 첨부한다거나 했겠지요. 그러면 첫 번째 아니면 두 번째인데. 첫 번째라고 하면 친북의 소행이고… 두 번째는 뭐라고 해야 하나.

우일은 친북이 아닌 다른 실체가 있을 수 있다는 데에 생각이 미쳤지만 대상을 특정할 수 없었다.

"좋아요. 첫 번째와 두 번째, 두 가지 가능성을 모두 열어 두고 생각해 봅시다. 둘 다 남한에 대한 북한 요인의 작용 문제이기도 하고. 두 번째는 북한에 대한 회의주의로 잠정하지요."

"북한 회의주의?"

우일은 회의주의란 말이 선뜻 와닿지 않았다.

"자, 다시 정리하면 첫 번째의 경우 일방적인 선전·선동이지만 두 번째는 자신들의 의문을 풀기 위해 상대와 대화를 하는 하나의 방식일수도 있습니다. 회의주의는 그리스어 '스껩또마이σκέπτομαι(skeptomai)'에서 유래했는데, 스껩또마이는 의심한다는 뜻이 아니라 원래는 '조사한다, 생각한다'는 뜻이지요. 그러니까 스껩또마이는 어떤 사물에 대해 조사하면서 의문에 접근하는 방식이라고 할까요. 일단 편지함에 투함한 주체를 S, 문건은 S문건이라 부르지요."

"아…. 그러면 옥 샘은 두 번째의 경우로 추정하다는 거네요."

우일이 물었다.

"아뇨. 꼭 그렇지는 않아요. 대상을 잠정한다는 것. 그 이상 의미는 없어요. 에스는 외부보다는 내부, 혹은 내부와 관련이 있는 사람일 가능성이 많습니다. 부회장님은 이런 방향으로 조사를 한번 해 보세요."

사이공의 흰옷과 하얀 아오자이

새벽에 이불 속에서 유튜브를 보고 있는데 카톡 메시지가 들어왔다. 옥 선생이 보낸 것이었다.

'김 박사가 쓴 글인데요. 함 보세여.'

동준은 첨부된 기사를 클릭했다. 「사이공의 흰옷과 하얀 아오자이」라는 글이었다. 동준은 궁금해서 단숨에 읽어 내렸다. 그리고 이 글을 3인 톡방에 공유했다. 김 박사의 글은 아래와 같다.

쇠귀 신영복 선생의 베트남 기행문을 보면 '사이공의 흰옷' 이야기가 나온다.

"이윽고 그 푸른 들판 길에 집으로 돌아가는 학생들의 자전거 행렬이 미끄러지듯 나타납니다. 녹색의 들판을 배경으로 흰 아오자이를 바람에 날리며 지나가는 모습은 마치 백학이 푸른 벌판에 날아드는 듯 평화롭습니다. 새로운 풀들이 들판을 덮고 그 들판에는 새로운 생명들이 태어나 이제 백학처럼 날아가고 있는 광경을 눈앞에 두고 나는 나의 심정을 어떻게 간추려야 할지 망연해집니다. 내게는 아직도 『사이공의 흰옷』을 읽고 아픔을 다스리지 못해 하던 당신의 얼굴이 남아 있고, 지금도 증오를 키우고 있는 분단의 세월을 떠날 수 없는 나로서는 백학이 날아가는 베트남의 푸른 들녘은 그 한복판에 앉아 있으면서도 잡을 수 없는 환영幻影처럼 멀기만 합니다."28)

신영복은 베트남의 평화스러운 광경을 마주하고서 그답게 『사이공의 흰옷』을 떠올렸다. 『사이공의 흰옷』은 1986년 8월에 부산의 친구출판사에서 낸 책이다. 쇠귀가 20년 징역을 살고 교도소에서 석방된 것은 1988년이었다. 아마도 감옥소에서 나오고서 책을 접했지 싶다.

남한의 좌익혁명 세력은 오랫동안 남베트남의 반미구국항쟁을 남조선혁명의 교본으로 생각해왔다. 신영복은 통혁당에 관계할 무렵 베트남 민족해방전선을 보고 한국에서도 민족해방전선이 필요하다는 생각을 했고, 베트남 밀림의 항미 유격전쟁에도 큰 관심을 가지고 있었다. 1976년에 결성된 남민전(남조선민족해방전선준비위)도 남베트남민족해방전선을 롤 모델로 삼았다고 한다.

이들보다 앞서 베트남 모델을 남한에 적용하여 한국에서 혁명전쟁을 하려 했던 이는 김일성이었다. 김일성의 남조선혁명론이 남한의 좌익들에게 큰 영향을 주었던 것이다.

『사이공의 흰옷』은 주인공 프엉이 운동에 뛰어들고 매판정권의 탄압을 받고 감옥에 수감되고서도 견결하게 투쟁하는 모습을 그리고 있다. 프엉이 남베트남해방투쟁의 투사로서 성장하는 데는 베트남공산당의 지하조직의 지도가 결정적이었다. 프엉은 옥중에서 베트남공산당에 입당하고 열렬한 당원이 된다. 『사이공의 흰옷』은 베트남 모델을 주입함에 있어서 더할 나위 없는 의식화교재였다. 신영복도 이 책을 읽고 크게 감동했다! 50대 후반의 나이에 베트남기행을 하면서도 『사이공의 흰옷』을 잊지 못했던 것이다.

그런데 이 책은 지금 보면 여러 가지로 미스터리한 책이다. 번역서는 저본底本을 밝히는 게 상례인데 아무런 언급이 없다. 『사이공의 흰옷』은 중역본重譯本이다. 그들은 원작(베트남어본)을 번역하지 않았다. 중역의 원본은 어떤 책이었을까. 필자가 일본 국회도서관 사이트에서 조사한 바로는 신일본출판사에서 1980년 2월에 출간한 『白い服: サイゴンの女子学生の物語』란 책이 있었다. 제목을 우리말로 옮기면 『흰옷: 사이공 여학생의 이야기』다. 저자는 '그엔·반·봉', 우리말로는 '구엔 반 봉'. 친구에서 나온 책의 저자도 구엔 반 봉으로 표기했다. 『사이공의 흰옷』은 일역본을 원본으로 해서 중역한 것이었다. 참고로 이야기하면 신일본출판사는 일본공산당 계열의 출판사다. 일본어 번역자 다카노 이사오高野功는 일본 공산당 기관지 아까하타赤旗의 하노이 특파원으로서 중월전쟁 취재중 중국군의 총격을 받아 순직한 기자였다.

이 지점에서 원작 번역본인 『하얀 아오자이』 이야기를 꺼내야겠다. 『하얀 아오자이』는 동녘에서 2006년에 출간한 책이다. 이 책은 1995년에 베트남문학출판사에서 출판한 『응웬반봉Nguyễn Văn Bồng 선집 2』에 실린 『하얀 옷Áo Trắng』을 저본으로 했다.[29] 번역자는 하노이사범대학에서 베트남문학 박사학위를 받은 배양수 교수(부산 외국어대)다.

『하얀 아오자이』는 소설 속 이야기를 일러스트로 표현한 그림이 있어서 읽기가 수월했다. 그런데 『사이공의 흰옷』과 『하얀 아오자이』 두 책을 읽다 보면 이상한 부분이 눈에 띈다.

- 『하얀 아오자이』는 '북위17도선 저쪽'이라는 표현이 있는데(63쪽, 69쪽), 『사이공의 흰옷』은 없다(57쪽).
- 『하얀 아오자이』는 사회주의 진영의 확대·발전에 대한 기술이 있지만(68쪽), 『사이공의 흰옷』은 삭제했다.
- 『하얀 아오자이』는 노란색과 빨간색 종이를 잘라 깃발을 만들었다고 했다(102쪽). 북베트남의 국기인 금성홍기를 만들었다는 이야기다. 그런데 『사이공의 흰옷』은 그냥 '색지'를 사와서 청년동맹기를 만들었다고 해 놓았다(93쪽).
- 『하얀 아오자이』는 국기와 호 주석(사진) 앞에 서서 맹세했다고 했는데(105쪽), 『사이공의 흰옷』은 삭제했다.
- 『하얀 아오자이』는 '북부 베트남'과 '사회주의'를 명시하고 있지만(142쪽), 『사이공의 흰옷』은 '항전구'란 말로 바꾸었다(126쪽).
- 『하얀 아오자이』는 '위험한 공산당 간부'란 말을 쓰고 있는데(186쪽), 『사이공의 흰옷』은 '민족주의자 간부들은 위험한 놈들'로 바꾸었다(163쪽).
- 『하얀 아오자이』는 '공산당 입당식'에서 "깃발은 빨간 천과 노란 천을 잘라서 붙였다."라고 했는데(221쪽), 『사이공의 흰옷』은 '입당식'이라고만 표기했고 "당기는 천 조각들을 붙여서 만들었다"고 썼다(198쪽).

- 『하얀 아오자이』는 "나는 공산주의가 우리나라에 맞지 않는다고 생각했단다."라는 이야기가 있는데(257쪽), 『사이공의 흰옷』은 이 부분을 삭제했다.

필자는 『하얀 아오자이』를 읽고서 왜 이 작품을 '베트남 혁명문학 작품의 전형'[30]이라고 이야기하는지 요해가 되었다. 무엇보다 『하얀 아오자이』는 남베트남에서 공산당이 투쟁의 중심에서 지도적인 지위를 점하고 있다는 것을 선명하게 드러내고 있다. 사이공의 평범한 고등학교에도 공산청년단 지하조직이 있을 정도로 공산당은 남부 베트남의 곳곳에 깊숙이 침투하고 있었다. 뿐만 아니라 호찌민은 어린 학생에서부터 성인에 이르기까지 심지어 공산당에 비판적인 사람으로부터도 존경을 받는 인물이었다.

쇠귀는 어느 글에서 "베트남은 전쟁 방식에 의해 사회주의가 자본주의를 통합한 것"이었다고 썼다.[31] 왜 북베트남이 통일을 주도할 수 있었던가. 거기에는 여러 가지 요인이 있겠지만 남부에서의 공산당과 연계된 활동을 빼놓고서는 설명하기 어려울 것이다. 그만큼 좌익이 셌다는 것이다. 더구나 베트남 좌익은 무장투쟁을 조직하는 데서도 탁월했다. 『하얀 아오자이』는 주인공의 캐릭터가 공산당의 당적인 요구에 대해서 용감하고 충성스러워야 한다는 룰에 적합했고, 이 점에서 성공적인 혁명문학이 될 수 있었던 것이다.

그런데 『사이공의 흰옷』은 뭐라고 할까. 공산당과 관련된 부분에서 의역도 아닌 것이…. 윤문도 아닌 것이…. 원문의 변조 혹은 조작 혹은 왜곡이라고 말할 수밖에 없지 싶다. 친구 편집부는 어떤 목적의식하에서 '빼고', '넣는' 행위를 반복적으로 행했다. 그들은 어떤 목적을 가졌던 것일까?

첫째, 그들은 남부 베트남의 혁명운동이 공산당의 영향 하에서 조직적으로 이루어지고 있다는 것을 감추고자 했다. 둘째, '공산당'을 지우고 민족전선 혹은 민족주의 혹은 민족주의자란 말로 덧칠을 해서 민족적인 문제 = 반미항전을 최대한 부각시키려고 했다. 셋째, 남부 베트남에서 투쟁에 앞장서는 사람은 선량한 민족주의자인데 독재정권이 공산당으로 날조해서 터무니없는 탄압을 가하고 있다는 식으로 이미지를 주출하려고 했다. 넷째, 공산주의에 대해 회의적이거나 부정적인 표현은 삭제하고 문맥상 '반공적'으로 읽힐 수 있는 여지를 소거했다.

어느 언론인은 『사이공의 흰옷』을 언급하면서 "남베트남 운동권 대학생들의 애환을 담은" 책이라고 소개했다. 당대에 이 책을 읽은 사람들 다수가 이런 이미지를 가지고 있을지도 모른다. 그렇지만 주인공 프엉은 대학생이 아니라 고등학생이었다. 운동권 대학생들의 애환을 담았다고 이야기하는 것은 사실도 아니거니와 지나치게 로맨틱하다.

『하얀 아오자이』의 작가 응웬반봉은 혁명문학의 '규칙'에 충실한 사회주의 리얼리즘 작가였다. 그는 통일 후 베트남 작가들에게 최고의 상인 호찌민 상을 받았다.[32] 이 책은 베트남에서 반미시대의 혁명전통을 교양하는 '권위' 있는 도서로서 자리매김 되었다.

『사이공의 흰옷』은 한국적인 문맥에서 개작된 것이었다. 주인공 프엉이 반미구국투쟁에 나서는 조직적인 출발점은 청년동맹(공산청년단)

가입이었다! 『사이공의 흰옷』은 부산 좌익의 새로운 출현을 알리는 '역사적'인 출판물이라는 점을 지적하고 이야기를 마친다.

제2부

벌교,
만절필동,
토착왜구

벌교

아침 이른 시간에 부전시장에 가서 장을 봐왔다. 무, 배추, 열무, 땡초, 콩나물, 미나리, 두부, 돼지고기, 멸치, 장어를 차에서 내리고 일부는 냉장고에 일부는 주방에, 일부는 바깥마당에 가져다 놓았다. 반찬 용기는 안방 선반으로 옮겨서 자기 자리에다 쌓아 두었다. 다음은 청소였다. 동준은 홀 바닥을 부직포 밀대로 닦아 냈다. 매일 청소를 해도 부직포에는 먼지가 까맣게 달라붙어 있었다. 동준은 밀대에서 부직포를 떼내 쓰레기통에 버렸다. 그리고 새 부직포를 꺼내 반찬 진열대의 밑바닥이며 선반이며 유리창을 깨끗하게 닦았다. 동준이 밀대를 바깥마당에 내다 놓고,

"아지매. 청소 다 했소."

하고 말하자 미영은 주방에서 칼질을 하다가,

"그라믄 인자부터 카레 만드이소."

하고 말했다.

"알써."

동준은 사각 스텐 그릇을 가져다 놓고 재료준비에 들어갔다. 냉장고에 있는 돼지고기, 버터, 방울토마토, 고형카레 한 토막을 가져와서

스텐 그릇에 담아놓았다. 카레 분말은 적당량을 물에 개어 놓는다. 감자와 당근은 1.5센티미터 크기로 깍둑썰기 하고, 양파는 채썰기 했다. 이제는 조리다. 팬을 꺼내 가스불에 올려놓고 양파를 버터에다 볶는다. 양파가 갈색이 들 정도로 들들들 볶아 준다. 양파가 잘 익었으면 돼지고기를 넣고 볶고, 고기가 반이상 익으면 감자와 당근, 방울토마토 예닐곱 개를 넣고 볶아 준다. 감자가 약간 익으면 적당량의 물을 붓고 두껑을 닫고 익혀 준다. 재료가 어느 정도 익었을 때 두껑을 열고 물에 갠 카레와 고형 카레를 투입한다. 카레가 바닥에 눌러붙지 않도록 긴 나무주걱으로 저어 주는 게 중요하다. 간을 보는데 약간 싱겁다 싶어서 소금, 설탕으로 간을 맞추었다. 강황가루도 좀 더 넣었다. 카레 향이 그윽하다. 기가 막힌 맛이 나왔다.

"아지매. 카레 작업 끝."

"수고했심더. 포장 좀 해 주이소."

주방에서 미영은 장어 추어탕을 끓이면서 간을 보고 있었다. 동준은 매대에 올려놓은 밑반찬을 가져와서 포장 작업을 시작했다. 오징어 젓갈, 고추 젓갈, 연근조림, 카레를 포장했다.

"아이고 배고파라."

방문 옆 벽면의 시계를 보니까 11시가 다 되었다. 시장해서 동준이 아침밥 이야기를 꺼냈는데. 미영은,

"알았심더. 조금만 기다리이소."

히고 말했다. 동준은 포장한 반찬을 반찬 진열대에 가지런하게 놓아두었다. 그때 한 아주머니가 가게 문을 열고 들어섰다. 동준은 주방으로 가서 손님이 왔다고 알렸다. 미영은,

"예. 어서 오이소."

하고는 홀로 달려 나왔다.

"아이고. 오랜만에 오셨네예."

아주머니는,

"바쁘지요."

하면서 미영에게 인사를 건넨다. 미영은 동준 쪽으로 고개를 돌리고는 작은 목소리로,

"사무실로 얼른 가이소."

라고 말했다. 동준은 무슨 사정이 있겠지 싶어서 아무 말 않고 옷을 갈아입고 가게를 나왔다.

미영은,

"방에 들어가서 좀 앉았다 가이소."

하면서 아주머니의 손을 잡고 끌었다. 아주머니도 못 이기는 척하면서 운동화를 벗고 안방으로 올라갔다.

미영은,

"커피 한잔하이소."

하면서 커피포트 전원을 꽂았다.

"하윤이는 며칠 전에 왔다 갔습니다."

"아. 그랬습니꺼."

하윤이 엄마는 머리가 하얬다. 그녀는 부산진여상을 졸업하고 조그만 중소기업의 경리로 일을 하다 하윤이 아빠를 만나서 결혼을 했다. 결혼 후에는 아이를 키우느라고 한동안 전업주부로 살았지만, 아이가 크고 나서는 가계보조를 위해 마트 알바를 하면서 살아온 억척 어멈

이었다. 그녀는 집나간 딸이 걱정이 돼서 한번씩 하윤이를 찾아보는데 그럴 때마다 반찬 가게에 들러 하윤이 좋아하는 반찬을 사서 가곤 했다.

"하윤이 아바이가 별나서…."

"와예. 무슨 일이 있습니꺼?"

"하윤이 친할아버지가 고향이 벌교 아입니꺼."

"전라도 벌교 말입니꺼?"

"예. 맞심더."

"『태백산맥』에 나오는 그 벌교란 말이지예?"

"와이고. 반찬 가게 아주머이가 『태백산맥』을 다 알고."

"와 이캅니꺼. 반찬 가게 아줌마는 『태백산맥』을 읽으면 안 됩니꺼."

"아, 그기 아이고."

"근데 중요한 거는 『태백산맥』을 쬐금 읽다가 때리 치았다는 거. 와 그리 전라도 말이 많이 나오는지. 어려바서 못 보겠데예."

"그랬어예? 대단합니더. 사실은 그 『태백산맥』이 문제였지요."

"예?"

미영은 이유를 물었다.

"하윤이가 열 권짜리 『태백산맥』 필사를 9권까지 했다 아입니꺼. 중학교 때부터 시작했으니까 벌써 몇 년째고. 하이고. 참말로. 처음에는 저그 아바이가 시키니까 했는데 머리가 굵어질수록 왜 자기가 이런 걸 해야 하노. 의문이 자꾸 생기고 못 하겠다 하는데 아바이는 무조건 써라 카고…."

"아, 와 그랬을까예?"

"하윤이 친할아버지가 빨치산 출신인데, 6·25 때 부산으로 도망을 왔답니다. 부산서 할머이를 만나서 정착을 하고 하윤이 아바이도 낳고…."

"우짜꼬…."

미영은 놀라서 다음 말을 잇지 못했다.

순수한 자유주의자

컴퓨터 앞에서 자료 검색을 하고 있는데 우일이 3인 특방에 기사를 링크해서 올렸다. 동준은 마우스로 기사를 클릭했다.

「'복면지성' 신영복의 두 얼굴 실체 들여다보니」. 보수우파의 양동안 교수가 인터넷 신문에 썼다는 글이다. 복면지성? 동준은 웃음을 참고 글을 스윽 훑어보았다. 내용을 요약하면 이렇다.

신영복은 자기의 생각을 밝힘에 있어서 이중적인 태도를 취했다. 일반 대중을 상대로 말하고 글을 쓸 때는 포장지에 해당하는 것만을 말하고, '운동가'나 동지에 해당하는 사람들을 상대로 해서는 속마음을 털어놓았다. 신영복을 제대로 알기 위해서는 포장지를 벗긴 '속마음'을 알아야 한다. 신영복의 실체를 확인하는 데 있어서 다음의 문제가 중요하게 고려되어야 한다. 첫째, 전향을 부정했다. 신영복은 전향서를 썼지만, 사상을 바꾼다거나 동지를 배신하는 일은 하지 않았으며, 통혁당에 가담한 것은 양심의 명령 때문이었고 향후로도 양심에 따라 통혁당 가담 때와 비슷한 생각으로 활동하겠다는 것이다. 둘째, 북한을 옹호하고 대한민국을 비난했다. 셋째, 북한 핵무기 문제에 대해 북한 입장을 옹호하고 미국 입장을 비난했다. 넷째, 자유민주주의와 자본주의를 반대하고, 사회주의를 옹호했다. 다섯째, 혁명투쟁을 선동했다. 여섯째, 미국을 반대했다.

동준: 신영복은 친북·반미·사회주의·혁명투쟁이 그 실체란 이야기?

동준이 기사를 본 소감을 말했다.

우일: 보통사람이 생각하는 신영복 관觀은 이런 게 아닐까?

우일은 복면지성론에 공감하는 듯했다. 동준은 김질락이 쓴 『어느 지식인의 죽음』의 한 대목이 생각났다. 파일에서 찾아 공유했다.

수요일이 왔다. 1미터 62센티가 될까 말까 한 비교적 작은 키에 몸집이 가냘픈 신영복이 이진영을 따라 『청맥』지 사무실로 들어섰다. 회사원들이 모두 퇴근하고 난 뒤의 사무실은 두 개의 형광등이 밝게 비치고 있을 뿐이다.

"이리로 앉으시오."

"네."

"신영복 씨라 하셨지요? 나 김질락입니다. 이진영 씨한테 얘기 많이 들었습니다."

"저는 김 선생을 잘 알고 있습니다. '네이산보고서'라는 원고 때문에 여기 몇 번 왔다 갔다 한 일이 있습니다." (…)

"미스터 신은 지금 숙대에 나가신다지요."

"네."

"뭘 가르치십니까?"

"경제원론입니다."

"몇 학년을 가르치십니까? 1주일에 몇 시간이나요?"

"1, 2학년을 가르치는데 몇 시간 되지 않습니다." (…)

"여기 이 형한테 잘 들었습니다만, 미스터 신은 머리가 좋을 뿐만 아니라 글도 잘 쓰신다던데…."

"뭐 잘 쓰는 것도 없습니다. 그저 4·19 때 상과대학에서 선언문을 쓴 일이 있고, 대학신문에 익명으로 수필 같은 것 쓴 일이 좀 있지요. 글을 함부로 쓸 수야 있습니까?"

"아니 선언문 같은 것 쓰고도 아무 일 없었소?"

"그래서 무척 조심했습니다. 다 걸리지 않게 쓰는 방법이 있지요. 외견상으로 볼 때 누가 봐도 저는 순수한 자유주의자죠. 학생들에게 강의할 때 될 수 있는 대로 쉽고 재미나는 말로 계급의식을 주입시키지요. 예컨대 원시사회에는 인간이 뛰어다니며 자연을 착취하며 살았고, 좀 더 편하게 살자니 농사를 지었다. 농사짓는 것보다는 남이 지어 놓은 농사나 재물을 빼앗는 게 훨씬 수월했기 때문에 부족 간에 싸움이 생기고, 이긴 자는 지배자가 되고 진 자는 노예가 되었다. 그리스 문화만 하더라도 노예의 희생 위에 성립된 것이있다. 그러니 인산은 자연을 착취하는 데서 인간을 착취하는 방향으로 지능이 발달했다. 이런 식으로 인류역사가 계급투쟁사임을 인식시키는 거죠. 이런 방법이 훨씬 안전하고 사회주의를 모르는 친구들에게는 잘 들어가는 것 같습니다."

"미스터 신은 과연 천재군요. 참 훌륭한 교육방법이오. 앞으로
미스터 신에게 좀 배워야겠소."[33]

우일: 외견상으로 볼 때 누가 봐도 순수한 자유주의자 ㅠㅠㅠ

우일이 무 뽑듯이 바로 이 대목을 쑥 뽑아 올렸다.

영호: 신영복은 수업시간에 학생들에게 계급의식을 고취하는 사회주의자인데.
　　　외견상으로는 순수한 자유주의자로 처신한다는 얘기.

우일: 복면지성은 신영복만 그런 게 아니지. 대한민국에는 생각보다 복면지성이
　　　많아. 알고 보니까 김일성주의자라는….

동준: 근데 신영복이 전향을 부정했다고 하는데…. 이건 맞기도 하고 틀린 말이
　　　기도 해. 신영복은 북한 공산주의에 반대하고 대한민국을 위해 살아가겠
　　　다[34]고 전향서를 썼다고 하더만. 그렇지만 그는 북한 공산주의를 반대하
　　　지도 않았고 대한민국을 위해 살지도 않았어. 이점에서는 그가 전향했다
　　　고 하는 것은 아무런 의미가 없어. 일생을 좌익 지식인으로 살았던 건 분명
　　　한데…. 그의 사상적 변화라고 할까. 뭔가 달라진 지점이 존재해.

우일: 사상적 변화라고?

동준: 사상적 변화라고 해서 거창한 게 있는 건 아니고. 감옥서 나오고 나서 발표
　　　한 글이나 인터뷰, 강연 자료를 접하다 보면 일정한 변화 같은 것이 보인다
　　　는 거지.

우일: 신영복의 북한관이 궁금해.

동준: 그래?

동준은 노트북에서 신영복이란 이름이 적힌 폴더를 열고 파일을 찾았다. 「신영복, 감옥 밖으로부터의 사색」이란 제목의 『길』(1993년 5월호)지 인터뷰 기사였다. 동준은 기사를 캡처해서 올렸다.

한국사회뿐만 아니라 전 세계를 뒤흔든 현실사회주의권의 붕괴는 신영복 선생이 세상에 나온 후 몇 년 동안 벌어진 사건들이다. 이런 역사의 흐름을 신영복 선생은 어떻게 읽고 있었을까?

신: 현재 20세기를 어떤 논자는 사회주의와 자본주의의 투쟁을 주요한 축으로 이야기합니다. 나는 사회주의의 붕괴에 대해서도 역시 패배와 승리의 변증법이라는 시각을 견지할 필요가 있다고 봅니다. 고전적인 자본주의도 고전적인 사회주의도 없고 자본주의가 승리했다고 말할 만한 것은 무엇이 있겠습니까? 자본주의도 사회주의의 내용을 수용함으로써 자신을 생존시켜 나가는 것 아니겠어요. 이제 우리는 21세기를 어떻게 맞이할 것인가 하는 문제를 고민해야 할 시점입니다.

그런 점에서 보면 우리 사회는 자본주의와 사회주의의 대립의 축을 벗어난 세계시적 흐름을 타면서 또한 동시에 그 대립의 내용을 남북의 분단문제로 고스란히 안고 있다는 복잡한 현실에 처해 있고 그만큼 어려움이 있는 것 같습니다만…

신: 남도 북도 그것이 바람직한 자본주의라거나 바람직한 사회주의 체제라고 말할 만한 사회는 아닙니다. 저는 남북의 분단, 한반도가 안고 있는 문제가 세계사적 문제의 집약이고 그런 점에서 우리들의 문제해결의 방향이 21세기 세계의 진로에 던지는 의미가 대단히 크다고 생각합니다. 그런 점에서 엄청난 과제를 안고 있는 것이지요.

동준: 우일아. 며칠 전에 이 자료를 봤는데… 한국에 대해서야 늘 비판적인 시각으로 보고 있다는 건 다 아는 사실이고. 그런데 말이야. 북에 대해서도 바람직한 사회주의 체제가 아니라고 말하고 있어. 이런 이야기를 쉽게 할 수 있는 건 아니지.

우일: 음. 그런 이야기를 했어? 의왼데. 그렇다면 바람직한 사회주의 체제란 무엇일까?

우일도 약간 놀라는 듯했다.

동준: 신영복이 사회주의자인 건 분명한데… 북한식 사회주의를 이상으로 생각하는 사람은 아니라는 거지.

우일: 그래?

동준: 그리고… 또 재미있는 부분이 있어.

동준은 다시 신영복의 발언을 캡처해서 보냈다.

신영복 선생이 연루됐던 통혁당은 사실 북한이 공식적으로 인정하고 우당으로 평가한 남한의 혁명 전위정당이다. 그리고 85년 7월 통일혁명당은 한국민족민주전선으로 개칭하여 지금까지 그 명맥을 유지하고 있다. 그 과정에 대해 그는 어떻게 평가하고 있을까. 기자는 아직도 냉전논리가 첨예한 한국사회에서 이미 수십 년 전에 벌어진 사건의 당사자일 뿐인 신 선생을 그런 문제로 자꾸 밀어 넣는 게 지금 대학 강단에서 후학들을 가르치는 데 부담을 지우는 게 아닌가 싶었으나 결국은 묻지 않을 수 없었다.

신: 저쪽에서 그걸 정통으로 인정해서 남한 내에 벌어지는 모든 변혁운동을 그런 틀로 설명해 내려는 것 같습니다.

통혁당이나 한민전 외에 또 다른 별도의 정당 같은 게 한국사회에 필요할까 하는 논란도 있었던 것으로 알고 있습니다만….

신: 저쪽에서 그렇게 한다고 해도 그게 모든 사회운동을 포괄할 수는 없겠지요. 한국사회에서 현실의 사회운동이란 그걸 뛰어넘어 발전하기도 하고 따라서 포괄하기 힘든 법인데. 그런 논리를 교조적으로 받아들일 필요가 있겠습니까.

우일: 신영복은 '조선'을 저쪽이라 부르네. ㅎㅎ
동준: 재미있제. 그리고 저쪽 논리를 교조적이라고 말한 부분도.
우일: 그렇다고 신영복이 종북이 아니라고 말할 수 있을까.

동준: 신영복이 북한적 시각에서 북한 핵문제를 옹호하고 반미적인 세계체제 인식을 가지고 있는 점에서는 친북적이라고 해야 하겠지.

우일: 음. 종북은 아니지만 친북이다?

동준: 글쎄. 친북이면서도 어느 면에서는 북을 비판적으로 인식하고 있다, 뭐 그렇게 봐야 하는 게 아닐까.

영호: 이야기가 재밌네. 나도 신문 기사를 하나 공유할게.

영호가 중앙일보 인터뷰 기사를 스크랩해서 올렸다.

▶ 독자 2 = 꿈의 의미가 비틀어진 시대, 젊은 층이 깨어나려면 어떻게 해야 할까요. 선생님을 좌파지식인이라고 소개하는 기사를 봤는데요.

▶ 신 = 좌우, 진보 보수, 이렇게 분석하고 나누는 것도 근대성의 일면입니다. 누가 나한테 '경계에 선다'고 해요. 저는 그게 잘못됐다고 생각해요. 경계는 좌와 우를 나눈다는 전제하에 나오는 말이니까요. 명백하게 구분돼 있는 건 아니죠. 잘못된, 불운한 역사 때문에 좌와 우가 소통하는 게 아니라 '소탕'하고 있어요. 사실 좌우라는 것, 극단적으로 나뉘지 않는 거예요. '좌'라는 것은 조금 불편하지만 뭔가 현 단계를 새롭게 재구성하고 가치지향을 하자는 거고. '우'라는 것은 현재의 모든 생명을 따뜻하게 지키자는 겁니다. 둘 다 좋은 거고, 공존해야 하는 거죠. 이론은 왼쪽, 실천은 오른쪽으로 해야 한다고 생각합니다.35)

영호: 리영희는 "새는 좌우의 날개로 난다."라고 했지. 신영복은 좌우로 나누는 건 근대성의 일면이라고 하면서 사실은 좌우가 명백히 구분되지 않는다고 주장해. 신영복은 리영희에 비해 일 단계 업그레이드된 사람이야.

우일: 어디서 이런 걸 찾았어?

영호: 인터넷에서 검색을 하다가 우연히 봤어.

동준: 대단한데. 신영복은 좌익이면서 좌익을 넘어선 사람이야.

부역자

수현은 오전에 이스또리아 사무실에 나와서 자료를 정리하고 있었는데. 책상 위에 올려 둔 핸드폰에서 까똑 소리가 들렸다. 진영이 보낸 문자 메시지였다.

'수현아. 네가 쓴 글이 안 보이는데?'

수현은 답글을 보냈다.

'내 글이 안 보인다니?'

'『민주부산』 말이야. 「사이공의 흰옷과 하얀 아오자이」!'

'무슨 말이얏.'

'글이 삭제된 것 같아. 지금 들어가 봐.'

수현은 컴퓨터에서 『민주부산』을 열고 글을 찾았다. 아. 이게 무슨 일이람. 글이 없어졌다. 수현은 추순실 기자에게 전화를 걸었다. 두 번 세 번 전화를 걸었는데도 전화를 받지 않았다. 할 수 없이 카톡 메시지를 보냈다.

'내 글이 안 보이는데. 무슨 일이 있나요?'

한참 후에야 답글이 왔다.

'글을 내렸습니다. 양해 바랍니다.'

수현은 황당했다. 무슨 사유가 있으면 사유를 밝히고 필자의 동의를 구하는 게 사리에 맞을 텐데. 일방적으로 기사를 삭제하다니. 아무리 생각해도 이해가 되질 않았다.

'어떻게 이런 일이 있나요? 너무 심해요.'

수현은 항의성 메시지를 보내고 멍하게 책상 앞에 앉아 있었다. 그러다가 정신을 차리고 핸드폰을 들고 전화번호를 눌렀다. 몇 번의 신호음이 울린 후 연결이 되었다.

"아, 선생님 접니다."

"웬일이요."

굵은 저음의 목소리가 흘러나왔다. 상대는 동준이었다.

"오늘 시간이 나시면 식사라도 할까 해서요."

"무슨 일이 있어요?"

"예. 드릴 말씀이 있어서요."

"아. 예."

"저녁 시간으로 하죠. 식당은 제가 알아보고, 문자 드릴게요."

"그럽시다."

수현은 전화를 끊고 자리에서 일어섰다. 그리고 창문의 블라인드를 올렸다. 바깥은 카페 골목길인데 대학생으로 보이는 앳된 청년들이 짝을 지어 지나갔다. 수현은 추순실 기자와 있었던 일이 생각이 났다.

2년 전이었다. 2019년, 부마항생 40주년이 되는 해였다. 『민주부산』에서 특집기사를 준비하면서 기획위원회를 꾸렸다. 수현은 추 기자의 부탁으로 위원직을 수락하고 모임에 나갔다. 첫 번째 회의에서 수현은 이런 제안을 했다.

"김하기 작가의 글을 실으면 어떨까요."

그러자 추 기자는 아주 언짢은 표정으로 내뜸,

"부역자를…."

이라고 말했다. 수현은 놀랐다. 자기가 혹시 잘못 들었나 싶어서 다시 물었다.

"부역자라뇨?"

추 기자는 바로,

"김문수 지사 쪽에 있다가 온 사람이잖아요."

하고 말하는데 입술이 파르르 떨렸다.

김하기는 김문수 경기도지사 기획홍보 보좌관을 지냈다. 하지만 지금은 문재인 대통령의 부산파의 일원으로 원대 복귀했다. 몇 년 전 부산시장 선거 때 이호철 전 민정수석이 김하기를 불러서 오거돈 캠프의 홍보 쪽 일을 시켰다고 한다.

"지금은 문 통 쪽 사람이 아닙니까?"

수현은 어이없는 표정을 지으면서 대꾸를 했다. 그러자 추 기자는,

"김문수 비서를 한 것만이 아니지요. 새누리당 예비후보로 쏘다녔지요."

그러고 보니 추 기자는 다른 자리에서 김하기 작가 이야기가 나오자 그를 쓰레기란 표현으로 매도한 일도 있었다. 이상하게도 추 기자는 '쓰레기'란 말을 입에 달고 살았다. 자신과 생각이 다르거나 정치적인 파당이 다른 경우 상대를 어김없이 쓰레기로 매도했다. 이런 일로 추 기자는 사람들 사이에서 '쓰기(쓰레기 기자)'란 별명을 얻었다.

그런데 '쓰기'가 진짜 쓰레기인 이유는 따로 있었다. 추 기자는 원래 부산의 한나라당 의원 지역구 비서 출신이었다. 그녀는 노무현이 대통령이 되자 잽싸게 노사모로 변신했다. 박근혜가 대통령으로 당선되었을 때는 새누리당으로 당적을 바꾸었다. 문 통 때는 더불어민주당 지지자로 둔갑했고. 그녀야말로 변신의 귀재였다. 다른 정파에 관계한 것을 부역자로 본다면 추 기자야말로 아무렇게나 이쪽저쪽에 부역을 해 온 인간이 아니던가. 그런 사람이 김하기 작가를 부역자로 몰아? 정파가 다르면 국가에 대한 반역이라도 된단 말인가? 저마다 판단기준이 다르고 비판도 할 수 있겠지만 부역자 운운하는 것은 너무 심하다는 생각이 들었다. 수현은 이 말은 꼭 해야겠다 싶어 핸드폰에 저장해 둔 메모를 보면서 제안 이유를 설명했다.

"제가 김하기 작가를 추천한 이유는 이렇습니다. 첫째, 그는 1979년 10월 16일 부산대 철학과 2학년 학생으로서 부마항쟁에 적극 가담했던 역사의 증인입니다. 둘째, 그는 『부마민주항쟁』이라는 글을 쓴 작가이기도 합니다. 이 책은 민주화운동기념사업회에서 2004년에 출간했습니다. 셋째, 40년이 지난 오늘 김하기 작가로부터 부마항쟁 이야기를 듣는 것은 상당한 의미가 있다고 생각했습니다."

"으음…. 방금 추 기자님이 부역자라고 하셨는데. 어떻게 그런 말을 하십니까. 정치적인 행보에서 무슨 곡절이 있는지는 잘 모릅니다만 최소한 부마항쟁의 당사자로서 역사적 기억은 공유되고 있지 않을까요."

기획위원회에 참석한 사람이 전부 일곱 명이었는데 아무도 반론을 제기하는 사람이 없었다. 잠시 어색한 분위기가 흘렀다. 그러자 문학평론을 하는 구원정 위원이 나서서,

"이런걸로 복잡하게 이야기할 필요가 어디 있습니까. 쉽게 생각해요. 추순실 대표님. 김하기 작가에게 원고청탁을 하는 걸로 해요."

하고 말했다. 기획위원들은 약간의 논란이 있었지만 두어 사람을 빼고 다수가 동의를 표하면서 김하기 작가에게 원고를 청탁하는 것으로 결론을 내렸다. 그리고 나중에 들은 바로는 김 작가는 집필 중인 글이 있어서 다른 원고를 쓰기가 어렵다는 회신을 보냈다고 한다. 수현은 못내 아쉬웠다. 아무튼 이 일이 있고 나서 수현은 추 기자가 예사롭지 않았다.

"아, 선생님 여깁니다."

이스또리아 근처 한식당이어서 수현이 조금 일찍 나와 있었다.

"먼저 오셨구만."

"샘. 여기는 1인 1밥입니다. 소주나 맥주 하시렵니까?"

"좋지요. 맥주 한잔합시다."

수현은 알바를 불러 주문을 했다. 밥보다는 술이 먼저 나왔다. 수현은 맥주를 따서 동준의 컵에 따랐다. 그리고는 잽싸게 자기 잔을 채웠다.

"샘. 한잔해요!"

동준은 잔을 들어 맥주를 주욱 들이키고는,

"무슨 일이 있었소?"

하고 물었다.

"으음. 있었지요. 제가 쓴 글 삭제됐어요."

"『민주부산』? 왜?"

"무슨 이윤지도 몰라요."

"추 기자가 부산 친문하고 가깝다고 하지 않았소?"

"친문 네트워크의 한 사람이죠."

"그러고 보니, 처음 글을 보고 '문빠'들이 가만히 있을래나, 하는 생각이 들긴 했다고."

"아…. 그랬어요?"

"부산 좌익의 새로운 출현이라고 썼던데. 무슨 근거라도?"

그때 알바가 밥과 국이며 반찬을 서빙 카트에 싣고 와서 한 상 차려 놓고 갔다. 두 사람은 식사를 하면서 이야기를 이어 갔다. 수현은,

"『사이공의 흰옷』은 아주 중요한 의미가 있다고 봐요."

라고 말했다. 동준은,

"『사이공의 흰옷』이 왜?"

하고 물었다.

"주사파와 관련이 있지요."

"어째서 그렇다는 거지?"

"신영복의 베트남 기행문 보셨죠. 그는 하필이면 『사이공의 흰옷』을 언급했어요. 김일성의 남조선혁명론에 자극을 준 게 베트남 모델이었어요. 『사이공의 흰옷』은 베트남 모델을 전파하는 최고의 텍스트였지요."

동준은 미처 생각지 못한 부분을 짚어 내는 데 놀랐다.

"으음…. 그렇다면 『사이공의 흰옷』은 어넌 조직 활동의 일환이라는 거요?"

"저는 그렇게 보죠."

"…"

동준은 말없이 수현의 이야기를 듣고만 있었다.

"동준 샘. 혹시 이상록 선생의 추모집 보셨어요?"

"아뇨."

동준은 언젠가 추모집이 나왔다는 이야기는 들었는데, 책을 보지는
못했다.

"「1970~80년대의 운동의 회고」라는 글에 아주 흥미 있는 부분이 있
지요."

"어떤 이야기?"

"이상록은 1986년 가을에 부산에서 주사조직이 만들어졌다고 적고
있습니다."

"그거하고 『사이공의 흰옷』은…?"

"『사이공의 흰옷』 초판이 나온 게 1986년 8월 25일이에요."

중국몽

동준은 알바를 마치고 장전동으로 왔다. 사무실에 도착해서 창문부터 열고 우편물을 정리하고는 탁자에 앉았다. 그리고 옥 선생에게 전화를 걸었다. 아침에 반찬 가게에서 연락을 바란다는 카톡 문자를 받았던 터였다. 신호음이 몇 번 울리기도 전에 옥 선생은 바로 전화를 받았다.

"회장님. 어디세요."

"사무실입니다."

"우선 전화로 간단하게 말씀드리지요. 이스또리아 탐정사무소 홈페이지가 있는 건 아시지요? 홈페이지에 익명 게시판이 설치되어 있는데요. 어제 늦은 밤에 글이 하나 올라왔어요. 오늘 아침에 확인을 한 겁니다만. 「문 대통령, 북 대표단과 한반도 '통' 자 그림 아래 기념촬영」이라는 제목의 신문 기사입니다. 탐정사무소 익게에 게시되는 글하고는 성격이 다르기도 하고…. 지난번에 이야기했던 '에스(S)'가 퍼뜩 떠오르는 거예요."

"아…. 옥 샘. 그 글, 홈페이지에서 볼 수 있지요?"

"그럼요."

"옥 샘. 일단 저희도 '익게'를 보고 나서 이야기를 합시다. 이따 국밥집에서 뵙죠."

"네. 그래요."

동준은 전화를 끊고 이스또리아 홈피의 익게에 들어갔다. 옥 선생이 말한 글이 맨 위에 있었다. 제목은 「문재인, 신영복, 김여정」이라 적혀 있었고, 본문은 신문 기사를 그대로 복사해서 옮겨 놓은 것이었다.[36]

문재인 대통령이 10일 청와대 본관에서 고 신영복 선생의 '통通'이란 글자의 서화와 이철수 판화가의 한반도 판화 작품을 배경으로 김여정 북한 대표단과 기념촬영을 했다.

이 서화는 청와대가 북쪽 고위급 대표단의 방문에 맞춰 특별히 제작한 것이다. 고 신영복 선생의 글씨는 문 대통령이 지난해 12월 중국을 방문해 시진핑 국가주석에게 선물했던 것과 같다. '궁하면 변하고 변하면 통하고 통하면 오래 간다'는 의미가 담겨 있다.

이철수 판화가의 한반도 그림 밑에는 '통統이 완성이라면 통通은 과정입니다. 막다른 데서 길을 찾고 길 없는 데서 길을 낼 결심이 분단 극복과 통일로 가는 길에서는 더욱 절실합니다. 소통과 대화, 꾸준한 교류와 이해가 通의 내용이자 방법입니다. 通은 統입니다. 通으로 統을 이루게 되기를'이라는 설명이 쓰여 있다. 문 대통령은 김영남 북한 최고인민회의 상임위원장과 김여정 노동당 중앙위 제1부부장에게 서화의 의미를 직접 설명했다고 청와대 관계자는 밝혔다.

동준은 3인 톡방에 기사를 공유했다. 우일에게는 옥 선생과의 저녁 식사 약속도 알렸다.

'시진핑 국가주석에게 通을 선물했다고?'

동준은 인터넷에서 기사를 검색했다. 문 통이 북경대에서 한 연설 전문이 있었다.

　　지도자 간에, 정부 간에, 국민 한 사람 한 사람 사이에 이르기까 지 양국이 긴밀히 소통하고 서로에 대한 이해를 높일 수 있도록 노 력하고자 합니다.

문 통이 시진핑 주석에게 준 선물에 담긴 의미는 이런 것일 텐데. 시진핑 주석이 이 선물을 받고 어떤 반응을 보였을지 궁금했다. 하지 만 중국 측 반응은 검색에서 나오지 않았다. 동준은 문 통의 북경대 연설문을 3인 톡방에 올렸다. 우일이 일착이었다.

우일: 중국은 대국, 한국은 작은 나라!

동준: 왜 저런 이야기를 했을까?

우일: 덩치 큰 놈한테 빌붙어서 살려면 알아서 기어야지.

동준: 신영복의 通은 상호 간에 대등한 관계를 전제로 하는 게 아닐까?

우일: 그렇지. 대등하지 않은 관계에서 通이 무슨 의미가 있겠어.

동준: 신영복은 좌익 사상가지만 친중 사대주의자는 아닌데… 신영복 글을 하 나 가져올게.

그러나 중국의 이러한 노력이 두 가지 점에서 차별성을 보이지 않는 한 나는 석양이 상하이의 진면목이며 현대 중국의 상징이라는 생각을 지울 수 없습니다. 첫째는 이를테면 공업화, 과학화, 현대화라는 근대 사회와 산업 사회의 도식을 기본적으로 수용하고 있다는 사실입니다. 그러나 이러한 근대화 도식이 역사적으로 축적해 온 모순은 이미 근대성 그 자체와 지속가능성에 대한 회의로 이어지고 있습니다. 엄청난 금융자본이 세계 곳곳을 누비며 여러 형태의 경제위기를 야기하고 있는 것이 오늘의 현실임을 부인할 수 없기 때문입니다. 이러한 현실에 대한 치열한 고민이 없는 한, 중국은 과거를 답습하는 낡은 모형이 아닐 수 없기 때문입니다. 둘째는 중국의 목표에 관한 것뿐만 아니라 그 목표에 이르는 과정에 관한 것입니다. 이 과정 역시 강대국의 패권주의적 방식을 답습하고 있다는 우려입니다. 중국 패권주의의 상징으로 베이징의 중국 외교부 건물을 예로 듭니다. 외교부 건물은 세계 최대 규모와 높이를 과시하는 압도적 크기입니다. (…) 그러나 중국이 즐겨 사용하는 질과 양이라는 변증법적 카테고리에 비추어 보더라도 외교부 건물은 단지 외교나 건물에 국한된 것이 아니라 분명 다른 질적 국면으로 전환된 중국 경영의 상징이 아닐 수 없을 것입니다. (…) 현대 중국이 열중하는 목표가 근대화모델의 답습이라면, 그리고 그 과정이 패권적 논리라면 그것은 결국 춘추전국시대를 풍미했던 부국강병론의 현대적 변용에 지나지 않는 것이며 결국 21세기의 창조적 고민과는 반대 방향을 도모하는 것일 수밖에 없을 것입니다.[37]

20세기 최대의 비극이란 바로 유일한 문명, 유일한 체제를 강요하는 것이었다고 생각합니다. 그것이 바로 근대화와 자본주의 체제의 신념 체계였다고 보는 것이지요. 유일한 모델을 제시하고 그것을 강요하는 구조가 바로 청산해야 할 구조라고 생각해야 됩니다. 그게 바로 제국주의의 논리인 것이지요. 중국은 그들의 중화주의는 어디까지나 문화주의라고 강변하지만 결국은 그게 바로 동(同)의 논리라는 것이지요. 흡수합병의 논리지요. 그것이 아무리 이상적 가치를 갖는 것이라 하더라도 획일주의적 지배 방식을 취하고 있는 한 그것은 새로운 것일 수 없는 것입니다. 패권주의적 동(同)의 논리가 아닐 수 없는 것이지요. 다양성을 인정하고 다른 것들과의 공존을 승인하는 화(和)의 논리와는 결정적으로 다른 것이지요.[38]

동준: 신영복은 중국의 패권주의적 방식의 답습에 대해 깊은 우려를 표했다고 할까. 중화주의에 대해서도 비판적으로 사고했고.

영호: 오늘도 늦었네. 나도 기억이 나는데 북경대에서 중국몽을 같이 한다고 그랬지.

동준: 신영복의 논리에 따르면 중국몽이란 시진핑 정권의 패권주의적 부국강병론이지.

우일: 한국 사람이 왜 중국몽을 따라야 해?

영호: 문재인은 중국몽을 함께 한다고 하면서 숭국의 일대일로에 편승했는데. 친중 사대주의로 간다는 것일까?

동준: 문 통이 신영복의 通자를 준비해간 걸 보면 나름대로 한중관계에 대한 문

제인식이 없지 않았을 텐데. 결과적으로는 通적인 접근은 씨알도 안 먹힌 거지.

우일: 대통령의 중국방문을 동행 취재하던 사신기사들이 중국 측 경호원들에게 폭행을 당했다지. 어떻게 이런 일이 있을 수 있나. 그리고 문 통은 국빈방문을 했음에도 대부분의 식사를 혼밥을 했다고⋯.

영호: 내놓고 사대를 했던 조선시대도 이러지는 않았을 거야.

우일: 북한도 마찬가지 아닌가베.

영호: 通 앞에서 김여정이와 폼을 잡고 사진을 찍은 것까지는 좋은데.

동준: 얼마 안 가서 파투가 나 버렸지.

우일: 김여정이가 말폭탄을 쏟아 낸 게 언제야?

영호: 겁먹은 개라고 했던 게 2020년. 특등 머저리는 2021년 1월. 태생적 바보는 2021년 3월.

동준: 그러니까 通적인 접근은 중국에서도 북한에서도 전혀 통하지 않았던 거지.

우일: 신영복의 通은 현실적인 전략이 되지 못했어.

영호: 한 나라의 전략론으로서 通이 무슨 의미가 있나.

동준: 문 통은 중국을 대국이라 부르면서 한국은 작은 나라라고 했는데. 한국이 왜 작은 나라야? 어느 칼럼니스트가 이런 말을 했더군.

1인당 GDP와 경제 실력, 과학기술력, 국민 개개인의 삶의 질이나 정신·문화·종교적으로 누리는 가치, 인권·법치·3권분립과 표현·양심의 자유 같은 민주주의 수준에서 한국은 중국보다 큰 나라다.[39)]

우일: 문 통은 대한민국의 국가적 가치를 제대로 인식하지 못하고 있다는 거지.

영호: 정말 터무니없는 사대주의야.

동준: 신영복도 한국의 가치를 정당하게 평가하고 있는 인물은 아니지.

우일: 通이 전략론으로서 격결인 이유가 분명해졌구만.

동준은 저녁 약속 시간이 다 되어서 사무실을 나섰다. 부산대역 1번 출구 쪽에 우일이 먼저 와 있었다. 두 사람은 젊음의 거리로 접어들었다. 해가 진 오후의 거리는 회색빛으로 변했다. 동준은 길을 걸으면서 말을 건넸다.

"요새 우일이 자주 본다. 하하."

"나이가 들어서 이게 뭔 일이고."

"나이가 들긴. 니나 내나 인자 60 초반인데."

"하기사. 벌써부터 영감 행세 하믄 안 되겠제."

"우일이 니라도 적극적으로 움직여 주니깐 좋다. 우리 나이에 사람을 만나는 게 쉬운 일은 아니지."

"뭘. 헤헷."

두사람이 이야기를 하는 사이 대로변 횡단 보도까지 왔다. 길을 건너면 바로 돼지국밥집이었다. 둘은 국밥집 문을 열고 안으로 들어갔다. 옥 선생은 아직 도착하지 않았다. 여기저기에 사람들이 식탁을 차지하고 앉았고 빈 식탁이 몇 개 남지 않았다. 둘은 주방 바로 앞에 있는 식탁에 가서 앉았다. 아줌마가 물수건을 가져오고는 뭘로 주문할 건지 묻는다.

동준은,

"옥 샘도 국밥 시켜놓으면 되겠제. 그라믄 국밥 세 개 하고…. 소주 하나 주이소."

하자 아줌마는,

"소주는 멀로 드리까예."

하고 묻는다. 동준은,

"우일아, 소주는 '처음처럼' 시킬까."

하자 우일은,

"신영복 탐문을 하고 있는 마당에 '처음처럼' 함 무 봐야 안되것나. 핫핫핫."

하면서 웃었다.

주인이 큰 쟁반에 국밥을 담아 와서 식탁에 내려놓을 즈음 옥 선생이 도착했다.

동준과 우일은,

"아이고. 어서 오이소."

하고 인사를 했고 옥 선생은,

"두 분 다, 잘 계셨지요. 호호."

하면서 자리에 앉았다. 우일은,

"옥 샘 국밥 시켜놨습니다. 괜찮지예. 드입시다."

하고 식사를 권했다. 옥 선생은 새우젓을 넣고 간을 맞추었다. 맞은 편의 동준과 우일은 소주잔에 술을 부었다. 우일이,

"옥 샘. 이 술이 무슨 술인지 아십니까."

하고 묻자 옥 선생은,

"아뇨."

하고 답했다.

"아, 참. 옥 샘은 술을 안 드시지. 이게 신영복 소주 아입니까. 하하."

"네에?"

"'처음처럼', 이 서체 있지요. 이거를 신영복이 썼다 안 합니까."

"아, 그래요? 재미있네요. 헤헤. 식사하면서 우리 이야기를 좀 해요."

우일이 국밥을 한술 뜨고는,

"옥 샘 이야기부터 함 들어 보입시다."

하고 말했다.

"음. 그럴까요. 제가 생각할 때는 두 가지 문제가 있습니다. 하나는 10·16 관련자 모임 우편함에 투함을 한 사람과 탐정사무소 익게에 글을 올린 사람이 동일한 주체일까 하는 겁니다. 다른 하나는 이들이 탐정사무소 익게에 글을 올린 이유가 무엇인가 하는 거예요."

동준이,

"이들의 수법을 보면 유사성이 있습니다."

하고 말했다. 옥 선생은,

"만일 동일한 주체라고 한다면 이런 가설이 성립합니다. 첫째, 이들은 신영복을 어떻게 볼 것인가를 묻고 있다. 둘째, 이들이 제기하는 중심 문제는 북한 문제다. 셋째, 문재인의 대북관에 의문을 표하고 있다."

옥 선생은 뚝배기에 숟가락을 걸쳐 놓고는 이야기에 몰두했다. 우일은 남아 있는 소주를 비우고서,

"첫 번째, 두 번째, 세 번째 글이 연속성이 있다는 거네요. 그 중심에는 북한문제가 있다는 거고요."

하고 말했다. 그러자 옥 선생이 말을 이었다.

"그러면 두 번째 문제로 넘어가죠. 이들이 이스또리아 익게에 글을 올린 건, 어디까지나 개인적인 추론입니다만. 하나는 10·16 관련사 모임과 이스또리아의 관계를 인지하고 있다는 것이고. 다른 하나는 신속한 소통의 문제입니다. 투함은 상대의 반응을 즉시 체크하기가 어렵다는 단점이 있지요. 그에 비해 익게는 자신을 노출하지 않고서 상대방과 빠르게 소통할 수 있는 이점이 있습니다. 그래서 이스또리아 익게로 전선을 옮긴 게 아닐까, 합니다."

"아, 그렇게 되는 겁니까."

우일은 옥 선생의 추론에 탄복하는 듯했다.

"오히려 잘됐습니다. 이렇게 해 봐요. 이스또리아 익게에 답글을 하나 올리는 거예요. 회장님이나 부회장님, 어느 분이 하실래요? 누가 해도 좋아요."

옥 선생은 그제야 뚝배기에 걸쳐 둔 숟가락을 집어 들었다.

북한식 역사공정

옥 선생의 제안에 따라 우일이 답글을 쓰기로 했다. 그런데 여태 아무런 소식이 없었다. 동준은 궁금해서 3인 톡방에 글을 올렸다.

동준: 우일아 아직 멀었냐.

우일은 곧바로 메시지를 보냈다.

우일: 답글 말이지?
동준: 그려
우일: 응. 방금 올렸어.
동준: 와우!

동준은 톡방을 나와 즉시 이스또리아 익게로 들어갔다. 글이 올라왔다!

익명의 님들께

누군지 모르지만 그동안 보내 주신 글은 잘 보고 있습니다.

우리들은 세 개의 글을 받았습니다. ① 신영복의 부마항쟁 표지석 관련 기사, ② 우리민족끼리의 부마항쟁 41주년 기념 논설, 그리고 ③ 신영복·이철수의 합작품 '通' 관련 기사. 앞의 두 개의 글은 10·16 관련자 모임 우편함에 투함한 것이고요.

늘 궁금했는데, 이제라도 의견을 나눌 수 있게 되어 다행스럽게 생각합니다.

처음에는 많이 헷갈렸습니다. 누가 무슨 의도로 이런 행동을 하는 것일까?

우리들은 논의 끝에 일단 북한적인 방식을 회의하는 회의주의자들의 행위로 잠정했습니다.

이를 줄여서 S(그리스어 *Skeptomai*의 두문자)로 부릅니다.

이번에 이스또리아 익게에 올린 글을 보고서야 약간 감이 잡혔습니다.

우리들의 생각을 요약하면 S의 행동은

첫째는 북한의 대한對韓 역사공정에 대한 물음이고.

둘째는 북한의 역사 인식과 동일한 인식을 갖는 사람들 혹은 그와 유사한 인식을 갖는 사람들을 어떻게 볼 것인가 하는 물음.

셋째는 두 번째 물음과 관련이 있습니다만 신영복 사상을 어떻게 볼 것인가 하는 물음.

넷째는 신영복을 존경하는 사상가라고 말한 문재인은 어떤 사상적 노선을 가진 인물인가 하는 물음.

우리들도 많은 의문을 가지고 있습니다. 여러분이 제기한 물음에 대해 같은 고민을 가지고 있습니다. 앞으로 하나씩 이야기하면서 소통하기를 기대합니다.

우일 씀.

동준은 다시 3인 톡방으로 돌아왔다.

동준: 우일아. 간결하게 입장 정리를 잘했구나.

우일: 응. 그러냐 ㅎㅎ

동준: 이건 서설序說이고.

우일: 그렇지. S가 제기한 문제들에 대해 우리들의 의견이랄까. 그런 것이 있어야지.

동준: 방법적인 면에서도 고민을 요함.

우일: 방법이라니?

동준: 저들이 우리 몇 사람을 보고 문제를 제기한 건 아니겠지. 10·16 모임 멤버에게 사실을 공지하고 의견을 수렴해야 하나?

우일: 으음….

영호: 일단 밴드에는 경과를 이야기하는 게 좋지 않을까.

동준: 그럴까?

우일: 나는 생각이 달라. S가 누군지 확정되지 않은 상태에서 공론화하기에는 너무 이르지 않나? 다음에 구체적인 뭔가를 가지고 다시 이야기해 보자고.

동준: 그러자.

영호: 오케이.

동준: ①, ②, ③에 대한 답글은 누가 쓰지?

우일: 우리 세 사람이 하나씩 맡자.

동준: 나는 ③번.

우일: 나는 ①번.

영호: 나도 해야 하나 ㅋㅋ 남은 건 ②번이네.

우일: 일단 각자 글을 준비해서 톡방에서 검토 후 글을 올리기로 하자.

영호: 알슴.

동준: 나중에 이야기하겠지만. 이철수 판화가의 예술적 성찰이란 걸 들어 본 적
      이 있는감?

우일: 예술적 성찰?

동준: 인터넷에서 검색을 해 봐. 독일 작가가 이런 말을 했대. '네 그림서 전체주
      의 냄새가 나.' 이철수는 큰 충격을 받았다고….

우일: 오우. 그래?

동준은 톡방을 나왔다. 그리고 온천천으로 내려갔다.

신영복주의자

이스또리아 사무실 문을 열고 들어서자 빔프로젝터에서 투사되는 새하얀 불빛이 맞은편 화이트보드를 비추고 있었다. 화이트보드에는 「문재인은 신영복주의자」라는 제목이 조용히 떠 있었다. 김수현 박사는 발제자인데 탁자의 가운데에 자리를 잡고 사람들과 대화를 하고 있었고, 동준을 보자 가볍게 눈인사를 했다. 동준도 우일이 옆 자리에 앉아서 먼저 온 사람들과 인사를 했다. 옥 선생, 진 변호사, 추 기자가 와 있었고. 나중에 임창우가 들어왔다. 임창우는 부마 관련자인데 부산대 국문과를 나오고 부산에서 전교조 교사를 하다가 얼마 전 정년퇴임했다. 그리고 또 한사람은 모르는 청년이었다. 앞창이 긴 모자를 푹 눌러쓰고 마스크를 끼고 있어서 얼굴을 알아볼 수가 없었다.

시간이 되자 옥 선생이 인사말을 했다.

"여러분 안녕하신지요. 이렇게 뵙게 되니 반갑습니다. 오늘 이스또리아 탐사 세미나는 김수현 박사가 「문재인은 신영복주의자」라는 주제로 발표를 합니다. 핫한 주제인데 김 박사가 어떻게 탐문을 했는지 한번 들어 보죠."

"예에. 오늘 발표를 하게 된 김수현이라고 합니다. 대부분 아시는 분인데 임창우 선생님은 처음 뵙고, 저기 끄트머리에 계신 분은 누구신 지. 자기소개라도…."

그러자 청년은 자리에 앉은 채로 늘릴 듯 말듯한 목소리로,

"저는 역사에 관심이 많은 청년입니다."

하고는 더 말하지 않았다.

수현은 발언을 이어 갔다.

"예. 좋습니다. 대한민국 사람으로서 문재인 대통령을 모르는 사람은 없겠지요. 문 통은 '신영복'을 존경하는 사상가라고 말했습니다. 2018년 2월이죠. 이 발언을 한 게. 그전에는 이런 말을 한 적이 없어요. 일반 국민들은 적이 놀랐지요. 신영복은 어떤 사람입니까? 그는 통혁당 사건으로 20년 징역을 살고 나온 사람입니다. 위키백과사전에 의하면 통혁당은 조선로동당의 지령·자금을 받고 결성된 지하 혁명당입니다. 김문수 같은 사람은 신영복을 아예 김일성주의자로 단정하죠.

여기서 문제가 되는 것은 대한민국 대통령 문재인의 사상입니다. 왜 사상을 문제로 하냐고 하면 문 통 스스로가 '사상가'란 말을 썼기 때문입니다. '사상가'란 어떤 사상을 잘 알고 이를 적극적으로 주장하는 사람입니다.

그렇다면 신영복이 잘 알고 적극적으로 주장하는 사상은 어떤 사상입니까? 신영복의 사상에 대해서는 여러 버전이 있습니다. 첫째는 김일성주의입니다. 통혁당에 연루되었기 때문에 김일성주의자란 딱지는 늘 붙어 다니지요. 두 번째는 반자본적 혁명주의입니다. 신영복이 20대 이후 변함없이 최고의 이론서로 꼽고 있는 책은 맑스의 『자본론』입니다. 세 번째는 공자사회주의입니다. 좀 생소하지요. 신영복은

감옥소에서 중국 고전 공부를 많이 했습니다. 그리고 공자, 노자, 장자를 진보적 사상 담론으로 풀어냈습니다. 이 중에서 신영복이 으뜸으로 치는 것은 인간에 대한 담론이라고 하는 논어입니다. 공자와 맑스가 합해지면 뭐가 될까? 이런 것을 고민하다가 공자사회주의란 용어를 생각하게 되었습니다.

첫 번째 버전은 신영복 비판가들이 시시로 주장하는 겁니다. 신영복은 자신이 김일성주의자라고 말한 적은 없습니다. 그는 자주성이랄지 주체성이랄지 이런 면에서 북한체제를 긍정 평가하고 있지요. 이북의 자주성이나 주체성은 김일성주의와 밀접한 관련이 있는 용어들이지요. 두 번째 버전은 신영복의 기본적인 사상 노선이 급진 좌익이라는 겁니다. 신영복은 성찰이란 말을 자주 하는데 맑스주의 혹은 맑스·레닌주의에 대해 반성적으로 돌아보는 그런 부분이 약한 거 같아요. 남북을 통관通觀하는 역사 인식에 있어서도 그렇고요. 세 번째 버전은 잘 아시다시피 그의 인문학 담론과 관련이 있지요.

신영복은 좌익 사상가임에 틀림없습니다. 그렇지만 그는 변주에 능한 사람이지요. 사회문제 혹은 남북관계 혹은 국제적인 세계체제를 이야기할 때면 신영복은 그냥 정통 좌파예요. 그런 사람이 논어를 이야기하고 성찰적 관계론을 말하고 인간주의를 말해요. 굉장한 변주지요. 아, 이 사람은 성찰하는 인문주의자다! 이런 생각을 하게 되는 거예요. 어떤 때는 좌익을 뛰어넘은 것 같기도 하고, 어떤 때는 올드한 좌익 같기도 하고.

자. 이제 문재인의 사상으로 돌아옵시다. 문재인의 그러니까 문재인 정부의 사상적 침로라고 할까. 저는 신영복주의로 규정합니다. 문재인

의 의식화는 노무현과 같은 면도 있고 다른 면도 있습니다. 의식화의 경로를 보면. 노무현은 부림사건을 통해 의식화되었습니다. 문재인은 그보다 앞선 경희대 유신반대 부쟁 때 의식화의 계기를 맞이합니다. 이걸 저는 1차 의식화라 부릅니다. 1차 의식화는 노무현이나 문재인 모두 리영희가 정신적 스승이었습니다. 문재인은 리영희 선생의 빈소를 조문하는 자리에서 이런 말을 합니다."

> 노무현 전 대통령이 평범한 변호사 생활을 하다가 부림사건을 통해 사회의식을 가지게 되었는데, 피고인을 변호하면서 선생님의 『우상과 이성』, 『전환시대의 논리』 등을 다 읽었다고 하더라. 그것 보고 (노 대통령이) 의식화되셨고, 노무현 대통령에게도 정신적인 스승이었다.[40]

"그리고 문 통은 자신에게도 리영희 선생은 큰 영향을 주었다고 덧붙였습니다."

> 우리 세대들에게나 학생운동, 민족운동 한 사람들은 선생님 영향이 절대적이었습니다. 개인적으로도 선생님을 통해 이 세상을 어떻게 봐야 하는지, 지식인이 세상을 어떻게 살아야 하는지, 그런 것을 배우고 큰 사표가 되었다.[41]

"문 통은 훗날 (2016년) 『전환시대의 논리』가 '내 인생의 책'이었다고 말했지요. 그런데 문재인은 이런 이야기를 하고 있습니다."

그 후 우리가 부민협을 할 때 리영희 선생 초청 강연회를 두세 번 한 적이 있다. 뒤풀이 자리에서 내가 리영희 선생에게 질문했다. '중국의 문화대혁명을 높이 평가했던 것이 오류가 아니었는지'라고. 그는 망설임 없이 분명하게 대답했다. '오류였다. 글을 쓸 때마다 객관성을 확보하기 위해 무척 노력했는데, 그 시절은 역시 자료 접근의 어려움 때문에 한계가 있었던 것 같다. 또 그때는 정신주의에 과도하게 빠져 있었던 것 같다.' 그 솔직함이 참으로 존경스러웠다.[42]

"저는 이 대목이 굉장히 인상적입니다. 문재인은 리영희 선생의 면전에서 문화대혁명을 과대평가한 부분이 있지 않은가 이야기합니다. 그가 중국 문화대혁명의 오류를 어느 정도로 인식했는지는 알 수 없습니다만 운동권의 학습물에 대해서도 일정하게 비판적 사고가 가능했다는 거를 보여 주는 하나의 사례가 아닌가 생각합니다.

다음 문제는 신영복과의 접점이 언제부터였는가 하는 겁니다. 문통은 신영복 선생 1주기 추도식에서 추도사를 하는데요. 여기에 문재인과 신영복의 관계가 죽 나옵니다. 양자의 관계 발전을 시간적 순서에 따라 정리하면 다음과 같습니다."

① 『감옥으로부터의 사색』을 접함.
② ❶ 부산민주공원 실세공모 심사위원장으로서 신영복에게 현판과 표지석 글씨를 의뢰(1998).
   ❷ 부마항쟁 발원지 표지석(신영복 글씨) 제막식 참가(1999).

③ 참여정부: 노무현 대통령 취임 초, 신영복 '춘풍추상春風秋霜' 글씨 선물.

④ 노 통 퇴임 직전: '우공이산愚公移山' 글씨 선물(2007. 10.).

⑤ 2012년 대선 때 '사람이 먼저다' 글씨 선물.

⑥ 대선 패배 이후 '처음처럼' 글씨 선물.

⑦ 더불어민주당 당명의 '더불어' 제공.

⑧ 제19대 대통령 취임 이후:

신영복의 '通' 시진핑 선물.

합작품 '通' 앞에서 김여정, 김영남과 기념촬영.

'춘풍추상' 액자 청와대 비서실 선물.

국정원 원훈 신영복 체로 교체.

"문재인이 신영복을 알게 되는 계기는 『감옥으로부터의 사색』이었습니다. 『사색』은 많은 독자를 감동시킨 시대의 책이라고 하지요.[43] 문재인도 이 책을 읽고 크게 감동을 받은 것 같습니다. 그는 1주기 추도사에서 이렇게 말합니다."

제가 신영복 선생님을 처음 뵌 것은 다른 분들처럼 『감옥으로부터의 사색』 책을 통해서입니다. 글이 어찌나 맑고, 향기로운지 잊을 수가 없었습니다. 그 뒤에 선생님의 서예 작품들을 보거든요. 직접 뵙고 말씀도 듣고 했는데 늘 똑같은 향기가 났습니다. 춘란 같은 거룩한 향기였습니다.

"문재인은 책에서도 서예 작품에서도 사람(= 신영복)에게서도 늘 똑같은 향기가 났다고 말했습니다. 얼마나 좋았으면 '거룩한 향기'라고 했겠습니까. 『감옥으로부터의 사색』은 옥중서간문입니다만 신영복의 사상이 어려 있습니다. 신영복의 글씨도 마찬가집니다. 그의 한글서체를 어떤 사람은 연대체라 부릅니다. 그가 쓴 서예 작품의 내용은 한결같이 진보적입니다.[44] 신영복은 서예는 나의 인간학이자 나의 사회학이라고 했습니다. 신영복의 글씨에는 신영복의 인격과 사상이 녹아 있다고 하죠.

문재인은 신영복의 인격과 사상에 매료되었습니다. 신영복을 접하고서 문재인은 신영복주의자로서 행동합니다. 그는 신영복의 글씨를 받아서 부산의 민주공원 표지석을 세우고 민주항쟁기념관 현판을 걸었습니다. 그리고 부마항쟁 20주년에는 신영복의 글씨로 부마항쟁 발원지 표지석을 건립합니다.

참여정부 출범 이후에는 어땠을까요. 문 통은 이런 말을 합니다."

참여정부 때 신영복 선생님은 노무현 대통령을 좋아하셨습니다.
노무현 대통령님은 신영복 선생님을 아주 존경하셨습니다.

"노 통은 신영복을 존경했다고 하는데 신영복의 사상을 얼마만큼 신념화했는지는 알 수 없습니다만. 노 통이나 문 통이나 둘 다 신영복주의지인 것 같은데. 아무튼…. 신영복은 노 통의 취임 초기에 '春風秋霜'을, 말기에는 '愚公移山'이란 글씨를 선물했습니다.

문재인이 대통령이 되고 나서 신행(신영복주의적 행동)은 적극화되었습니다. 첫째, 노 통 때 받았던 '春風秋霜'을 청와대 비서실마다 게시하도록 했습니다. 둘째, 신영복체를 대한민국의 공식 서체로 만들었습니다. 국정원 원훈석의 서체를 신영복제로 바꾸었다는 건 다 아시지요. 그 외도 많은 사례가 있습니다만 생략하겠습니다. 셋째, 통혁당 인맥을 중용했다는 사실입니다. 넷째, 신영복의 '通' 사상을 남북관계를 운용하는 전략적 기초로 삼았습니다.

문재인의 신영복주의는 신영복 노선으로 어느 정도 구체화되었습니다. 신영복 노선 이야기를 하기에 앞서, 먼저 문재인 대통령의 최근의 중요한 역사 인식상의 변화를 확인하고 넘어갑시다. 첫째는 6·25 전쟁사관의 정립입니다. 문재인은 6·25의 발생 원인에 대해 초기에는 내전설 혹은 쌍방과실설을 주장하면서 오락가락했습니다만 2019년 6월 24일 발언을 통해 북한의 남침을 분명히 했습니다. 이북은 지금도 교과서에서 북침설을 가르치고 있지요. 한국의 전통 좌익 역시 지금까지 북침설에 동조해왔다는 걸 상기한다면 이런 것은 대단히 중요한 변화입니다. 여기에는 노무현재단 이사장을 맡고 있는 유시민이 뭔가 영향을 준 것이 아닐까 생각합니다.

둘째, 문재인은 6·25 70주년 연설에서 대한민국의 정체성은 자유민주주의에 있다는 것을 분명히 했습니다. 문재인은 6·25의 상흔을 극복하는 과정에서 표출된 반공정신, 우리도 잘살아 보자는 근면정신, 국민주권과 민주주의 정신을 모두 긍정했습니다. 대한민국의 자유민주주의는 반공정신, 근면정신, 민주주의 정신이 상호작용하면서 녹아든 정체성이라는 것을 인정하는 발언으로 보입니다.

이제부터는 문재인 대통령의 이러한 인식상의 변화가 신영복 노선과 어떤 관계가 있는가를 살펴봅시다. 문재인은 6·25 70주년 연설에서 이런 말을 합니다."

통일을 말하기 이전에 먼저 사이 좋은 이웃이 되길 바랍니다.

"저는 이걸 보고 신영복의 통일通─론이 생각났습니다. 신영복의 글을 옮겨 봅시다."

나는 통일統─을 통일通─이라고 쓰기도 합니다. 평화정착, 교류협력만 확실하게 다져 나간다면 통일統─ 과업의 90%가 달성된 것과 같기 때문입니다. 평화정착, 교류협력, 그리고 차이와 다양성의 승인이 바로 통일通─입니다. 통일通─이 일단 이루어지면 그것이 언제일지는 알 수 없지만 통일統─로 가는 길은 결코 험난하지 않습니다. 통일通─에서 통일統─로 가는 과정을 지혜롭게 관리하기만 하면됩니다. 이것은 남과 북이 폭넓게 소통하고 함께 변화하는 과정입니다. 和에서 化로 가는 和化 모델입니다.[45]

"신영복의 통일通─에서 중요한 위상을 점하는 것은 평화와 교류협력입니다. 이것은 이북이 남을 적화하거나 또는 남이 북을 흡수하려는 통일 방식을 청산하는 것으로부터 시작됩니다. 한반도의 평화와 공존의 구소는 새로운 패러다임인 '화和'의 원리를 기조로 한다는 것이죠.[46]

신영복이 생각하는 한반도 평화체제는 우선 휴전체제를 종식하고

나아가서 평화협정을 체결하는 것이 기본입니다.[47)]

　그러면 신영복은 북핵문제를 어떻게 보고 있을까요? 북미 간에 북한 핵 문제가 불거지는 근본적인 요인은 미국 측에 있다고 주상합니다. 그는 이렇게 말합니다."

　　부시정권을 필두로 하여 미국정부는 *MD*Missile Defense(미사일 방위) 체제를 합리화하고 추진하기 위하여 논리적으로 필요한 것이 바로 북한 핵 문제였다. 그래서 북한 핵문제는 거시적인 관점에서 바라보는 것이 중요하다. 그런 면에서 북한 핵을 북한 정치지도자의 야심이라든가 북한의 정치적인 오판 같은 것으로 설명하는 것은 분단의식이거나 반공의식의 연장선상에 있다.[48)]

　　이런 상황에서 북한의 인권문제를 거론하는 것은 미국의 동북아 전략을 방조하는 것에 지나지 않는다. 그러므로 〈우리〉 입장에서는 미국의 북한 고립정책과 봉쇄정책을 비판해서 북한이 자력으로 경제 문제를 해결할 수 있는 조건을 만들 수 있게 돕는 게 필요하다.[49)]

　"문재인이 강조하는 것도 평화입니다. 문 통은 우리 체제를 북한에 강요할 생각이 없다고 했습니다. 이는 흡수통일 하지 않겠다는 것입니다. 문 통은 북한 인권문제는 국제사회와 함께 분명한 목소리를 낸다고 했습니다만 실제로는 그렇지 못합니다.[50)] 문 통은 북핵문제를 북한의 핵문제로 보는 것이 아니라 한반도의 비핵화 문제로 보고 있습니다. 문 통의 대북 접근법은 신영복의 사상과 많은 부분에서 연결되어 있습니다. 문재인의 대북노선을 '신영복 노선'으로 부를 수 있는 근거가 여기에 있습니다.

자. 그러면 신영복 노선과 대한민국의 정체성 문제를 생각해 보기로 하죠. 신영복의 사상은 분명히 좌익적입니다. 신영복은 이북이 말하는 자주성이나 주체성을 평가하는 입장인데요. 북의 인권문제는 기본적으로 내정문제라고 주장합니다. 내재적 접근법과 비슷하기도 하고…. 그는 북핵문제는 평화체제를 위한 협상용이라고 말하고 있습니다. 친북적 시각에서 북핵문제를 바라보고 있다는 것이 분명해요.

신영복은 남南의 정체성을 일정하게 평가했습니다만 한계가 많지요. 대한민국의 정체성 문제에 대해서는 문재인이 한 걸음 더 나아갔습니다."

북한의 침략을 이겨 냄으로써 대한민국의 정체성을 지켰다. [51]

한국이 1996년 OECD에 가입한 이래 민주주의와 인권, 시장경제와 개방경제라는 보편적 가치를 바탕으로 성공사례를 만들어 왔다. [52]

"북한의 침략을 이겨 냄으로써 지켜 낸 대한민국의 정체성은 민주주의와 인권, 개방적 시장경제였습니다. 문 통은 대한민국의 정체성을 분명히 하고 있습니다. 이 지점에서 하나의 문제가 부상합니다. 신영복 노선과 대한민국의 정체성의 문제입니다. 신영복 노선은 친북적인 프레임입니다. 신영복 노선과 대한민국의 정체성은 상충할 수도 있습니다.

예를 들면 미국 문제인데요. 신영복은 한반도의 전쟁 위험이 북한으로부터가 아니라 미국으로부터 올 수 있다고 주장했지요.[53] 그런데 신영복의 이런 미국관은 한국인의 평균적인 인식과는 크게 배치되는 것입니다. 한국인의 외교안보 인식 조사에 의하면 한국의 안보에 가장 큰 위협이 되는 국가로는 북한을 꼽는 응답자(55.8%)가 가장 많았습니다. 다음은 중국(25.9%)이었고요. 미국은 6.1%에 지나지 않았습니다.[54] 한국사람에 있어서 북한 위협론은 북핵문제와 떼려야 뗄 수 없는 문제지요. 결국 북핵문제는 한국의 안보와 상충하는 문제인 겁니다.

문 통은 줄곧 종전선언을 언급하고 있는데요. 종전선언은 평화협정 체결과 항구적 평화체제 구축으로 이어지는 '한반도 평화 프로세스'의 첫 단계라고 하지요. 문 통은 종전선언은 미군철수나 한미동맹과는 아무런 관계가 없다고 주장합니다.

정작 종전선언의 당사자인 북한은 문 통의 이런 주장을 정면에서 반박하고 있습니다. 리태성 외무성 부상은 이런 담화를 발표했습니다."

평화보장체계 수립에로 나가는 데서 종전을 선언하는 것은 한번은 짚고 넘어가야 할 문제인 것만은 분명하다. (…) 오히려 미국남조선동맹이 계속 강화되는 속에서 종전선언은 지역의 전략적 균형을 파괴하고 북과 남을 끝이 없는 군비경쟁에 몰아넣는 참혹한 결과만을 초래하게 될 것이다. 명백한 것은 종전을 선언한다고 해도 종전을 가로막는 최대 장애물인 미국의 대조선 적대시정책이 남아 있는 한 종전선언은 허상에 불과하다는 것이다. 제반 사실은 아직은 종전을 선언할 때가 아니라는 것을 립증해 주고 있다.(2021.9.23.)

"북한은 한미동맹 문제를 짚으면서 종전선언이 시기상조라고 말합니다. 북한이 훨씬 솔직하고 현실주의적이지 않습니까?

이제 마지막으로 대한민국 대통령 문재인의 사상은 어떤 것인가 하는 문제에 대해 말씀드리겠습니다. 청와대 국민청원을 보면 적지 않은 사람들이 문 통의 사상에 대해 의구심을 표하고 있습니다. 일부이긴 합니다만 문 통을 공산주의자로 보는 사람들도 있습니다.

저는 문 통은 공산주의자는 아니라고 봅니다. 앞서 문 통은 신영복주의자라고 이야기했습니다. 신영복주의가 문재인 사상의 많은 부분을 말해 주고는 있습니다만 그렇다고 해서 문 통의 사상 이퀄 신영복의 사상은 아니지요. 문재인이라는 사람이 갖는 개별적인 사상 성향이 있을 수 있지요.

문재인의 사상을 살펴볼 때 몇 가지 방법이 있다고 생각합니다. 하나는 문재인이 존경하는 사상가 혹은 역사적인 인물을 통해서 그의 사상 성향을 짐작해 보는 방법입니다. 문재인이 존경하는 인물은 다음과 같습니다. 리영희, 신영복, 김원봉, 조소앙, 호찌민, 마오쩌둥 등.

호찌민, 마오쩌둥은 중국, 베트남의 공산주의 운동, 독립운동의 최고지도자였습니다. 김원봉은 일세 강섬기에 아나키스트 조직인 의열단을 조직했고 무장투쟁 조직인 조선의용군을 창설했습니다. 해방 후에는 북한 내각에서 검열상에 올랐습니다만 권력투쟁에서 패배하고 김일성에 의해 숙청되었습니다. 조소앙은 대한민국 임시정부 수립에 참여했으며, 김구 등과 한국독립당을 창당했습니다. 광복 후 제2대 국회의원에 출마하여 당선되었으나 6·25전쟁 때 납북되었습니다.[55] 조소앙은 개인과 개인, 민족과 민족, 국가와 국가 간에 균등생활을 실시한다고 하는 '삼균주의' 정치사상을 표방했습니다.[56] 리영희는 인간주의적 사회주의 사상을 가진 비판적 지식인이라 불리고 있고, 신영복은 맑스주의 경제학을 전공한 좌익 지식인이었습니다. 인물을 통해서 보면 문재인은 민족적 색채가 있는 사회주의 좌파라고 할까요. 하여간에 좌익인 것은 분명합니다.

다음은 문재인의 사람론입니다. 문재인의 정치 슬로건은 '사람이 먼저다'입니다. 노 통의 '사람 사는 세상'에서 이어지는 사람론이지요. 노 통과 문 통에 관통하는 사람론의 뿌리는 무엇일까요? 저는 주체사상이라고 생각합니다. 왜 그렇게 생각하냐고 하면요. 노무현이 정치에 첫발을 내디뎠을 때부터 부산의 주사파가 그의 캠프에서 활동했습니다. 아직은 이름을 공개할 수 없습니다만 A와 B가 부산 주사파의 리더인데 그들 그룹 다수가 1988년에 노무현 선거 캠프로 들어갔지요. '사람 사는 세상'은 이들 주사파의 영향 아래서 나온 것이라고 봅니다. 당시에 캠프에서 나온 홍보물을 보세요. 주사파적 표현이 많이 나옵니다. 부산 주사파와 관련하여 또 하나 흥미있는 사례는 송주헌입니다. 송주헌은 부림사건 관련자인데요. 그는 노무현과 문재인의 변호사 사무실에서 오랫동안 사무장으로 일했지요. 송주헌은 『주체사상에 대하여』(김정일 저작)를 소지했다는 이유로 1987년 3월에 국가보안법 위반으로 구속되었다고 해요. 노 통과 문 통 주변의 활동가들이 주체사상을 가까이했다는 증거물이 되기에 충분한 사례이지요.

오랫동안 북한을 연구해온 전문가들도 문재인의 사람론은 주체사상의 영향을 받은 것이라고 이야기하지요. 김동규 교수는 '대통령이 말하는 사람 중심이란 김일성이 말한 주체사상으로서의 사람 중심 사상과 연결된다.'라고 주장합니다.[57]

이제 결론을 내리면 이렇습니다. 문 통은 주체사상의 영향을 받은 사람론을 정치철학으로 하는 인물입니다. 그런 그가 한편에서는 신영복의 노선을 따르면서 다른 한편에서는 민주주의적 가치에 입각한 대한민국의 정체성을 언급하고 있습니다. 주체사상과 신영복 노선, 그리고 대한민국의 정체성. 이들은 상충하는 부분이 많습니다. 이런 가운데서 일국양제적인 연방제를 추진하려는 움직임도 있습니다. 핵을 가진 북한과 핵이 없는 대한민국의 연방이라고요? 중국식 일국양제로 가는 것일까요? 홍콩의 일국양제는 무너졌습니다만. 대한민국은 어디로 가는 것일까요?

저의 발제는 이것으로 마치겠습니다."

잠시 휴식시간이 있었고, 토론이 시작되었다. 사회는 옥 선생이 맡았다. 제일 먼저 발언에 나선 사람은 동준이었다.

"김 박사님의 발제 잘 들었습니다. 문재인 대통령은 2017년 12월 북경대에서 중국몽을 같이 한다면서 사대주의적 발언을 했는데요. 친중 사대주의는 신영복 노선이라기보다는 조정래 노선이 아닐까요?"

김 박사가 바로 답변에 나섰다.

"네에. 신영복은 중화주의라든지 혹은 중국 패권주의에 대해 일정하게 비판적 인식을 갖고 있는 것으로 알고 있습니다. 신영복 노선을 따르는 분이 어째서 친중사대적인 발언을 했을까. 이런 의문이 있었던 것도 사실입니다. 동준 선생님 말씀을 들으니깐 약간 수긍은 됩니다. 조정래는 한국 좌익 중 대표적인 친중 인사가 아닙니까? 그런데 문 통이 조정래를 존경한다는 말을 한 적이 있나요?"

동준이 이야기를 하려는 순간 임창우가 끼어들었다. 그는 60대 중반인데 앞머리가 반들반들하고 눈가에 주름살이 많았고 코끝은 뭉툭했다. 어딘지 고집스럽게 보였다.

"쩌어기⋯. 김 박사의 이야기는 '문재인은 신영복주의자다. 신영복주의는 여러 버전이 있는데 주사파와 친근성이 있다.' 이런 말씀인데. 주사파와 친근성이 있을 수도 있겠지요. 신영복 선생은 통혁당 관련자니깐. 그런데 그게 뭐가 문젭니까. 이북이 김일성주의를 하든 김정일주의를 하든 그건 그쪽 사정 아니요. 왜 우리가 거기에 부정적이어야 합니까. 우리는 북을 적으로 보지 않고 같이 손을 잡고 나가는 것이 중요해요. 미국의 영향에서 벗어날 때가 되었지요. 김 박사는 우리 민족의 주체적인 노력을 뭔가 색안경을 끼고 보고 있는 거 아니요?"

임창우는 주사파적 사고에 깊이 침윤된 인간이었다. 예전에도 북한 정권을 곧잘 옹호하곤 했는데 그때는 조심스러운 데라도 있었건만. 요새는 그런 것도 없어졌다. 우일이 바로 반론에 나섰다.

"이북이 김일성주의를 하든, 김정일주의를 하든 우리와 관계가 없다고요? 통혁당은 김일성주의를 지도 이념으로 하는 당이었지요. 김정일은 선군정치를 표방하면서 핵개발 중점주의로 나갔지요. 이게 우리와 관계가 없는 일입니까. 이북과 협력을 안 하려고 하는 게 아니잖아요. 국민들은 이북의 김씨 정권이 하는 행태에 지쳤어요."

이번에는 추 기자가 나섰다.

"문재인 대통령의 워딩은 '한국의 사상가 신영복 선생을 존경한다.' 라는 거였어요. 그것이 어떻게 신영복주의가 됩니까? 신영복주의가 주사파와 친근성이 있다는 부분도 너무 심한 거 아니에요? 문재인 대통령이 부산 주사파 운동과 밀접한 관련이 있다고 그러시는데. A와 B가 누군지 실명을 밝히세요."

추 기자는 상당히 흥분한 것처럼 보였다. 문 통 비판은 용납할 수 없다는 결사옹위의 분위기가 표출했다. 김 박사가 차가운 시선으로 김 기자의 얼굴을 슬쩍 바라보고는 답변에 나섰다.

"우선 임창우 선생님이 말씀하신 부분인데요. 주체적 사고라고 하셨습니까. 우리가 지금 서 있는 곳이 어딥니까. 나는 대한민국이라는 나라에 발을 딛고 서 있어요. 그렇다면 대한민국이라는 현실에서 실사구시적으로 사고하는 게 주체적인 사고가 아닌가요? 임 선생님의 '우민끼'는 한국 사람이 주체가 되는 방법이 되질 못 해요. 추순실 기자님은 뭐라고 하셨죠? 신영복주의란 말도 못마땅한데 더욱이 주사파와 가깝다고 하니까 기가 막힌다, 이런 이야기죠? 문 통, 아, 문 통이라고 해서 죄송합니다. 줄여서 이야기하는 게 습관이 돼서… 헤헤. 문 통의 행보를 보면 신영복교의 신실한 제자 같지 않습니까? 신영복의 교리를 열심히 전파하고 다니는… 아, 그리고 A는 때가 되면 말씀드리지요."

김 박사는 건너편에 앉아 있는 동준을 넌지시 바라보았다. 동준은 탁자 위에 놓인 세미나 발제문에 시선을 두고 있었는데, 하 박사가 자신을 처다본다는 걸 알았지만 내색하지 않았다. 임창우가 다시 나섰다.

"아니, 김수현 씨. '우리민족끼리'를 비하하는 발언을 하는데, 도대체 그런 발상은 어디에서 나오는 겁니까. 같은 민족끼리 손을 잡는 게 어째서 문제가 됩니까. 그러면 미국과 일본이 시키는 대로 살아야 합니까. 이거야말로 토착왜구적 발상이 아니요."

김수현 박사를 부르는 호칭부터 돌변했다. 아까는 김 박사였는데 지금은 김수현 씨라 불렀다. 임창우는 폭발 직전의 상태였다. 김 박사는 아무런 표정 없이 묵묵히 전면을 응시하고 있었다. 그러자 청년이 발언에 나섰다.

"김수현 박사님. 발제 잘 들었습니다. 오늘 남북문제를 보면 이해하기 어려운 현상이 있습니다. 남북의 체제경쟁은 사실상 한국의 완승으로 끝이 났지요. 1인당 국민소득에서 한국은 선진 7개국(3050 클럽: 1인당 국민소득 3만 달러 이상, 인구 5천만 명 이상의 나라)의 하나가 되었습니다. 북한은 여전히 세계 최빈국입니다. 민주화와 인권에서도 한국의 발전은 눈부시죠. 이에 비해 북한은 유엔이 규탄하는 인권유린 국가로 악명이 높습니다. 북한이 사람 사는 곳이 못 된다는 건 3만이 넘는 탈북자가 웅변하고 있습니다. 그런데 이 정부 사람들은 북한문제에 대해서는 눈을 감거나 호도하면서 대한민국에 대해서는 침을 탁탁 뱉고 있습니다. 이러다가 정말 무슨 일이 일어나는 게 아닐까요. '김정은은 핵을 휘둘러 미군을 철수시킨 뒤 북한 주도로 통일하는 신베트남 모델을 추구하고 있다.' 이런 이야기를 하는 사람도 있어요.[58] 김 박사님은 이 문제를 어떻게 보고 있는지 궁금합니다."

김 박사는 곧바로 답변에 나섰다.

"예에. 아주 좋은 질문입니다. 한국 좌익의 반한反韓적 역사관이라고 할까요. 뿌리가 깊지요. 김일성은 '남조선 정권이란 미제국주의자들의 총칼에 의하여 꾸며진 괴뢰정권으로서 미국 상전의 지시를 충실히 집행하는 도구에 지나지 않는다.'라고 말했지요. 통혁당 사람들은 대한민국 정권은 미제국주의자들의 식민지지배를 위한 도구에 불과하다고 이야기하죠.[59] 한국 좌익들은 김일성의 대한관을 그대로 답습해 온 거죠. 이북의 반한적 역사관을 극복해야 합니다. 이북이 신베트남 모델을 추구한다고요…?. 으음. 그럴 수도 있지요. 우리가 대처를 잘못한다면 말입니다."

마지막으로 옥 선생이 토론을 마무리했다.

"김수현 박사님 수고 많았습니다. 역시 뜨거운 주제였습니다. 쉬운 문제가 아니네요. 그렇지만 뭔가 길이 있겠죠. 역사는 때때로 예기치 못한 비약이 일어나기도 해요. 우리가 상상하지도 못한 어떤 것들이 나타나죠. 역사에서 정의가 항상 승리하는 건 아니에요. 그렇지만 정의가 승리하는 역사도 있지요. 역사란 그런 데가 있습니다. 오늘은 이것으로 이스또리아 탐사 세미나를 모두 마치겠습니다."

부산대의 10·16

"스껩또마이가 뭐야?"

하윤이 커피잔을 든 채 물었다.

"회의주의?"

정선은 스껩또마이란 말이 생소했지만 북한에 대해 회의적인 사고가 있는 건 사실이었다.

"그래. '북회파'로 하면 되겠네. 하하하."

정선은 통유리 너머로 고개를 돌렸다. 사람들이 대나무 숲 사이로 난 작은 돌계단을 오고갔다. 초록의 잔디밭 위로 바람에 흔들리는 대나무 숲이 시원한 느낌을 주었다. 정선은 한참 동안 바깥 풍경을 즐감하고 있었다. 그때 시우가 통유리 바깥에 짱하고 나타나 환하게 웃으면서 손을 흔들었다. 정선도 하윤도 웃으면서 빨랑 들어오라고 손짓을 했다.

"일찍 도착했네."

시우는 영화배우를 해도 될 만큼 인물이 준수했다. 하윤이,

"아이스 아메리카노?"

하고 묻자 시우는,

"응."

하고 간단하게 답했다. 하윤은 카운터로 가서 아이스 아메리카노를 주문하고 커피를 쟁반에 담아서 자리로 돌아왔다. 그리고 커피 잔을 시우의 테이블 앞에 살며시 내려놓았다.

"고마워. 우리 얘기를 좀 하자. 이스또리아 익게글은 봤지?"

하윤은,

"응. 이 사람들은 그래도 꼰대는 아니네."

하고 말했다. 하윤은 컷트 머리를 했는데 똑 부러지고 야무진 인상이었다. 정선은,

"상대가 어떤 사람이든 일단 대화를 할려고 하니깐."

하고 공감을 표했다. 정선은 동그스럼한 얼굴 탓인지 어딘지 부드러운 느낌을 주었다. 세 사람은 '탈주하는 역사 모임'(줄여서 '역모')이란 동아리에서 처음 만났다. 역모는 비공개 서클이었다. 하윤은 역모의 회장을 맡기도 했고 지금은 사학과 대학원 석사과정에서 현대사 공부를 하고 있다. 정선은 국문과를 졸업하고 여기저기서 편집일을 하다가 다 그만두고 국문과 대학원 석사과정에 들어와서 공부를 하고 있었다. 시우는 학부에서 경제학을 전공했고 군대를 제대하고 대학원에 진학해 경제사 공부를 하고 있었다. 그러고 보니 세 사람 모두 대학원에 적을 두고 있었다. 시우가 커피를 한 모금 흡입하고서,

"지난주에 이스또리아 세미나에 다녀왔다는 건 알고 있지?"

하고 밀했다. 그러사 정선은,

"응. 우리 톡방에 올렸잖아."

하고 답했다. 시우는,

"김수현 박사의 탐문이 상당히 흥미롭던데."

하면서 신영복 문제를 새롭게 생각하는 계기가 되었다고 말했다. 하윤은,

"부산 좌익과의 관련성?"

하고 물었다. 시우는,

"응. 우리는 생각지도 못한 문제였는데."

하고 말했다. 하윤은,

"부산 좌익의 뿌리라고 할까. 알려지지 않은 부분이 많은 것 같아."

하고 말했다. 정선은,

"자, 그 정도로 이야기했으면 됐고. 우리의 문제로 돌아가자구."

하면서 부산대 발원지 표지석을 어떻게 할 것인지를 물었다.

이들 3인방이 10·16 문제에 관심을 갖게 된 것은 2년 전으로 거슬러 올라간다. 2019년, 정부는 40년 만에 항쟁의 발생일인 10월 16일을 국가기념일로 지정했다. 10·16은 1979년 10월 16일 부산대에서 시작됐다. 그런데 처음으로 국가기념일이 제정되고 나서 기념식을 갖는데 부산대가 아니라 경남대에서 기념식이 열렸다. 문 통도 참가한 기념식은 거창했고 전국에 티브이로 생중계되었다. 이들은 그날도 운죽정에서 만났다. 시우가,

"뭔가 이상하네."

했고 정선은,

"부산대는 뭘 하는 거야."

하며 한숨을 지었다. 하윤은,

"들리는 이야기로는 나눠 먹기 때문이라는데."

하고 말했다. 시우는,

"나눠 먹기?"

하고 물었고 하윤은,

"10월 16일을 국가기념일로 하는 대신 창원에서 기념식을 하는 걸로."

라고 답했다. 정선은,

"창원은 10·18인데 국가기념일을 부산의 10·16으로 양보했다는 거?"

하고 말했다. 시우는,

"아무튼. 그렇다고 우리가 가만히 있을 수는 없지. 우리가 누구냐. '역모'의 후예 아니냐? 이번 기회에 부산대의 10·16 기념사업에 대해 탐문을 해 보자구."

라고 말했다. 그렇게 해서 3인이 합동으로 조사를 하고 작은 보고서를 하나 냈는데 요지는 다음과 같았다. 부산대 10·16 기념사업의 문제점은 첫째, 부산대 대학당국은 10·16 기념사업에 대단히 소극적이었다. 지난 40년간 부산대가 주도성을 발휘한 것은 대학극장인 '효원극장' 간판을 '10·16 기념관'으로 바꿔 단 것이 전부였다. 부마항쟁 기념관 건립 문제를 이야기할라치면 어떤 이들은 부산대에 10·16 기념관이 있지 않느냐고 반문하는데 전혀 사정을 모르고 하는 이야기다. 10·16 기념관은 간판만 기념관이지 내부는 그냥 문화공연 공간이다. 굳이 10·16과의 관련성을 찾자면 양쪽 벽면에 전시해 놓은 빛바랜 흑백사진 여남은 장이 전부다. 둘째, 부마항쟁 발원지 표지석이 있어야 할 곳은 옛 부산상대 건물이 있던 곳이다. 10·16의 최초의 시위는 부산상대생의 시위였다. 그런데 문재인·송기인은 발원지 표지석을 옛 도서관 앞에다 세웠다. 이것은 중대한 역사왜곡이다. 셋째, 항쟁 주역의 이름은 어디에도 없는데 손님(사상가 신영복·사진가 김○○)의 이름은 정성스레 새겨 놓고 이들이 역사적 장소의 주인공이 되게 하였다. 넷째, 10·16 최초의 시위가 시작되었던 옛 인문사회관 강의실 306호실과 부산상대 앞에는 아무런 기념시설이 없다. 부마재단은 40주년을 맞이하여 옛 부산상대 건물 옆에 조그만 조형물을 설치했는데 공간 선정에 문제가 있었고 10·16주체의 항쟁 정신과도 괴리가 있는 작품이었다. 다섯째, 10·16 사료의 수집·관리 체계가 엉망이었다. 부산대가 소장하는 10·16 사료는 대단히 빈약한데 그나마 가짜가 공적 기록물로 둔갑해 있는 실정이다. 부산대기록관이 소장하는 10·16 사진자료는 타인 작품의 도용 또는 위·변조 작품이 포함되어 있다. 여섯째, 부산대학교 10·16 기념사업회란 조직이 있었지만 유명무실했다. 이 조직은 10·16 기념사업에서 부산대의 무책임한 사업관행을 오랫동안 묵인, 방조하고 부실화에 일조했다. 일곱째, 부산대학교 홍보실이란 이상한 기구가 부당하게 10·16 기념사업에 관여했고 자질조차 의심스러운 자들이 부산대 기념사업을 좌지우지하는 행태를 보였다.

역모 3인방은 이런 문제를 부산대 당국에 진정했지만, 지금까지 아무런 답변을 듣지 못했다. 그리하여 모종의 행동계획을 세웠는데 제1의 타깃이 부마항쟁 발원지 표지석이었다. 부마항쟁 발원지 표지석 '타도' 투쟁을 제안한 사람은 하윤이었다. 정선과 시우도 전적으로 찬동했다. 이들은 거사에 앞서 항쟁의 주체인 '10·16관련자 모임'과 역사적 대화를 갖고 구체적인 투쟁방침을 정하기로 결의를 했던 터였다.

시우는,

"일단 10·16관련자 모임과 대화가 시작되었으니깐 좀 더 추이를 지켜보자."

고 말했다. 정선은,

"그것도 좋은 생각이야."

하고 말하면서 고개를 끄덕였다.

"좋아. 그 대신 누가 답글을 하나 써야지?"

하고 말하고서 시우와 하윤의 얼굴을 번갈아 가며 쳐다보았다. 결국 하윤이 자진해서 답글을 쓰겠다고 하면서 모임은 마무리되었다.

지역사회문제자료연구실

메일함에는 수현이 보낸 메일이 와 있었다.

선생님

지난번 세미나 이후 좀 뜸했네요.
미리 말씀드립니다만 동준 선생님도 저의 탐문 리스트에 이름이
올라있습니다.
양해를 구합니다.
한 가지 묻겠습니다.
지역사회문제자료연구실 설립이 1989년이 맞나요?
확인 부탁드립니다.

동준은 기억을 더듬었다.
'1989년은 아닌 것 같은데…. 지역사회문제자료연구실을 줄여서 지
사연이라 불렀는데. 1988년이 아닐까.'
머릿속에 뿌연 김이 서린 것처럼 기억이 흐릿했다. 집도 절도 없이

떠돌이처럼 전전했던 동준에게 자료가 남아 있을 리가 없었다. 동준은 구글에서 검색을 시작했다. 검색창에 지사연을 입력하고 검색 돋보기를 누르자 『부산일보』, 『한국일보』 기사가 떴는데, 설립연도가 나오는 것은 『한국일보』 기사였다. 『한국일보』 인터뷰에서 동준은 지사연 설립연도를 1989년이라고 했다. 김 박사는 이걸 보고 1989년이라고 했지 싶다.

동준은 부산시립시민도서관 홈페이지에서 자료를 검색했다. 두 권의 자료가 나왔다. 하나는 『80년대 부산 지역 노동운동』이고 다른 하나는 『부산 지역 현실과 민중생활』이었다. 전자의 출간은 1989년이고 후자는 1990년이었다.

1988년에 나온 자료가 있었을 텐데…

자료명이 생각나지가 않았다. 언젠가 『80년대 부산 지역 노동운동』이 아카이브 자료로 소장되어 있는 것을 본 적이 있었다. 80년대 부산 지역 노동운동을 검색어로 입력했다. 서울의 노동자의 책, 울산 노동역사관 웹 아카이브가 떴다. 노동역사관에 들어가 봤다. 노동역사관에는 위의 책 외에 여러 자료가 소장되어 있었다.

『노동조합 명감』(1990).

『부산·양산·김해지역 노동조합 명감』(1991).

『지역과 노동』, 제6호(1990).

『지역과 노동』, 제7호(1990).

『지역과 노동』, 제8호(1991).

『지역과 노동』, 제9호(1991).

『지역과 노동』, 제10호(1992).

『지역과 노동』은 발간 주체가 부산노동자료연구실이었나. 줄여서 노자연이라 불렀다. 1990년『부산 지역 현실과 민중생활』을 발간하고 노자연으로 명칭을 변경했던 것 같다. 동준은 국립중앙도서관 자료 검색 사이트를 열었다. 『80년대 부산 지역 노동운동』이 나왔다. 여기에는 서브타이틀이 표기되어 있었다. 지역사회문제자료연구실 창립 한돌 기념논문집. 이 책의 비치일은 1989년 5월 6일. 그러니까 지사연 창립은 1988년 5월 전후라는 것이 확인되었다. 1988년 창립 후 처음 발간한 자료가 있었다. 『지역과 노동』 창간호인 셈인데. 기억이 나질 않았다. 도서관에도 관련 기록이 없었다. 동준은 김 박사에게 회신을 보냈다.

　김 박사.

　내가 지사연을 만든 건 1989년이 아니고 1988년인 것 같소. 나도 기억이 분명하지가 않습니다만. 내가 공개적인 활동을 시작한 것은 1988년부터지요. 그러니까 김 박사가 묻는 것은 부산대를 졸업하고 2년간 어떤 활동을 했는가 하는 것이 되겠지요.

　내가 대학을 졸업한 다음 해는 1987년입니다. 아시겠지만 1987년은 6월항쟁에 이어서 7·8·9월 노동자대투쟁이 일어난 큰 항쟁의 시기였소. 나도 그때 국제시장, 부산가톨릭센터, 부산진시장, 서면, 가야에서 시위대와 함께 했었소. 6월항쟁은 대단했지요. 나는 6월항쟁의 현장에서 10·16을 생각했었소. 6월항쟁의 원형은

10·16 항쟁이었소. 1979년의 청년학생과 시민들의 외침이 1987년
으로 이어진 거지요. 10·16 항쟁에서 6월항쟁까지 무언가 연속하
는 것이 있었지요. 그것이 뭐냐 하면 나는 자유의 문제였다고 생각
합니다. 이 자유는 주권자로서 대통령을 직접 선출할 수 있는 정치
적인 자유만을 의미하는 건 아니었습니다. 먹고 사는 문제를 해결
하기 위한 민생의 자유문제가 포함된 겁니다. 노동자의 대투쟁이
이를 말해 주지요.

  지사연을 창립한 건 1987년의 항쟁이 하나의 계기가 되었습니
다. 부산에서 격렬한 저항이 연속해서 일어난 데는 이유가 있었습
니다. 부산은 실업문제도 주거문제도 심각했습니다. 교통과 같은
사회적인 인프라도 열악했고요. 서울 집중은 심화되고 부산은 저
개발의 상태로 퇴화하기 시작했지요. 그게 1979년부터 나타난 현
상이었지요. 1987년에도 이런 현상은 지속되었습니다. 나는 지역적
인 불평등과 빈곤문제에 관심을 가졌습니다.

  '지사연', 나중에는 '노자연'으로 이름이 바뀌었는데 우리들의 활
동은 부산에서 뿐만 아니라 다른 지역에서도 꽤나 유명했습니다.
부정기 간행물인 『지역과 노동』은 연대 앞 알 서점, 서울대 앞 광
장서점에도 책이 깔렸습니다. 이 이야기를 하니까 유○○이란 후배
가 생각납니다. 부산대 경영학과를 나온 81학번 후배였습니다. 유
는 당시 서울서 직장 생활을 했는데 우리 책이 나오면 직접 프라이
드를 몰고 서점을 돌면서 책을 깔아 줬지요. 잊지 못하는 후배입니
다. 그 무렵 울산에는 수도권에서 내려온 활동가들이 많았는데 우
리를 '지노그룹'이라 불렀습니다. 우리들의 논설이나 주장이 상당히

화제가 됐다는 거지요.

우리 활동은 5년 정도 이어졌습니다. 1992년 7월에 나온 『지역과 노동』 제10호가 마지막 발간물이었습니다. 지노그룹 활동가들의 헌신성으로 5년이나 버텼습니다만…. 지역에서 노동잡지를 내는 것이 무슨 돈이 되었겠습니까. 경제적으로 재생산을 할 수 있는 기반이 없었지요. 그리고 두 손을 들었지요. 당시 같이 일했던 후배들이 고맙기도 하고 미안하기도 하고 그렇습니다.

내 이야기는 이 정도로 하겠습니다.

필사筆寫

    임창우는 오랜만에 운전대를 잡았다. 2년 전 정년퇴임 기념으로 벤츠 신차를 구입했는데 운전할 일이 거의 없었던지라 차는 늘 아파트 주차장에 세워져 있었다. 그런데 그날은 특별했다. 아내 이정수와 함께 기장 바닷가로 가서 바닷바람도 쐴 겸 식사를 하러 나가는 길이었다.

    창우는 조수석에 앉은 아내를 흘깃 쳐다보았다. 자신은 머리가 많이 빠지긴 했지만, 흰머리라곤 새치가 좀 있을 뿐인데 두 살 아래인 아내는 거의 백발에 가까웠다.

    "하윤이 집 나간 지도 4년이 다 됐네."

    정수는 하필이면 하윤이 이야기를 꺼냈다. 창우는 한동안 말없이 운전에 열중했고 그러다가 물었다.

    "하윤이 생활비를 얼마나 주고 있소?"

    "월세 주고 한 달에 150은 있어야 살 거 아입니꺼."

    하윤은 대학을 졸업하고 한동안 알바를 해서 생활비를 마련했지만 대학원에 들어가서는 그러기가 어려웠다. 그래서 매달 돈을 부치고는 있는데 아바이 눈치도 보이고 여러 가지로 힘들었다.

    "아바이. 인자 고집을 그만 부리면 안 되겠습니꺼."

"고집이라니? 내가 고집부리는 거로 보이나!"

창우는 언성을 높였다.

"빨치산이 도대체 뭡니꺼. 하윤이가 못 하겠다고 하면 그것도 그 아의 선택 아입니꺼. 와 자꾸 강요를 합니꺼. 그거는 정신적인 폭력입니더. 내가 정말 이런 말까지는 안할라꼬 했는데…"

정수는 흐느꼈다. 창우는 아무 말도 하지 않았다. 차는 도시고속도로를 빠져 나와 기장로를 달렸다.

창우의 아버지는 부산에서 오랫동안 부두노동자로 일했다. 아버지는 고향 이야기를 한 적이 없었다. 창우는 부산에서 나고 자랐기 때문에 아버지 역시 부산 사람인 줄 알았다. 그런데 아버지는 부산 사람이 아니고 벌교 사람이었다. 그걸 알게 된 계기는 10·16이었다. 1979년 10월 16일, 창우는 부산대 데모대의 선두에서 "유신철폐 독재타도"를 외쳤다. 창우는 매일 데모하러 시내로 나갔다. 그러다가 18일 오후 계엄군에 연행되고 구속까지 되었다. 행인지 불행인지, 10·26이 터지면서 창우는 기소유예로 석방되었다. 아버지는 감옥소에서 나온 아들을 보고서도 아무 말도 하지 않았다. 그 날 이후 아버지의 태도에는 어떤 변화가 있었다. 하루는 이런 말을 했다.

"창우야. 나넌 니가 평범하게 살았시믄 좋것다."

여태껏 어떻게 살아야 헌다, 라고 말한 적이 없었는데…

창우는 아버지의 말씀이 예사롭지 않았다. 그리고 또 한참 지나서였다. 부두 일을 마치고 거나하게 술이 취해 새벽에 귀가한 아버지가,

"창우야. 느거 아부지 고향이 벌교다."

하시는 것이었다. 창우는 깜짝 놀랐다. 이듬해 창우는 대학을 졸업하고 부산의 한 사립고등학교 국어교사로 취직이 되었다. 아버지는 아들이 고등학교 선생이 된 그해 가을에 지병으로 돌아가셨다. 아버지는 임종 전 숨을 가쁘게 몰아쉬면서 뭔가를 힘들여 말했는데 창우는 알아듣지를 못했다. 아버지의 마지막 말씀을 몇 마디라도 알아들은 이는 누님이었다. 누님은 발인을 끝내고 가족들이 모인 자리에서 이야기를 꺼냈다.

"태, 백, 산, 맥, 에, 눈, 날, 린, 다."

이것이 아버지가 마지막으로 숨을 거두면서 하신 말씀이었다. 누님도 창우도 그 뜻을 알지 못했다. 어머니는 눈을 지그시 감고 아무 말도 안 하셨다. 그리고 몇 년 후 작가 조정래의 『태백산맥』 연재가 시작되었다. 문학도인 창우는 『태백산맥』을 읽고 가슴을 쳤다. 아. 아버지는 빨치산이었다! 어머니는 아버지가 돌아가시고 몇 년을 더 사셨다. 어머니는 아버지의 과거사를 아는 유일한 분이었는데 세상을 떠날 때까지 끝내 침묵을 지켰다.

그 후 창우는 『태백산맥』을 읽고 또 읽었다. 아마도 한 열 번 정도는 읽었을 거다. 아버지가 말하지 않았던 '삶'이 어렴풋이 보였다. 그러나 확신이 없었다. 왜 아버지는 운명 직전에야 빨치산의 노래를 외웠을까? 어머니의 긴 침묵은 무엇을 의미하는 것일까. 그럼에도…. 창우의 삶은 일변했다.

부친이 돌아가신 뒤 창우는 전교조에 가입했다. 그리고 열성 조합원이 되었다. 하나밖에 없는 딸에게는 극성스런 운동권 아버지가 되어 있었다. 하루는 하윤이와 이런 일이 있었다. 『태백산맥』 9권 필사를 제출하는 날이었다.

"고생 많이 혔다."

창우는 필사본을 받아들고서 고생했다는 말로 위로를 했나. 하윤이 대견스럽기 그지없었다. 하윤은 거실 소파에 앉아 고개를 파묻고 아무 말이 없었다. 창우는 뭔가 이상한 느낌이 들어서,

"무슨 할 얘기가 있으면 해 보거라."

하고 말을 시켰다. 하윤은 망설이면서 입을 뗐다.

"그동안 갈등이 참 많았습니다. 여러 번 묻고 또 물었습니다. 나와 이것이 어떤 관련이 있는가, 라고요. 필사라는 행위는 나에게는 소외된 노동이었습니다. 아무런 의미가 없는 노동이었어요. 제가 내린 결론은 이렇습니다."

창우는 안색이 변하였다. 10년 공든 탑이 와르르 무너지는 느낌이었다. 낭패감에 사로잡혔다. 필사를 시작할 때 쬐끄만 중학생이었던 하윤은 지금은 대학 3학년생이 되었다. 사학과 진학은 창우의 권유에 따른 것이었다. 하윤은 비공개 역사공부 모임인 '역모'에 관계하고서부터 현대사를 보는 시각이 달라졌다. 빨치산에 관해서는 이태의 『남부군』도 읽었고 이병주의 『지리산』도 읽었다. 하윤은 아버지가 점점 정신적으로 멀게 느껴졌다.

하윤은 이어서 말했다.

"『태백산맥』은 역사의 반성反省이 없는 작품입니다. 1권 도입부에 소화다리에서의 학살 장면이 나오지요. 처음에는 씨엉쿠 잘됐다, 씨엉쿠 잘됐다, 라고 했던 문 서방조차 나중에는 뭐라고 합니까. 워째서 마구잽이로 쥑이기만 하는지. 날이 갈수록 그 사람덜이 무서워짐스

로 겁이 살살 난당께요. 좌익의 인민재판을 보고 환호했던 민초들에게서도 민심이반이 일어나고 있었지요. 이어서 우익의 보복 테러가 가해지고…. 6·25를 전후한 빨치산 전쟁은 사망자만 해도 빨치산 측 사망자 1만 수천 명, 전몰군경 6,300여 명 도합 2만 명에 이릅니다.[60] 6·25 전쟁의 인명피해는 막대하지요. 남북 통틀어 300만 명이 사망·실종되었으니깐요.[61]

저는 어린 나이에 필사를 하면서 이 엄청난 죽음을 보고 너무 두려웠습니다. 왜 앳된 청년들이 서로 총부리를 겨누고 죽이고 죽임을 당해야 했던가? 지금껏 저는 의문을 풀지 못하고 있습니다.

『태백산맥』의 주인공 염상진은 사회주의 혁명을 이야기하고 있어요. 그런데 그가 말하는 사회주의 혁명이란 무엇입니까? 무산자혁명. 봉건계급제도 일소. 착취계급 일소, 인민의 나라. 인민혁명. 작가가 나열한 용어가 많긴 합니다만…. 이런 걸 위해 수만, 수백만의 살상을 초래하는 전쟁을 일으켰다고요? 염상진은 이데올로기적 허깨비였어요. 그에게는 제대로 된 사회주의상像조차 없었어요. 북한을 이상국가로 그리고 있는데요. 북한이 인민의 나라입니까?

염상진은 도처에서 북한의 토지개혁을 '무상몰수, 무상분배'로 포장하여 선전하고 있지요. 하지만 북한 농민은 분배된 토지에 대해 매매는 물론 임대, 저당, 상속을 할 수 없었어요. 사실상 토지의 소유권은 없고 경작권만 인정한 거죠. 그리고 25% 현물세를 내야 했고요. 북한 당국은 6·25 후 농민에게 순 경작권마저 몰수하고 협동농장체제로 전환했지요. 북한에서 경자유전의 원칙에 입각한 토지개혁을 한다고 요란했지만, 실제는 국가가 새로운 지주가 된 거예요. 북한의 토지개

혁은 농민의 입장에서 보면 지주소작제가 국가소작제로 바뀐 것에 불과해요.[62]

염상진 유의 남한 좌익들은 북한 정권의 실상을 있는 그대로 전달한 것이 아니라 가짜 뉴스를 가지고 선전·선동했지요. 적지 않은 사람들이 저들의 거짓에 속아 넘어갔고요. 그렇지만 남한 민중 모두가 그런 건 아니었어요. 문 서방이 뭐라고 했습니까."

긍께 믿을 눔 하나또 읎는 시상이여. 좇 뽄다고 지주 논 뺏어서
공짜로 주겄어. 다 즈그덜 이롭게 해처묵는 짓거리제.[63]

"그래. 이북의 토지개혁이 불완전한 게 있었다고 치자. 그렇다고 북한의 사회주의 건설이 모두 부정되는 건 아니지 않겠니."

창우는 그대로 듣고 있기가 불편해서 하윤의 말을 끊고 이야기를 바꾸어 보려고 했다. 그렇지만 씨알도 먹히지 않았다.

"아, 그런 게 아니에요. 제가 말씀드릴 부분이 있습니다."

하윤은 다시 이야기를 이어 갔다.

"북한은 1953년 7월 휴전협정을 했지요. 남한 각지의 후방에 남겨져 살아 있는 빨치산에 대해서는 일언반구의 언급도 하지 않았고요. 북한 정권조차 빨치산을 버렸다고 이야기하는 중요한 근거가 되지요. 이병주는 『지리산』에서 이렇게 말하고 있습니다."

김일성 일당은 공산당에 추종하는 남한의 파르티잔을 극히 일부
를 제외하곤 박헌영과 그 계파의 졸개들로 취급하고 그 처리를 대

한민국 정부의 자의에 맡기기로 해버린 것이나 다를 바 없었다.[64]

"『태백산맥』에서도 이 부분은 문제가 되고 있습니다. 이해룡은 이렇게 울분을 토합니다."

　결국 이럴 줄 알았습니다. 보십시오, 그때 구십사호 결정서에서 모든 잘못을 남선 단체들한테 덮어씌웠을 때 저는 벌써 이런 결과가 올줄 알고 있었습니다. 당이 종파주의를 조장하고 있다는 것을 알아챘습니다. (…) 휴전이 된지 며칠이나 됐다고 이렇게 남로당계만 쏙 뽑아 이 꼴을 만든단 말입니까. 이래도 당을 믿어야 합니까!
　저는 그때 남선 단체들이 모든 걸 잘못했다고 했을 때 솔직하게 말해 분하고 억울했고, 너무 절망을 느꼈습니다. 그럼 북선 단체들은 아무 잘못이 없다는 것인데, 당이 어찌 그리 편파적인 결정을 내릴 수가 있습니까. (…) 그런데 당이 한 일은 무엇입니까. 우리는 분명히 남로당원이었습니다. 우리는 이제 무엇을 위해 투쟁해야 합니까. 누구를 위해 투쟁해야 합니까. 당한테 버림을 받았으니 이제 와서 개들의 세상으로 손을 들고 내려가야 하겠습니까? 말씀 좀 해 보십시오, 소장 동지!

"김범준은 해괴하게도 이런 말을 합니다."

　이 동지, 잘 들어 보시오. 민족해방전쟁이 남조선을 해방시키지 못하고 휴전협정에 임하게 되었소. 상황이 그렇게 되었을 때 당은 인민 앞에서 어떻게 해야 되겠소. 당에는 인민들 앞에 책임질 의무가 있소. 그 의무가 무엇이겠소? 이 동지가 지난번에 지적한 것처럼 미군 개입같은 것을 설명하는 것이겠소? 그건 전쟁이 진행된 원인이고 결과는 될 수 있어도 당이 인민 앞에 지는 책임은 될 수 없소. 만약 그것으로 책임을 대신한다면 그건 당의 비겁이고, 인민에 대한 기만이오. 당은 인민들에게 민족과 인민의 해방을 약속했고, 따라서 인민들의 피의 헌신을 요구했소. 그런데 결과는 무위로 돌아갔소. 그때 당은 인민들의 피의 헌신에 상응하는 책임을 져야 하는 것이오. 그 책임을 수행하지 않고는 당은 인민 앞에 존재할 수 없소. 그 책임의 수행을 위해 당은 '선택적 결정'을 하게 되는 것이오. 이 선택적 결정은 인민의 단결을 위하는 것인 동시에 당의 장래를 위한 것이며 또한 원대한 사회주의 건설을 위한 준엄한 '역사선택'인 것이오. 그 역사선택의 결과가 이번 일이오.[65]

"김범준은 북로당에서 제외된 바 있는 조선독립동맹(김무성·김두봉)의 핵심분자였지요. 남로당의 1차 숙청은 이승엽, 임화를 포함한 것으로 1953년 8월이었습니다. 박헌영의 숙청은 그로부터 두 해 뒤였고요. 또한 화북조선독립동맹의 숙청도 잇달았습니다. 사정이 이러한데 김범준이 북로당 노선의 정당성을 주장한 것은 납득하기 어렵습니다.[66]

김일성은 6·25를 조국해방전쟁이라 부르는데 이는 애초부터 가당찮은 이야기였지요. 이북이 남한의 무엇을 해방한다는 겁니까. 일제 식민지에서 벗어난 지 불과 5년입니다. 북은 지상낙원이고 남은 지옥

이어서 남을 해방해야 된다는 겁니까? 북은 지상낙원이 되지도 못했고 남은 지옥도 아니었어요. 남북 간에는 전쟁이 아니라 경제건설을 위한 평화적인 협력이 필요했어요. 어떤 경우도 전쟁을 정당화할 명분은 존재하지 않았어요. 전쟁은 절대악이었어요. 남에게도 북에게도.

김범준 식의 설명은 전쟁의 책임을 회피하기 위한 권력의 선택에 지나지 않아요. 원대한 사회주의 건설을 위한 준엄한 역사선택이라고요? 그냥 말장난이지요. 우습지요. 전쟁에 대한 역사적 성찰이 없다는 것이 근본적 문제입니다."

"하윤아. 네가 이런 생각까지 하다니…."

창우는 큰 충격을 받았다. 당장 자리에서 일어나고 싶었지만 아비로서 체통도 있고 그럴 수는 없었다.

"미국 놈과 이승만 괴뢰정권 때문에 전쟁이 일어난 건데, 누가 뭘 반성한다는 거냐!"

창우는 화가 나서 고함을 쳤다. 그러자 하윤은 놀란 눈으로 창우를 빤히 쳐다보았다.

"아버지. 그러시면 대화가 되지 않습니다."

하윤은 차분한 톤으로 이야기를 했다. 창우는 더 화가 났다.

"뭐야!"

그때 창우의 손바닥이 허공을 날았다. 그리고 하윤의 뺨을 쳤다. 철석하는 소리가 굉음처럼 울려 퍼졌다. 하윤은 벌떡 자리에서 일어섰다.

"어디서 우익 나부랭이들 글을 읽고 와서…."

창우는 다시 고함을 쳤다. 하윤이 집을 나가게 된 사연은 이랬다.

"식사는 뭘로 할까?"

승용차가 기장시장 골목으로 들어서자 창우가 물었다.

"아무 꺼나 하입시더. 별로 생각이 없습니더."

정수는 하윤이 집을 나간 이후 아바이가 아바이 같지가 않았다.

만세, 만세, 자유어!

그날은 비가 추적추적 내리고 있었다. 집으로 돌아왔을 때 거실의 불은 꺼져 있었다. 아내는 집에 없었다. 우일은 서재로 가서 옷을 갈아입고 책상 앞에 앉았다. 그리고 컴퓨터를 켜고 이스또리아 익게로 들어갔다. 우일에게는 '에스(S)'가 익게에 글을 게재한 후 익게를 살피는 것이 중요한 일과가 되었다. 매일 시간만 나면 들여다보고 확인했는데. 마침 글이 있었다! 비를 맞으면서 오늘은 있으려나 했는데. 우일은 서둘러 글을 확인하고 3인 톡방에 올렸다. 전문은 아래와 같다.

신영복의 비문을 어떻게 할 것인가

우리들은 10·16 항쟁의 역사를 잘 모릅니다. 하나하나 탐사를 하면서 10·16의 역사를 알아 가고 있는 중입니다. 그런데 10·16 항쟁사 탐사를 시작하자마자 난관에 부닥쳤습니다. 신영복의 비문이 문제였습니다. 광개토대왕비는 흐릿한 비문이 문제가 되곤 합니다만 신영복 비문은 너무나 또렷한 비문이 문제였습니다. 신영복 비문은 스스로를 '부마민주항쟁발원지표지석'이라고 이름을 새겨 놓았습니다. 여기서 첫 번째 문제는 부마항쟁 발원지는 어디인가 하는 문제입니다. 저희들이 조사한 바로는 현재 비문이 세워져 있는 곳은 부마항쟁 발원지가 아닙니다. 부산대 10·16은 부산상대생의 시위가 최초의 시위였습니다. 부산상대 학우들은 인문사회관 강의실에서 나와 상대건물 앞으로 이동했습니다. 그리고 여기서부터 시위가 시작되었습니다. 부마항쟁 발원지 표지석이 있어야 한다면 당연히 부산상대 건물 앞이어야 합니다.

두 번째 문제는 신영복의 이름으로 10·16 항쟁 발생사를 왜곡하고 있다는 겁니다. 신영복은 세월의 물살에도 깎이지 않고, 청사에 길이 전한다고 했는데 무얼 전한다는 겁니까. 신영복의 이름 석 자외에 거기에 누가 있습니까? 부마항쟁 발원지라고 하면 이 자리에는 마땅히 10·16 항쟁 주역들의 이름이 먼저 나와야 합니다. 그런데 10·16 주역은 어디로 갔습니까. 40년 넘게 그들은 자기가 서 있어야 할 자리에서 이름 하나 없이 허허롭게 겉돌고 있습니다. 주역들이 시퍼렇게 살아 있는데도 말입니다. 참으로 황당한 일입니다.

세 번째 문제는 이런 겁니다. 신영복 비문 건립을 주도한 이는 최근 공개된 사진을 보면 문재인 변호사, 송기인 신부, 이행봉 교수 이런 사람들인 것 같습니다. 이 중에서 단연 돋보이는 인물은 문재인이죠. 문재인은 대통령이 되고 나서 행적에서 알 수 있듯이 사상적으로 신영복주의자입니다. 신영복주의는 김일성주의와도 가깝고 급진 사회주의적인 성격도 있고 공자사회주의적인 성격도 있습니다. 신영복주의와 10·16 항쟁은 어떤 관련이 있습니까? 10·16 항쟁과 신영복주의는 아무런 관련이 없습니다! 문재인이 존경하는 사상가이기 때문에 신영복의 이름을 새겨 놓았다면 이것은 10·16 항쟁 기념사업의 중대한 왜곡이 아닐까요.

역모

2021. 5. 17.

동준은 그날 밤 사무실에서 작업 중 카톡을 받았다.

우일: 우리가 추론했던 게 맞는 거 같다!

동준: 젊은 친구라고 해도 되겠지. 이 글을 쓴 친구 말이야.

우일: 그런 거 같다.

동준: 젊은 친구들이 고맙구만.

우일: 신영복주의라는 말을 썼다는 건 이스또리아 탐사 세미나에 참석했다는 거고. 이 글을 쓴 이는 동일인 또는 같은 그룹의 멤버라는 거지. 역모?

동준: 음. 그렇구만. 이 친구들의 실체가 조금씩 드러나고 있네.

우일: 우리는 어떻게 해야 하나?

동준: 답글을 써야지. 3자 회동을 하고 나서.

우일: 옥 선생을 보자는 거지?

동준: 그려.

동준과 우일은 문을 열고 이스또리아 사무실로 들어섰다. 옥 선생은 컴퓨터 모니터를 보면서 부지런히 키보드를 치고 있었다.

"옥 샘. 안녕하십니꺼."

우일이 웃으면서 큰 소리로 인사를 했다.

"오셨어요."

옥 선생은 자리에서 일어나 긴 탁자가 있는 공간으로 이동하면서 인사를 건넸다. 동준과 우일은 옥 선생을 마주보고 탁자에 앉았다. 옥 선생이 앉았던 책상의 컴퓨터 스피커에서 노래가 흘러나왔다.

"이거 무슨 노래지요? 합창곡 같은데."

우일이 안쪽 컴퓨터를 쳐다보면서 물었다.

"「자유의 찬가」. 아세요?"

우일은 처음 들었다. 옥 선생은 설명을 덧붙였다.

"「자유의 찬가」는 그리스 국가예요. 그리스의 시인인 디오니시오스 솔로모스가 1823년에 쓴 시 「자유의 찬가」(158절로 구성되어 있음)에서 1절, 2절을 따서 그리스의 작곡가인 니콜라오스 만차로스가 곡을 붙인 거예요."[67]

내 그대를 알지

소름끼치는 칼날을 통해

내 그대를 알지

빛나는 광채로 땅을 지키는 모습을 통해

헬라스인의

성스러운 뼈에서 나온 그대

예전의 용맹이여 다시 이곳에

만세, 만세, 자유여[68]

옥 선생은 핸드폰 유튜브에서 노래를 찾아 다시 들려주었다.

"어때요?"

"음. 장엄하면서 경쾌하고 힘이 넘치는데요. 우리 애국가는 어딘지 맥아리가 없어."

옥 선생의 물음에 우일이 답했다.

"그렇지요. 마르고 닳도록…. 충성을 다하여…. 충성만 있고 자유가 없지 않아요? 한국의 전통에는 자유를 위한 찬가가 없어요."

옥 선생의 지론이었다.

"자. 그건 그렇고. '에스(S)' 이야기를 해야죠?"

"옥 샘도 '익게' 글 보셨죠. 부마항쟁 발원지 문제를 보는 시각이 우리하고 거의 같습니다. 신영복에 대해서는 얼마 전 세미나에서 김 박사가 했던 주장을 그대로 수용하고 있고요."

우일이 먼저 말문을 열었다. 옥 선생은,

"에스는 개인이 아니고 그룹인 것 같지요?"

하고 물었다. 동준은,

"단서는 '역모'라는 건데…."

하면서 말을 흘렸다.

"옥 샘. 혹시 역모에 대해 들어 보신 거 있습니까?"

우일이 물었다. 옥 선생은,

"아뇨. 그날 세미나에 참석했던 젊은 친구 외에는."

하고 답했다. 그때 동준의 머릿속에 하윤이 퍼뜩 떠올랐다.

어릴 때부터 태백산맥 필사를 했다는 부분. 아버지와 갈등하고 집을 나왔다는 것.

"으음…."

동준은 눈을 지그시 감고 잠시 생각에 잠겼다.

"뭔가 잡히는 게 있는감?"

옆에서 지켜보던 우일이 툭 말을 던졌다.

"아, 아니야."

동준은 눈을 뜨고 우일을 보면서 말을 이었다.

"내가 알바 하는 데서 얼핏 봤던 젊은 친구가 생각나서…."

"그려?"

우일이 관심을 표했지만 동준은 더 이상 말이 없었다.

"내 생각은…. '역모'는 줄임말 같은데. 예를 들면 역사 공부를 '역공'이라 부르듯이."

우일은 한 템포 쉬었다가 말을 이었다. 두 사람은 조용했다. 그러자 우일은 혼자만이 정답을 알고 있다는 듯이 자신만만하게,

"'역사 모임'의 줄임말이 아닐까?"

하고 물었다. 동준은,

"와우. 그럴듯한데."

라면서 공감을 표했다. 그러자 옥 선생이 나섰다.

"에스(S)를 특정할 수 있는 단서가 나온 거 같습니다. 이들은 스스로를 역모라 칭했다는 것. 역모란 역사 모임의 줄임말이라는 것. 이들은 1인 행동가가 아니라 그룹이라는 것. 이들은 역사적인 문제에 대해 행동하는 어떤 실천조직이라는 것. 여기까지 이야기할 수 있을 것 같은데요."

동준도 우일도 충분히 납득이 가는 이야기였다.

"이쪽에서도 답글을 올리고 역모의 대응을 보고 다시 이야기를 해요."

옥 선생은 이런 제안을 하고 논의를 갈무리했다.

회고

　일요일 오후 동준은 사무실에 나와서 자료를 보다가 머리를 식히려고 온천천으로 내려갔다. 천변 산책로에서 본 사람들은 모두 마스크를 썼는데 아무런 표정이 없었다. 사람들은 맞은편에서 걸어오는 사람과 눈이라도 마주칠라치면 얼른 고개를 돌렸다. 사람이 사람을 기피한다고나 할까…. 코로나 팬데믹과 함께 이런 것들이 일상의 풍경이 되었다. 동준은 사람들을 스치면서 부지런히 걸었다. 부산대 전철 역사 아래의 컴컴한 동굴을 지나 나무로 된 똥다리를 건널 무렵이었다.

　"선생님!"

　갑자기 등 뒤에서 사람을 부르는 소리가 들렸다. 동준이 고개를 돌리자 눈에 들어온 사람은 김수현 박사였다.

　"아니. 여긴 웬일이요?"

　"제가 집이 이 부근입니다. 오늘 날씨도 좋고 해서 걸으면서 운동을 좀 하려고요."

　"아, 그래요?"

　"선생님, 식사는 하셨죠?"

　"예, 했어요."

"그럼 여기 어디 그늘에 앉아서 이야기라도 좀 하시지요."

"그럽시다."

두 사람은 '똥다리' 부근에서 앉을 곳을 찾았다. 작은 공연장 쪽에 나무로 된 계단이 있었지만 햇볕이 내리쬐서 앉을 수가 없었다. 할 수 없이 두 사람은 부산대역 맞은편의 카페로 가서 이야기를 했다. 초코라떼를 한 모금 하고서 김 박사가 먼저 말을 꺼냈다.

"동준 샘, 이상록 선생님 아시지요?"

"알지요. 지난번에도 나한테 묻지 않았소."

"아. 그랬군요. 추모집 이야기도 했었죠. 헤헤."

동준은 무표정한 얼굴로 딸기스무디를 마셨다. 김 박사가 이야기를 시작했다.

"「1970~80년대 운동의 회고」란 글은 1980년대 초중반 부산 지역의 좌익 운동의 흐름을 알 수 있는 드문 자료입니다. 대단히 초보적이기는 합니다만."

"아, 그래요?"

동준은 놀란 듯이 물었다.

"예. 이 선생은 자신이 관여했던 운동이 기본적으로는 사회주의운동이었다는 걸 분명히 말하고 있습니다. 흥미로운 사실은 사회주의운동의 몇 갈래 흐름이 간략하지만 부분적으로 기술되어 있다는 겁니다."

"어떤 흐름인가요."

"이건 어디까지나 이 선생의 회고에 따른 건데요…. 하나는 맑스-레닌주의에 입각한 사회주의운동입니다. 이 운동은 이 선생이 지도부로 참여한 '反실임'이 중심이었습니다. 이 선생은 반실임을 부산 지역 최초의 노동계급 정치조직이라고 주장하고 있습니다만…. 이 부분에 대해서는 나중에 다시 이야기하기로 하고요. 두 번째는 '실임' 그룹입니다. 실임은 『실천적 임투를 위하여』라는 팸플릿 제목을 따서 붙인 이름인데요. 이들은 반실임을 경제주의로 비판하고 현장에서의 노동자 정치투쟁을 강조했습니다.

다른 하나는 주사파 운동이었습니다. 이 선생은 1986년 가을 부산에서 주사조직이 만들어졌다고 적고 있습니다. 그 내막은 잘 모르는 것 같고요….

반실임은 지도부가 붕괴되면서 결국 해체됩니다. 실임도 마찬가지였고요. 그 후의 흐름들을 보면 주사파는 부산노동단체협의회로 결집하지요."

"…"

"그런데…. 동준 샘."

동준은 김 박사 쪽으로 고개를 돌리고 그녀를 응시했다.

"'회고'에 동준 샘 이름이 나옵니다."

김 박사는 무슨 중요한 사실관계를 발견이라도 한 듯이 의기양양했다. 동준은 표정이 일그러졌다.

"그래요?"

"아, 그러니까, 지사연 활동을 하기 전 동준 샘은 반실에 가담했다는 것인데요…"

동준은 아무 말도 하지 않았다.

"대학을 졸업한 1986년부터 동준 샘은 좌파 그룹에 몸을 담고 사회주의 활동을 했다는 겁니다."

동준은 자리에서 일어섰다.

"김 박사. 미안해요. 오늘은 이 정도로 합시다."

김 박사도 자리에서 일어섰다. 카페의 2층 계단을 내려가는 동준의 뒷모습이 허전해 보였다.

며칠 후 알라딘에서 주문한 이상록의 추모집이 도착했다. 동준은 책을 뒤졌다.

○○○는 (…) 인천에서 구속되고 말았다. (…) 이로 인한 지도역량 손실은 이후 조직운영에 심각한 애로로 작용했다. 뿐만 아니라 노재열과 나 또한 타 지역으로 피신한 상황이라 조직은 일시에 마비되고 말았다. 조직은 한 달간이나 ○○○ · 동준(중앙위 후보위원)의 지도하에 비상체제로 굴러갔다.

이미 부산 지역에 내려와 유행하기 시작하던 주체사상이나 정세에 대한 대응방침을 세우지 못하여 대외활동은 거의 중단된 상태에 있었다. 이는 곧 내부 갈등으로 이어질 것이 뻔했다. 실제로 문제가 일어나고야 말았다. 협의회 직전에 동준이 탈퇴하고 협의회 직후에 청년부의 ○○○가 탈퇴했다. 역량 있는 중요 인물들을 잃었을 뿐 아니라 청년부가 해체됨으로서 학생운동에 대한 지도 고리를 상실하고 말았다.

김 박사가 이야기했던 부분인데, 이상록의 '회고'에서 두 번 동준의 이름이 언급되었다.

김하기의 증언

전 별로 한 일이 없습니다. 79년 당시 부산대학교 철학과 2학년 재학 중으로 비공개 서클에서 학습을 하고 있는 상태였고, 다만 10월 17일 유신 선포일 쯤에 이진걸 씨가 시위를 할 것이란 것을 듣고 같이 하려다 서클 선배들의 만류로 자제하고 있으면서 은근히 기대하는 수준이었습니다.[69]

항상 자기들이 뭐 별 조직도 아니면서 우리 조직이 거덜난다는 거 뭐 별 조직도 아닌데, 그런 논리를 세워가지고, (…) 이상록은 절대 안 된다 그리고 고집불통입니다. (…) 마 선배들이 하도 찐빠를 많이 주가지고 니가 하면 때려 죽인다고 이야기를 하고 아, 니 혼자만 하지 마라, 니만. 그런 얘기를 했기 때문에 정말 답답했어요.[70]

위의 인용은 김하기의 증언에서 가져온 것이다. 1979년 김하기는 '도깨비집'이라 불리는 부산대 비공개 학습 서클의 멤버였는데, 10·16이 일어나기 전 서클의 내부 분위기를 이렇게 구술했다. 동준이 10·16을 성사시키기 위해 동분서주했던 그 무렵 부산대의 학습 서클인 도깨비집 리더들은 시기상조론이란 입장으로 상황을 정리하고 있었다.

이상록은 생면부지였지만…, 동준과 이상록과의 인연은 사실은 부마항쟁 때부터 시작된 셈이다. 10·16이라는 역사적 공간에서 누구는 때가 왔다고 했고, 누구는 때가 아니라고 했다. 지금 생각해 보면 1979년 10월의 정세는 무르익을 대로 무르익었다. 누군가 제대로 앞장서기만 하면 학생들은 호응해서 분기奮起하게 되어 있었다. 역사적인 사실이 그렇다.

이상한 것은…. 이상록은 '회고'에서 부마항쟁을 이야기하면서 실패한 10·15의 당사자들은 일일이 이름을 거명하고 있지만 10·16을 이끈 동준의 이름은 어디에도 없었다. 이상록은 동준이 관여했던 10·16을 왜 그리 무시했을까.

동준은 작가 김하기가 쓴 『부마민주항쟁』을 떠올렸다. 『부마민주항쟁』은 민주화운동기념사업회에서 2004년 10월에 출간한 책이다. 오래전 이 책을 어디서 봤는데 동준의 집에는 책이 없었다. 고맙게도 민주화운동기념사업회는 이 책을 인터넷에 PDF 파일로 올려놓았다.

이러한 상황에서 모두들 돕겠다는 말을 기꺼이 했고 이호철, 노재열도 지원하겠다는 약속을 하였다. 그런데 대선배격인 이상록, 고호석은 시위는 아직 이르다고 판단하여 반대하였다. 이들은 지하 학습 조직이 확대·재생산 구조를 갖추기 전에 시위참가 등으로 적발되어서는 안 된다는 입장에서 시위를 반대한 것이다. 그러나 학습뿐만 아니라 투쟁 속에서 조직이 발전한다고 믿었던 77학번과

78학번은 선배들의 반대에도 이진걸의 시위를 돕기로 약속하였다.

누리야, 마침내 거사일인 10월 15일은 왔고, 이 역사적 순간에서 아빠가 할 일은 이진걸이 도서관에서 유인물 뿌리는 것을 돕는 일이었다. 나는 설레는 마음으로 거사 장소인 도서관으로 향하였다. 도서관(지금은 과학도서관)은 기말고사를 준비하는 학생들로 붐볐다. 10시쯤 되자 이진걸이 유인물을 들고 와 우리들에게 나누어 주었다. 우리는 떨리는 심정으로 그 유인물을 받아 들고 도서관에서 공부하는 학생들에게 나누어 주었다. 대부분 놀라는 눈빛으로 받아 들고는 상기된 얼굴로 읽고 있었다. 하지만 아빠는 한 학생이 이렇게 말하는 걸 똑똑히 기억한다.

"중간고사 기간에 공부하기 싫어서 이런 짓을 하는 놈들이 있단 말이야."

아무리 옳고 바람직한 일이라도 반대하는 사람이 꼭 한두 명은 있기 마련이란다. 그런 사람도 인정해 주는 게 민주주의 아니겠니.

그런데 이진걸은 민주선언문을 나누어 주고는 사라져 버렸다. 뒤에 안 일이지만 이진걸은 학교 본관, 상대건물, 식당, 도서관 등 도처에서 유인물을 뿌렸는데도 시위의 조짐이 일어나지 않자 "오늘은 안 되는가 보다" 하고 일단 몸을 피해 버렸던 것이다. 학생들은 유인물을 들고 도서관 밖으로 나와서 계단 등에 앉아 웅성거리고 있었다. 누리야, 아빠도 웅성거리는 학생들 틈에 앉아 유인물을 몇 번이나 읽어 보며 흥분하고 있었다.

(…)

민주선언문을 읽은 우리들은 수십 명씩 웅성거리며 결연한 눈빛으로 서로를 쳐다보았다. 하지만 10월 15일 시위는 일어나지 않았다. 휘발성 있는 기름처럼 번질거리는 이 눈빛들 위에 불을 지필 마지막 한 점 불꽃이 없었던 것이다.

(…)

그러나 10월 15일 시위는 실패하였다. 이진걸은 10월 15일 시위의 실패 원인을 "당시 10시께 유인물을 뿌리면서 집결 시간을 10시로 잡은 것이었다."라고 분석하였다. 실제로 이진걸이 "시위가 실패하였다."라고 생각하고 구 정문으로 학교를 빠져나간 10시 반쯤에야, 학생들이 모여들기 시작했던 것이다. 그리고 11시쯤에는 대운동장 스탠드에서 교련 수업을 마친 학생들까지 몰려와 도서관 앞 잔디밭과 계단에는 300여 명의 학생들로 술렁거렸다. 그들은 대학 생활 동안 단 한 번도 스크럼 대열을 짜 본 경험이 없는 학생들이었다. 그들은 연극 〈고도를 기다리며〉의 한 장면처럼 시위 주동자가 나타나기만을 기다렸다. 그러나 고도는 끝내 나타나지 않았다. 마음먹고 모여든 그들이었지만 정작 시위 주동자가 나타나지 않는 상황에서 서로의 얼굴만 쳐다볼 뿐 어쩔 줄을 몰랐다.

"부산대는 안 되나 보다."

데모를 하기 위해 모였던 학생들도 12시가 되자 해산하기 시작하였다. 그때 발길을 돌리는 학생들의 가슴마다 분노와 안타까움이 가득 메워졌다. 누리야, 아빠도 분노하고 안타까웠다. 그리고 그날 저녁 친구들과 대학 밑 시장통 돼지집에서 소주와 막걸리를 밤새 마셨다.

"역시 유신대학의 오명은 어쩔 수 없는 것인가?"

서울에서 내려온 친구들은 이따금씩 아빠를 '데모도 못하는 유신대학생'이라고 놀리곤 하였다. 아빠는 그럴 때마다 강하게 머리를 흔들며 "그렇지 않다. 반드시 우리도 할 것이다."라고 말해 주었다. 그러나 이날만은 정말 유신대학생이라는 생각이 들어 부끄러웠다. 우리 중 몇몇은 울분으로 탁자를 쳤고 몇몇은 소리 내어 흐느끼기까지 하였다.

(…)

모두가 자조적인 패배감으로 밤을 지새고 있을 때, "다시 싸워야한다. 이렇게 끝나서는 안 된다. 지금이라도 준비하여 내일 또다시 투쟁해야 한다"며 밤새 「선언문」을 작성하고 있는 학생이 또 한 명 있었다. 동준(경제 2)이었다. 누리야, 아무래도 부마민주항쟁은 역사의 필연으로 일어나야 했나 보다.[71]

김하기는 10·16의 발생 과정을 기술하면서 동준의 역할을 분명하게 이야기하고 있다. 이상록과는 너무나 대조적이었다. 동준이 이상록을 생각할 때 첫 번째로 느끼는 불편함은 이것이었다.

이상록은 왜 그랬을까. 자신의 시기상조론 때문이었을까?

동준은 지금도 이해가 되지 않는 대목이다. 이상록을 기억하는 데 있어서 두 번째 지점은 '반실'인데…. 동준의 개인사에서 크게 문제가되는 부분은 졸업 이후의 삶의 행로였다. 두 번 징역을 살고 나와서 늦게 복학을 하고 졸업을 했나면 취업을 해서 보통의 삶을 사는 것도 있을 수 있는 일이었다. 그런데 동준은 그러지 않았다. 동준이 대학을 졸업한 해인 1986년은 학생운동 또는 진보운동의 대세가 인민주의로 기울어 있었다. 전두환 파쇼정권을 타도하고 민중정권을 수립하려면 노동자를 의식화하고 조직화해서 혁명의 주체로 만들어야 한다는 것이다. 그 무렵 동준도 불그스름한 물이 상당히 들어 있었다. 그리하여 노동현장으로 갔고 거기서 반실 그룹과 조우했다.

이상록은 동준이 '반실'의 중앙위 후보위원이었다고 적어 놓았는데, 어떻게 해서 그런 지위가 주어졌는지에 대해서는 잘 알지 못한다. 그건 아무래도 좋은데… 반실이란 이름부터 이야기하는 게 순서이지 싶다. 당시 부산의 노동현장에는 크게 두 그룹이 있었다.[72] 하나는 노재열, ○○○, 정귀순이 소속한 그룹이고 다른 하나는 이○○, 황○○이 소속한 그룹이었다. 후자의 그룹은 1986년『실천적 임투를 위하여』라는 팸플릿을 냈는데, 이들은 정치적 성격이 강한 선도투쟁을 주장했다. 전자의 그룹은 선도투쟁보다는 대중투쟁을 정치투쟁보다는 경제투쟁을 강조하는 입장이었다. 이로부터 이○○ 등의 그룹은 '실임 그룹', 노재열 등의 그룹은 실임에 반대하는 노선을 가졌다고 해서 '반실그룹'이라 불리게 된 것이다.

반실에는 성실한 활동가들이 많았다. 이들이 노동운동에 얼마만큼의 기여를 했는가 하는 것은 노동운동사 연구가들의 몫이고… 동준이 반실에 있을 때 자주 만났던 이는 노재열, 정귀순이었다. 이들은 실무가로서는 유능한 활동가들이었다. 그 당시 유행한 레닌적인 정치의 영역을 제외하면… 정식 명칭도 없이 '반실'로 결속된 조직적 수준에서. 좌익 정치에 유능하지 못했다는 것이 무슨 큰 결함이 될까마는.

이상록은 반실 지도부의 '무능'을 아래와 같이 이야기하고 있다.

더군다나 공부와는 담쌓고 몸으로만 뛰어온 현장 활동 출신이 절대다수를 이루다 보니 맑스주의 사상에 대한 이해나 혁명당 건설의 필요성 등에 대한 인식이 극히 피상적이어서 실제 당면 활동 이상으로 관심을 높이는 데 한계가 있었다. 다수의 중간간부들도 당장 눈앞의 노동운동을 넘어선 문제에 대해서는 모르거나 무관심한 태도를 보일 정도였다.

또한 투쟁 형태에 대한 나의 견해에도 오류가 있었다. 한편으로는 선도적 돌출 투쟁 노선을 비판하느라 대중투쟁을 강조하고 다른 한편으로는 정치투쟁을 우위에 두고 경제투쟁의 중요성을 간과하는 태도를 비판하는 데 주력하다 보니 객관적으로는 경제주의를 옹호하는 주장을 펴고 만 셈이었다.

내가 이러한 이론적 오류에 빠져들게 된 원인은 앞서 지적한 바 대로지만, 레닌의 『무엇을 할 것인가』를 충분히 연구하지 못한 데서도 기인하는 바 있음을 고백해야겠다. 그 무렵 서울에서 제헌의회(CA)그룹으로 등장하는 최민 일파가 레닌의 이 책만을 읽히면서 천박한 이론을 펴는 데 대한 비판의식에 사로잡힌 나머지 나는 레닌의 그 전후 저작을 연구하는 데 주력하였고, 그 결과 막상 그들의 교과서를 연구하는 데 소홀히 하는 우를 범하고 말았던 것이다. 그런데 이론 수준이 낮은 부산 지역 노동운동의 현실에서 정작 필요한 것은 오히려 그들의 천박한 주장이었던 셈이다. 이 점을 충분히 사려하지 못한 나의 오류는 지난 2년간 부산을 떠나 서울에서 생활하느라 이곳 노동운동에 대한 현실감각을 결여한 때문이었다.

(…)

물론 이들이 정치활동과 사상활동, 당 조직 건설 과제를 외면해 버린 까닭이 어찌 나의 이론적 오류에만 있겠는가마는, 경제주의 청산이 과제였던 때에 객관적으로는 그 온존을 정당화시키는 수장을 펴고 만 나의 잘못은 이론가로서는 용납하기 어려운 죄악임에 틀림없다.73)

이상록은 나름대로 반성적인 평가를 하고 있는데 뭔가 시린 느낌이 든다.

'더군다나 공부와는 담쌓고 몸으로만 뛰어온 현장 활동 출신…'
'인식이 극히 피상적이어서…'
'최민 일파가 레닌의 이 책만을 읽히면서 천박한 이론을 펴는 데…'

사람은 간데없고 오래된 정원에는 잡초만 무성하고 하릴없이 사념이 인다. 동준은 노재열을 떠올렸다. 노재열은 이상록의 대학 후배였고 반실에서 조직활동을 같이 했다. 그 노재열이 『1980』이라는 장편소설을 펴냈다. 부산의 운동가가 개인의 활동사를 책으로 정리하는 경우는 드문데 노재열은 소설이라는 형식을 빌려 기록을 남겼다. 소설로서는 재미가 없긴 하지만 주인공 정우를 통해서 노재열의 삶을 더듬어 볼 수 있다. 노재열은 이런 글을 썼다.

이렇게 시작된 정우의 대학생활은 치열하였다. 사회과학서적을 탐독하고 선배나 동료들과 치열한 토론 속에서 이끌어 낸 결론은 곧바로 실천되어야 했다. 그러나 그것은 대학 내에서만 실천되는 것이었다. 소위 상아탑 안에서만 지식인들이 자신의 지식을 무기 삼아 밤을 세워 토론하고 가르치려고만 했다. 정우도 예외는 아니었고 그렇게 정립된 정우의 사고체계는 관념적 혁명운동가 그 자체였다. 솔직히 관념적 혁명운동가라는 단어 자체도 정우 자신이 정리한 수식어일 뿐이었다. 정우가 감방 생활 속에서 사색을 통해 이끌어 낸 몇 안 되는 자기반성의 단어였지만 말이다.[74]

노재열은 '관념적 혁명운동가'였다는 말을 하고 있다. 그리고 '자기반성'이란 말도 하였다. 그는 청년학생 혹은 지식분자로서의 관념성을 극복하는 계기를 노동현장 투신에서 찾으려고 했다. 『1980』이 나온 것은 2011년이다. 1980년 이후 2011년까지 30년 세월이 지났다. 그는 노동현장에서 관념성을 극복했을까? 왜 5·18은 자기반성의 대상이 되지 못했는가? 이런저런 상념들이 스친다. 그도 노동운동을 떠난 지는 오래되었다. 지금은 침구鍼灸 계통의 일을 하는 것으로 알려져 있는데….

이제 동준이 반실을 떠나게 된 이유를 말할 때가 된 것 같다. 굳이 이야기하고 싶지는 않지만. 동준은 반실의 초창기 멤버가 아니었다. 나중에 멤버가 되었는데 거의 해체가 임박한 시기가 아니었나 생각된다. 당시 반실은 대단히 혼란스러운 상태에 있었다. 이상록은 반실을 '작은 당' 혹은 '전위조직' 혹은 '부산 지역 최초의 노동계급 정치조직'이라 부르고 있지만 실상은 그렇지 않았다. 반실은 서클 수준의 활동가 조직인데, 대중조직도 아니고 정치조직도 아니었다. 그야말로 애매한 위상을 가진 조직이었고 그 속에서 어떤 발전전망을 공유하기가 어려웠다. 그리고 동준이 개인적으로 조직문제를 해결하는 데 도움이 될 만한 '건덕지'가 1도 없었다. 이런 상황에서는 조직을 떠나는 것이 하나의 해결방법이었다. 절이 싫으면 중이 떠난다고 하지 않았던가.

단서

수현은 대전행 KTX에 올라탔다. 7C 좌석은 통로 쪽이었다. 통로에 서서 등 가방에 있는 책을 꺼내는데 좁은 공간이어서 사람들이 지나 가지를 못했다. 그럴 때마다 동작을 멈추고 몸을 좌석 안쪽으로 집어 넣고 비켜서야 했다. 몇 번 이 짓을 반복하다가 마침내 가방을 선반 에 올리고 자리에 앉았다. 잠시 후 열차는 미끄러지듯 부산역을 출발 했다.

그제야 수현은 핸드폰을 들고서 이스또리아 홈피로 들어갔다. 익게 에 글이 하나 올라왔다.

베트남의 독립정신을 배우자

문재인 대통령은 2017년 북경대에서 중국을 "대국"이라 부르고 대한민국을 "소국"이라 칭했습니다. 그리고 중국몽과 함께 한다는 입장을 표명했습니다.

문 통은 신영복 선생을 "존경하는 사상가"라고 하셨죠. 신영복은 중국의 패권주의를 비판했습니다. 신영복을 존경한다면 중국몽을 따른다는 이야기는 해서는 안 됩니다. 중국몽은 시진핑 정권의 패권주의적 부국강병론입니다. 한국 사람이 왜 중국몽을 따라야 합니까. 한국은 한미협력 혹은 한중협력을 하면서도 패권에 가담하지 않고 우리길을 갈 수는 없는 것인가요.

문재인 정부는 어디로 가는 겁니까? 한국 좌익의 친중 사대주의를 넘어서는 대안은 어디에서 찾아야 합니까. 우리는 고민 끝에 베트남에서 답을 찾았습니다. 한국의 좌익은 호치민에 대해 대단히 우호적인데요. 신영복은 호치민에 대해 이런 이야기를 했습니다.

"호치민의 존재는 베트남의 귀중한 자산이었습니다. 아시아에 대하여 인색하기 짝이 없는 서방측 언론에서조차도 그를 일컬어 '근원根源이며 방향方向'이라는 헌사를 바치고 있음에서 알 수 있지만, 베트남 해방의 지도자인 호치민은 베트남 사람들의 자존심으로 지금도 의연히 살아 있습니다."

호치민이 중국을 어떻게 대했는지 아십니까. 호치민의 중국관을 제대로 아는 사람은 많지 않은 것 같습니다. 1966년 7월 호치민은 이런 말을 합니다.

"독립과 자유보다 더 귀한 것은 없다."

이 말은 흔히 미국과의 전쟁을 염두에 두고 한 말이라고 합니다만. 실제는 당시 중국에서 일고 있던 문화대혁명을 보면서 중국에

대한 두려움에서 나온 말이었다고 합니다.[75]

호치민은 이런 말도 했습니다.

"중국군이 머무른다면 무슨 일이 있을지 아십니까? 우리의 과거 역사를 잊으셨군요. 중국군은 올 때마다 천 년 동안 머물렀습니다."[76]

호치민은 중국의 천 년 지배의 역사를 잊지 않고 있었습니다. 한국의 좌익들(우익도 마찬가지지만) 중 이렇게 말할 수 있는 사람이 과연 몇이나 있겠습니까. 조선조 500년은 중국의 제후국이었지요. 이성계는 중국에 억만년 충성을 맹세했습니다. 선조는 임진왜란이 일어나자 조선을 버리고 요동으로 가려고 하였습니다. 인조는 청태종 앞에서 세 번 무릎 꿇고 아홉 번 머리를 찧었습니다. 고종은 청나라 위안스카이의 방자한 조정유린과 급속한 조선속국화에 속수무책이었습니다. 조선이 망국으로 가는 길을 연 것은 일본에 앞서 중국이었습니다.[77]

한국의 좌익 정치가 혹은 진보지식인 중 중국의 역사적 침탈을 잊지 않고 있다고 말한 사람이 단 한 사람이라도 있었습니까? 어찌된 셈인지 친중 사대는 날이 갈수록 심해지고 있습니다.

베트남 사람들은 모택동주의도 전통적 중화주의가 이름만 바뀐 것이라고 여기고 호의적으로 보는 사람들이 별로 없습니다.[78] 우리는 어떻습니까?

한국은 정반대이지요. 조정래는 『태백산맥』에서 여러 사람의 입을 빌려 모택동을 극찬하고 있습니다. 오늘의 한국 좌익은 대체로 조정래 노선이 아닙니까. 신영복은 북중北中에 대해 최소한의 비판적 인식을 가지고 있는 지식인이었지요. 독립좌파라고 할까요. 그런데 신영복 노선을 따른다는 문재인은 북경대에서 모택동의 대장정을 굉장하게 평가하는 발언을 했습니다. 시진핑은 대놓고 "한국은 과거 중국의 속국이었다"고 말하는 있는데요. 중국의 한국 무시, 안하무인이 이 지경인데도 누구 하나 중국에 대해 바른말을 하는 사람이 없습니다. 일국의 대통령까지 중국몽을 추종하고 있으니까요.

중국으로부터 속국 취급을 받지 않으려면 우리는 어떻게 해야 합니까? 베트남의 독립사상을 배워야 합니다. 베트남 모델 이야기를 하면서 빼놓을 수 없는 인물이 있습니다. 응우엔 짜이阮廌 (1380~1442)입니다. 1972년 하노이에서 출간된 베트남문학선집에는 다음과 같은 인물평이 실려 있습니다.[79]

"조국을 해방시킨 사람이며, 시인이고, 지리학자이고, 열정적인 애국심을 가지고 민중을 누구보다도 사랑하며, 깊은 인간애를 지녔다."

응우엔 짜이의 대표작이 그 유명한 「평오대고平吳大誥」입니다. 이 글은 대명對明항쟁을 승리로 이끌고 나서 지은 건데요. 여기에는 민족과 국가의 영토와 문화, 풍속과 역사 등의 개념이 등장하고 있습니다. 또한 베트남은 이러한 고유한 나라를 지키기 위해 오랫동안 희생하고 투쟁한 역사를 지니고 있으며, 이를 외면한 명나라가 패배하는 것은 당연한 일이라고 자부심을 표현하고 있습니다. 아래에 몇 개의 문장을 옮깁니다.[80]

"圖回之志, 寤寐不忘。"
(광복을 도모하는 뜻을 자나 깨나 잊지 아니하였다.)

"蒲滕之霆驅電掣, 茶麟之竹破灰飛, 士氣以之益增, 軍聲以之大振。"
(포등蒲藤으로 번개처럼 달려가 천둥처럼 쳐서 적을 격퇴하였고 다린茶麟에서는 대를 쪼개듯 하고 재를 날리듯 하여 적을 궤멸시켰으니, 사기는 이로써 더욱 증폭되고 함성은 이로써 크게 진동하였다.)

"一皷而鯨刿鱷斷, 再皷而鳥散麕驚。"
(북소리 한 번에 고래를 베고 악어를 끊었으며, 북소리 두 번에 새들이 흩어지고 노루들이 놀랐다.)

"于以開萬世太平之基, 于以雪千古無窮之恥。"
(이에 만고태평의 기초를 놓고 이에 천고 무궁한 치욕을 씻었으니.)

평오대고平吳大誥는 '15세기 베트남의 독립선언서'라 불립니다. 글자 한 자 한 자마다 베트남 민족의 자존감이 사무칩니다.[81] 우리에게는 어째서 이런 글이 없습니까? 오매불망 적을 격퇴하고, 만세

태평의 기초를 놓고, 천고의 치욕을 씻는다! 한반도 오천년사에 이런 문장이 있었습니까?

탈주하는 역사 모임

2021. 6. 25.

수현은 처음부터 끝까지 정독을 했다. 평오대고 이야기는 처음 접했다. 역사 공부를 하는 친구인 것 같은데. 한국의 친중 사대주의가 얼마나 심했으면…. 수현은 이런 생각을 하면서 머리를 객석 등받이에 기댄 채 눈을 감았다. 얼마 후 대전역 도착을 알리는 안내 방송이 흘러나왔다. 수현은 얕은 잠에서 깼다. 서둘러 책이랑 핸드폰을 챙기고 등 가방을 메고 대전역 광장으로 나왔다.

저녁 여섯 시 반인데 바깥은 아직도 환했다. 택시 승강장을 지나 포장마차가 있는 쪽으로 걸어 내려갔다. 앞에서 누군가 손을 흔들었다. 류현승 선생인 것 같았다. 안경을 끼고 온화한 인상이었다. 수현은 다가가서 인사를 했다.

"류 선생님이시죠?"

"예. 접니다. 바쁘신 분을 대전까지 오시라고 해서…."

"아닙니다. 갑자기 연락을 드리고 뵙자고 한 제가 미안하지요."

"어쨌든 잘 오셨소. 길 건너 두부두루치기집이 있는데 그리로 갑시다."

두 사람은 건널목을 지나 시장통으로 들어갔다. 초저녁인데도 사람들이 드문드문했다. 한 오 분쯤 걸었는데 두부두루치기 전문점이라는 간판이 눈에 띄었다. 두 사람은 가게로 들어가 자리를 잡고 막걸리와 녹두지짐 그리고 두부두루치기를 주문했다.

"막걸리 드시지요?"

"네에. 조금요."

"일찍 가셔야 된다니깐. 그래 저에게 묻고 싶은 게 뭡니까?"

"뵙자마자 이런 이야기를 드리기가 그렇습니다만…."

"아, 괜찮아요."

가게 주인이 파삭하게 구운 녹두지짐과 빨갛게 물든 두부두루치기를 내왔다. 막걸리는 노란색 양푼이 주전자에 담아서 가져왔다. 현승이 수현의 잔에 막걸리를 따랐다. 그리고 자기 잔에 막걸리를 채웠다.

"자, 한잔합시다."

수현도 막걸리 잔을 들어서 반 잔 정도를 마셨다. 마른 목이 시원하게 적셔지는 것 같았다.

"저어. 동준 샘 이야긴데요. 혹시 어떤 조직 활동 이야기를 들은 적이 없나요?"

"조직 활동?"

현승은 막걸리 잔을 비우고 젓가락으로 두부를 한 귀퉁이 잘라서 입으로 가져갔다.

"으음."

현승은 뭔가를 생각하는 듯한 표정이었다.

"이런 얘기는…. 아. 오래전입니다. 동준이 서울의 연구소에서 쫓겨나고 한 번씩 만나곤 했지요. 그때도 대전이었나. 하루는 이런 이야기를 했어요. '반제청년동맹'이란 조직이 있었다고."

수현은 귀가 번쩍 뜨였다. 그동안 찾고 있던 게 바로 이거란 생각이 들었다. 수현은 자신도 모르게 막걸리잔에 손이 갔다.

"동준 샘이 반제청년동맹에 관계했다는 거지요?"

"에에. 조직에 가입을 했다고 했어요."

"언제쯤인지 시기를 이야기하지 않았나요?"

"그건 기억이 나지 않습니다."

"혹시 사람들 이름은…?"

"몇 사람 이야기를 했는데."

현승은 기억을 더듬어서 A와 B의 이름을 댔다. 수현이 지금껏 부산의 주사파 운동을 탐문하면서 파악했던 이름과 정확하게 일치했다. 수현은 막걸리 주전자를 들고 현승의 잔을 채우면서 물었다.

"A, B 외에 다른 사람 이야기는 없었습니까?"

"이야기를 한 것 같은데. 음. 기억이 나지 않습니다."

현승은 막걸리를 벌컥벌컥 마셨다.

"그런데 김 박사. 지금 세상 돌아가는 게 웃기지 않소? 우리같이 순수하게 민주화에 헌신한 사람들은 찬밥신세고. 주사파 김일성주의자들은 남한에서 다들 떵떵거리며 살고 있지 않소? 여기가 대한민국이요? 조선민주주의인민공화국이요?"

현승은 부마항쟁 때 동준과 함께 선언문 등사 작업을 같이 했다. 이 일로 계엄법 위반으로 구속되기도 했다. 석방 후 대학을 졸업했고 직장 생활도 했다. 10여 년 전 명퇴를 했고 그러고서 한동안 생활이 어려웠다.

"류 선생님은 생활은 어떻게 하시나요?"

"먹고사는 거요? 노 통 때 여기저기 공기업에 원서를 내고 쫓아다닌 적이 있는데 헛고생만 했지요. 공기업의 임원급이나 괜찮은 자리는 다 낙하산 아니요. 친노에 줄을 선 사람은 되고 그렇지 않은 사람은 아예 안 되는 거지요. 화가 납디다. 민주화는 저거들만 했냐고. 문통 때도 마찬가지였지요. 노 통 때 장관 보좌관 한 사람은 문 통 때 공기업 사장도 하고 그럽디다. 어떤 자는 부마 관련자도 아닌데 부마재단의 연봉 팔천만 원인가 구천만 원인가 하는 상임이사 자리도 꿰찹디다. 부마 관련자는 어렵게 사는 사람도 많은데 말입니다."

현승은 막걸리를 자작하고서는 쌓인 울분을 토했다. 수현도 그 심정이 이해가 되었다. 노 통 때도 그랬지만 문 통 때도 주사파 김일성주의자들이 중앙이나 지방에서 요직에 많이 기용되었다. 그에 반해 부마항쟁 관련자가 민주정부에서 발탁된 사례는 거의 전무했다. 김대중 정부 때도 그랬고 부산에 연고를 둔 노무현·문재인 정부에서도 그랬다. 어쩌다가 한둘이 기용된 경우가 있지만 그들도 따지고 보면 주사파였다. 수현은 현승의 이야기를 한참 듣고서 다시 반제청년동맹에 관해 물었다.

"동준 샘은 그 조직에 오래 있지는 않았지요?"

"나도 자세한 건 몰라요. 한데, 뭐라고 했더라. 수령론에 대해 문제제기를 하고 제명당했다고 그랬지. 아. 맞아요. 일찍 제명당했다고 했어요."

아. 수현은 그제야 동준이라는 사람의 과거사가 요해가 되는 것 같았다. 현승은 막걸리잔을 들고 입으로 가져가서는 쭉 들이켰다.

"김 박사. 김일성주의는 말이요. 대한민국에서 유력한 정치세력이 되었어요. 주사파 한두 사람이 문제가 아닙니다."

현승은 열변을 토했다. 김 박사는 핸드폰을 열어서 시계를 봤다. 현승은 막걸리 잔을 비우고 일어서면서,

"김 박사. 부산 가시려면 일어나야죠."

하면서 계산대로 갔다.

수현도 자리에서 일어났다. 수현이 술값을 내려고 했지만 현승이 한사코 말렸다. 현승은 수현을 대전역까지 배웅하고는 전민동행의 버스정거장으로 걸어 나왔다.

사람 사는 세상

　자유민주제의 가장 핵심적 요소이며 공산체제에 대한 우월성인 인권과 자유가 국민총화의 시국관에 상충할 수밖에 없다는 괴상한 논리와 이론의 허위성을 단호히 고발하며 (…) 인류의 역사가 피를 흘리며 쟁취한 자유와 인권의 보장은 (…) 민주회복과 조국 통일의 길임을 재확인한다. (…) 제도화된 폭력성과 조직적 악의 근원인 유신헌법과 독재집권층의 퇴진만이 오천만 겨레의 통일의 첫걸음이요 승공의 길임을 확신한다. (…) 자유와 민주의 깃발을 우리가 잡고 (…) 외치며 나아가자!

　이인석이 1979년 10월 15일 부산대 학내에 배포한 유인물에 적힌 글이다. 그는 부산대 기계공학과 3학년 학생이었다. 그때의 이인석은 유신독재에 의분을 가진 소박한 청년학생이었다. 그가 유신철폐를 요구한 것은 유신헌법이 자유와 민주 혹은 자유와 인권을 제약하기 때문이었다. 그는 자유와 인권이 자유민주제의 핵심석 요소라고 했다. 이인석은 자유민주제를 옹호했다. 그리고 자유와 인권이 조국 통일의 길이라고도 했다. 그는 자유민주제가 공산체제에 대해 우월하다고 이야기했고 자유민주제에 의한 통일, 승공의 길을 외쳤다.

"아, 그런 그가…"

수현의 입에서 작은 탄식이 흘러나왔다. 수현은 이인석의 구술기록을 뒤졌다. 1989년에 나온 『부마민주항쟁 10주년 기념 자료집』이 있는데 이인석의 증언이 실려 있었다. 이인석은 1979년 10·16 부마항쟁 때 긴급조치 및 소요죄 위반으로 구속되었다. 2년 후에는 부림사건으로 구속되었다. 연속해서 두 사건을 겪은 당사자로서 10·16뿐만 아니라 부림사건에 대해서도 이야기를 할 만했는데. 이상하게도 부림사건에 대해서 아무런 언급이 없었다. 두 번째 증언은 『치열했던 기억의 말들을 엮다』라는 증언집에 수록되었다. 이 책은 2013년에 출간되었는데 이때도 10·16 관련 부분만 이야기했다.

세 번째 증언은 『10·16부마민주항쟁 부산대학교 증언집』에 실려 있다. 이 책은 40주년 기념문집으로서 2019년에 출간되었다. 이인석은 이런 말을 했다.

그 안에서 2년 살면서 또 만나게 됐죠. 오랫동안 형을 사신 장기수 선생님들도 만났고 우리처럼 국가보안법 위반한 친구들도. 그때는 죄명이 완전 달랐죠. 부림사건에서는 국가보안법이기 때문에 대하는 태도도 이전에 그냥 민주화운동 개념하고는 상당히 달랐고. (…) 국가보안법은 일반 시국사건과는 달리 취급을 했었거든. 그래서 우리 국가보안법 위반자들은 그런 사람들끼리 모아서 일반 학생들하고는 격리를 시키죠. 그래서 이렇게 만나면 짧지만 얘기를 듣고 하면서 "좀 더 자세하게 공부를 더 해야 되겠구나.", 그리고 "학생이 운동의 주도 세력이 아니고 절대 다수를 차지하고 가장 절실한 이해관계가 있는 노동자들이 앞장서야만 우리 사회를 근본적으로 바꿀 수 있겠구나." 나와서도 그런 책들을 읽고 같은 생각 있는 사람이면 얘기도 좀 하고. 직접 노동현장에 들어가는 것은 이미 힘들었고 주로 외곽에서 노동단체협의회라든지 학습 모임이라든지 이렇게 넓은 의미의 노동운동을 한 셈이고. 83년 나왔으니까 91년까지 8년 정도겠네요.

'아니…. 노동단체협의회라구?'
수현은 이상록의 '회고'의 한 부분이 생각났다.

부노련은 사상활동은 거의 하지 않았으나 그러한 경향으로 인해 지역 노동운동에서 주사파 중심의 부산노동단체협의회(노단협)와 대립하였다.[82]

수현은 인터넷에서 '노단협'을 검색했다. 오래된 신문 기사가 하나 나왔다. 부산노동단체협의회는 1989년 4월에 창립되었다. 설민혁이 이 단체의 사무국장, 의장을 맡았다.
'이인석은 설민혁과 함께 움직였군.'
수현은 인터넷에서 찾은 자료를 통해 이인석과 설민혁의 관계를 재확인했다. 계속 검색을 했는데 이번에는 다른 자료가 나왔다. '부산역사문화대전'에 「부산노동단체협의회」라는 기사가 있었다. 노동운동을 했던 노재열이 집필 책임자였다. 노단협 소속단체가 소개되었는데, 지역사회문제자료연구실이란 단체가 있었다.

'이런. 동준 샘이 노단협을 같이 했다는 거야?'

수현은 컴퓨터를 끄고 자리에서 일어섰다. 밤 11시가 넘었나. 가방을 챙겨서 이스또리아 사무실을 나왔다. 골목길에는 불빛이 환했다. 길거리에는 한 무리의 젊은이들이 왁자하게 떠들면서 지나쳤는데 이내 조용해졌다. 수현은 부산대역 쪽으로 가서 온천천으로 내려갔다. 야간 조명의 불빛이 얕은 냇물에 반사되어 소리 없이 떠내려갔다. 가끔씩 불어오는 한밤의 바람이 선선했다.

수현은 공동현관에 놓여 있는 택배를 찾아서 3층 방으로 올라갔다. 옷을 갈아입고 샤워를 하고 책상 앞에 앉았다. 빨간 비닐에 포장된 택배를 개봉했다. 며칠 전 온라인 중고책방에서 주문한 책이었다. 『불멸의 불꽃으로 살아―한 베트남 혁명전사의 삶과 죽음』. 도서출판 친구에서 1988년 1월에 낸 것이었다. 역자는 김민철. 1962년 경남 사천생. 부산대 상대 졸업.

이상하게도 이 책은 역자 후기가 없었다. 번역 저본에 대해서도 아무런 말이 없었다. 사이공의 흰옷도 그랬던 것 같은데. 이 책의 출간 경위를 약간이라도 알 수 있는 것은 불어판 서문이 전부였다.

남편과의 사별 후 해방구로 들어갔던 그의 젊은 부인 판 티 쿠엔은 감동적인 회고 가운데서 우엔 판 초이와 함께 보냈던 최후의 나날들을 이야기하고 있다. 지극히 간결하며 더없이 솔직한 그녀의 얘기는 챤 딘 반(남베트남의 작가)에 의해 쓰여졌고 그것을 다시 우리가 불어로 옮겨 세상에 내보낸다.

이 불어판 서문을 쓴 주체는 '하노이 베트남 외문출판사'였다. 이 책은 불어판을 번역 저본으로 했다는 것일까? 그렇지 않았다. 어디에도 불어를 옮긴 흔적이 없다. 이 책은 일역본을 번역한 것이었다. 일본 국회도서관에서 찾은 자료가 하나 있는데 이런 게 나온다.

あの人の生きたように: グエン・バン・チョイの妻の記録

ファン・ティ・クェン 著, ベトナム外文出版社 編, 松井博光 訳

(그이가 살았던 것처럼: 구엔 반 쵸이의 부인의 기록, 신일본출판사, 1966.

판 티 쿠엔 著, 베트남외문출판사 編, 마츠이 히로미 訳.)

일역본의 목차를 옮기면 다음과 같다.

목차

호치민 주석의 말

프랑스어판 서문

그이가 살았던 것처럼

詩 내 말을 잊지 말라

해설

역자 후기

『불멸의 불꽃으로 살아』의 목차는 일역본과 똑같았다. 책 제목을 바꾼 것, 역자 후기 대신 부록으로 베트남민족해방투쟁사를 넣은 것 외에는. 이들은 원본을 구해서 진득하게 번역작업을 해서 제대로 책을 내는 데는 별 관심이 없었던 것 같다. 일서란 얼마나 만만한 존재였던가. 김민철이란 사람은 프로필을 보면 일본어를 전문적으로 공부한 이력이 없다. 당시 운동권에서 유행한 일본어 강독 책을 속성으로 뗀 게 일본어 공부의 전부일 테다. 아무튼 중역본이면 어떠리.『사이공의 흰옷』은 대박을 쳤는데.

친구출판사 사람들은『사이공의 흰옷』의 성공에 고무된 것 같고 베트남식 혁명운동을 전파하는 제2의 텍스트를 찾았던 것 같다. 그래서 나온 게『불멸의 불꽃으로 살아』가 아닌가 싶다.

미 제국주의를 타도하라!
호치민 만세!
베트남 만세!

초이는 형장에서 10발의 총탄을 맞고 쓰러지기 전 이렇게 외쳤다. 얼마나 훌륭한가! 북부 베트남의 입장에서 보면. 주인공은 호치민 만세를 외치고 죽었다! 남조선혁명의 입장에서도 이보다 더 훌륭한 죽음이 어디에 있을까.

그이가 미제국주의를 철저하게 미워하고 있던 것은 저도 이전부터 알고 있었습니다. 그이는 그놈들을 미국인이라 부르는 것조차 싫어했습니다. 함께 시내를 가다가 미군병사가 탄 지프만을 보아도

그이는 나에게 눈길을 돌리라고 말할 정도였어요. 나와 얘기할 때
는 양키는 항상 '저 놈들'이었죠.[83)]

수현은 책을 보다가 눈길이 멈추었다. '놈들'이란 말 때문이었다. 얼
마 전 봤던 북조선의 영화가 머릿속에 떠올랐다.

미국놈의 개가 되어서는 안 되기 때문이오. (…) 윤종 군은 교도
소 측에서 최남 선생에게 배푼 선심이 어떤 것인지 아오? 그건 놈
들의 술책이오. 영양급식이오 치료요 뭐요 하면서 최남 선생의 마
음을 흔들어놓자는 거요. 그래서 우린 놈들의 선심을 받아들여 비
굴하게 살기보다는 차라리 떳떳하게 신념을 지켜 죽는 길을 택하
는 거요.

〈철쇄로 묶지 못한다〉라는 영화인데, 비전향 장기수 김문철이 박윤
종을 사상교양하는 장면이다. 김문철은 '놈들'이란 말을 자주 했다. 그
는 출소하는 박윤종에게 자신이 만든 유리구슬을 주며 우리의 인연
을 잊지 말자고 한다. 김문철은 유리구슬의 의미를 이렇게 말한다.

유리구슬에 새겨진 붉은 별은 비전향 장기수들의 신념의 등대라
할까 아니 온 겨레의 운명이고 미래인 시대의 향도성을 의미하는
거요.

유리구슬에 새겨진 붉은 별은 북조선 인공기의 오각별과 같은 것이

었다. 박윤종은 빗속에서 교도소 문을 나서며 가슴팍에서 유리구슬을 꺼내 보곤 두 손으로 꼭 쥔채 길을 간다. 박윤종은 나중에 양심선언을 하고 친북활동가가 된다. 유리구슬은 장기수와 남소선청년을 이어 주는 징표였다.

수현은 이인석이 "장기수 선생님을 만났다."라는 말이 심상치 않았다. 이인석이 감옥소에 있을 때는 통혁당 사람들도 있었을 테고 남민전 사람들도 있었을 거다. 그가 만난 장기수는 어떤 사람들이었을까.

수현은 일어나서 주방 쪽으로 가서 커피포트에 전원을 연결하고 물을 끓였다. 보라색 컵에 일회용 아메리카노 가루를 털어 넣고 온수를 붓자 진한 블랙커피가 되었다. 수현은 커피를 마시면서 『불멸의 불꽃으로 살아』를 이리저리 되작거렸다. 표지 앞날개의 이상한 글이 눈에 들어왔다.

대의大義에 몸바쳐

불태운

모든 삶은 아름답다.

하물며 그 큰 뜻이

너와 나 사이의

협착한 울타리를 넘어

민족 전체의 운명에 가 닿고

드디어는

전 인류의 구원까지도

넉넉히 아우르는 것이라면

그 불퇴전의 삶은

미추美醜의 차원을 떠나

경외敬畏의 대상이 된다.

스물세 살, 약관의 나이로

비참한 굴종과

노예의 삶을 강요하는

제국주의의 심장에

의분의 날선 비수를 들이댄

우옌 반 초이.

사랑하는 아내의 앳된 미소와

신혼의 단꿈마저

유보한 채

투쟁의 일선에서

불멸의 불꽃으로 살아간

그의 의연한 기개는

'사람 사는 세상'을

만들고자 하는 모든 이들이

본받아야 할

빛나는 혁명의 모범이다.

수헌이 이상하게 느낀 것은 비분非文 때문이 아니다. 초이를 기리는 문장에 '사람 사는 세상'이 들어 있다는 것이다. '사람 사는 세상'은 13대 부산 동구 국회의원에 출마한 노무현의 선거 슬로건이었다. '사사

세(사람 사는 세상)'는 노무현의 심벌이었다. 노무현재단의 이름에도 맨 앞에 '사람 사는 세상'이 들어간다. 『불멸의 불꽃으로 살아』 초판이 나온 것은 1988년 1월 25일이었다. 13대 국회의원 선거는 1988년 4월 26일이었고. 표지 앞날개에 적힌 '사람 사는 세상'은 선거 3개월 전에 나왔다. 대의大義는 누가 썼을까? 옮긴이가 썼다고 봐야 하지 않을까? 그는 노무현 선거 캠프에 관계했을까? 노무현 선거캠프 쪽 사람과 밀접한 관계가 있을 수도 있었고. 그러고 보니까 노무현 선거캠프에 정○○가 있었다. 1988년 총선에서 정○○는 연설비서를 맡았다. 그는 부산대 상대 경제학과를 다녔고 부산대 총학생회 회장을 했었다. 정○○는 김민철의 부산상대 후배가 된다.

  '그의 의연한 기개는 '사람 사는 세상'을 만들고자 하는 모든 이
  들이 본받아야 할 빛나는 혁명의 모범이다.'

수현은 이 부분을 다시 되뇌었다. '사람 사는 세상'이란 말이 노무현의 선거 홍보물이 아니라 주사파 출판물에 등장했다는 사실이 흥미롭다. 수현은 노무현 사료관에서 1988년 13대 국회의원 선거 홍보물을 찾았다. 노무현 선거캠프는 사람 사는 세상을 아래와 같이 기술했다.

- 우리 모두가 사람답게 살려면 민주주의 파괴자들, 민족 반역자들을 결연히 심판하고 물리쳐야 합니다.
- 소수의 사람들이 부를 독점하고 서민을 핍박하는 재벌경제를 해체하고 중소기업과 노동조합을 육성해야 합니다.

- 재벌부정축재자들이 독점하고 있는 토지를 분배하여 무주택 서민과 중소기업에 나누어 주어야 합니다.
- 앉아서 놀고먹는 사람의 수입을 억제하고 수고한 사람이 정당한 몫을 받는 사회를 만들어야 합니다.
- 외세를 물리치고 민족의 주권을 되찾아 우리 운명은 우리가 꾸려 가야 합니다.

노무현은 김영삼 총재의 추천으로 통일민주당에 입당하고 후보가 되었다. 통일민주당은 중도 우파정당으로서 정강·정책도 온건보수적인 내용이 대부분이다. 위의 홍보물에 열거된 내용은 통일민주당의 정강·정책과는 아무런 관련이 없다. 한눈에 봐도 엔엘(NL)계의 혁명강령 같다. "외세를 물리치고 민족의 주권을 되찾고", "우리 운명은 우리가 꾸려 가야" 한다는 것은 주사파적인 표현이다. 노무현의 정치슬로건 '사람 사는 세상'이 주체사상의 영향을 받았다고 해도 틀린 것은 아닌 것 같다.[84]

만절필동과 토착왜구

모처럼 3인 톡방에 세 사람이 모두 모였다. '역모'의 「베독배(베트남의 독립정신을 배우자)」란 글을 두고 설왕설래했다.

우일: 중국몽은 심한 거 아냐?

영호: 중국대사를 한 양반. 누구더라 이름이 갑자기 생각 안 나네. 아. 노영민이! 중국 베이징에서 신임장 제정식 때 방명록에 '萬折必東'이라 썼다지.

우일: 중국 천자에 대한 충성맹세?

동준: 일대일로연구원도 만들었다는데. 소리 소문도 없이. 원장 최재천. 전남대 출신.

영호: 울산에서는 곽붕 총영사가 공무원을 상대로 일대일로 강연회를 했다고.

우일: 울산시장? 문재인의 친구?

우일: 전라도 진도도 일대일로에 적극적이더군. 중국 자본의 진출도 활발하고.

영호: 서울의 외국인 부동산거래에서 중국인이 절반을 넘었어. 강원도에서도 차이나타운이 문제가 됐지.

우일: 연예계에서도 중국 자본이 많이 들어온 것 같은데. 중국 자본이 빠른 속도로 한국의 문화콘텐츠를 잠식하면서 역사를 왜곡하고 있다고. 일전에 〈조

선구마사〉가 문제가 되었지.

영호: 공자학원 문제도 있지. 공자학원은 중국 공산당의 직간접적 통제를 받는 공산주의 체제의 선전기구라는 말이 있지.[85] 스파이 활동을 하는 첨병이 라는 이야기도 있고. 서방 국가에서는 이런 문제 때문에 공자학원을 폐쇄 하는 나라가 늘어나고 있다고 하더만. 우리나라는 어떤지 알아? 세계 최초 로 공자학원을 유치한 나라가 한국이야. 2004년이었지. 아. 2004년이면 노 통 때구만. 지금 전국 주요 도시에 23개의 공자학원이 있는데 세계에서 제일 많다고 그래.

동준: 문재인의 중국몽 발언 이후 친중 사대주의가 우심해졌다고나 할까.

우일: 조정래 노선은 현실적인 문제지.

영호: 그런데 친중 사대를 하면 좋은 게 있남?

우일: 좋은 게 뭐가 있겠어. 문제가 있어도 중국 눈치를 보고 말도 못 하지. 동북 공정, 사드 경제보복, 군사위협, 미세먼지 문제, 코로나19. 항미원조抗美援朝 전쟁 발언(6·25전쟁을 중국의 시각에서 보는) 등등. 한국 정부가 제대로 대처한 게 뭐가 있나.

영호: 문재인 대통령이 G7 정상회의에 참석하고 나서 청와대는 "대한민국이 이 제 G7 국가들과 어깨를 나란히 하는 선진국 반열에 올랐단 의미"라고 평 가했는데. G7과 어깨를 나란히 하는 선진국이 된 건 해방 이후 지난 75년 의 역사라고. 친중 사대와는 전혀 무관하지.

우일: 그래. 해방 이후 한국이 선진국의 반열에 오른 건 한미동맹을 빼고는 설명 하기 어렵지.

동준: 한국의 경제성장은 한미일의 트라이앵글 구조가 견인차 역할을 했었지.

영호: 오늘의 한중의 경제관계의 위상 변화도 고려를 해야겠지.

동준: 음. 물론이지. 한중과 한미일을 양축으로 해서 균형감각을 가지고 대처할 필요가 있지.

우일: 그런데 궁금한 게 있어. 북조선은 해방 이후 75년간 중국 옆에 찰싹 붙어 있었는데 어째서 저렇게 못사는 나라가 되었지?

동준: 한국 좌익은 미국의 대북 경제제재 때문이라고 그러지. 북한경제 문제는 내적 요인이 더 크다고 봐야지. 만성적인 식량부족 문제는 주체농업이 한 몫했고. 김일성은 자본주의 세계경제 체제에 편입되는 걸 꺼려했어. 늘 자립적 민족경제 노선을 강조했지. 조선로동당이 외화벌이 기업을 장악한 당 경제 체제, 군수경제 중심의 경제운용, 전시경제 체제의 지속. 수령일족을 위한 낭비의 경제. 등등 많은 문제들이 있지.

우일: 중국과 너무 가까우면 나라가 망한다는 게 맞는 말이군. 그런데 독립좌파가 뭐야?

동준: 신영복과 조정래가 다르다는 건데.

영호: 신영복이 북중北中에 대해 일면 비판적인 건 사실이긴 한데.

우일: 문재인 정부의 친중 사대주의에 독립좌파가 어떤 영향을 주었는가 말이야.

영호: 현실에서 독립좌파가 별 의미가 없다는 거지?

동준: 한국의 좌익 정치에서 조정래 노선이 압도적인 힘을 가지고 있다는 건 분명해.

우일: 독립좌파는 정통 좌파의 한 분지. 작은 부분. 독자적인 영향력은 거의 없는 상태라고 봐야지.

동준: 음. 그렇긴 한데.

우일: 왜 뭔가 미련이 남는 거야?

동준: 독립좌파가 정치적 영향력이 없다는 건 사실이야. 독립좌파가 커져야 해.

한국 좌익이 건전하게 발전하려면.

우일: 진중권은 어때?

영호: 진중권? 괜찮은 친구지.

동준: 음. 진중권도 독립좌파적인 데가 있다고 해야 하나….

우일: 글쎄다. 독립좌파까지는.

영호: 아. 조정래가 진중권이랑 한판 붙었었지?

우일: 잠깐. 어디서 두 사람의 설전을 정리한 게 있던데.

우일은 진·조의 토착왜구 대전大戰을 올렸다.

진중권: 이 정도면 '광기'라고 해야죠. 이 분의 영혼은 아직 지리
산 어딘가를 헤매는 듯. 대통령의 따님도 일본 고쿠시칸 대학에서
유학한 것으로 아는데…. 일본유학 하면 친일파라니 곧 조정래 선
생이 설치하라는 반민특위에 회부되어 민족반역자로 처단 당하시
겠네요.

조정래: 진중권 씨는 전화 한 통화도 없이 아주 경박하게 두 가
지의 무례와 불경을 저지르고 있습니다. 작가를 향해서 광기라고
말을 합니다. 저는 그 사람한테 대선배입니다. 인간적으로도 그렇
고 작가라는 사회적 지위로도 그렇고 도저히 있을 수 없는 일이고
대통령의 딸까지 끌어다가 어떻게 이렇게 할 수 있습니까? 저는 그
래서 진중권 씨에게 이 자리에서 공식적으로 정식으로 사과하기를
요구합니다. 만약에 사과하지 않으면 명예훼손을 시킨 법적 책임을
분명히 물을 것입니다. 또 일부 언론은 '토착왜구라고 불리는 사람

들이' 하는 주어부를 분명히 설정했는데, 그 주어부를 완전히 없애버리고 뒷부분만 씀으로써 제가 일본 유학 갔다 오면 다 친일파라고 말한 것처럼 왜곡했습니다.

진중권: 그의 말대로 '토착왜구'가 문장의 주어였다고 하면 괴상한 문장이 만들어진다. 일본에 가기 전에 이미 토착왜구인데 어떻게 일본에 유학 갔다 와서 다시 친일파가 되나. (…) 그냥 감정이 격해져서 말실수를 했다고 하면 될 것을…. (…) 문인이라면 문장을 제대로 써야죠. 거기에 '무조건 다'라는 말이 왜 필요합니까.

조정래: 제대로 국어 공부한 사람은 다 알아듣는 이야기다.

김현정: 아니, 이런 독립운동가들도 유학 갔다 오셨는데. 무슨 말씀이시지? 이렇게 오해하시는 분들이 더러 계셨어요, 선생님.

조정래: 저희 아버님도 일본에 유학 갔다 오셔서 만해 한용운 선생과 함께 300여 명의 승려 집단이 모여서 비밀결사 단체를 만들었습니다.

김현정: 네.

조정래: 그리고 제 아버지는 거기서 평회원도 아니고 재무위원을 했습니다. 그렇게 일본을 유학 갔다 와서 민족의식과 역사의식이 더 강화되는 경우가 많고 그렇지 않은 사람들이 토착왜구 짓을 하기 때문에 오늘날과 같은 이런 비극적 사회 현상이 벌어진 것입니다.

우일: 토착왜구? 북조선도 토착왜구란 말을 쓰던데.

영호: 토착왜구란 말은 국민을 내 편 네 편으로 가르고 내 편이 아닌 자를 친일

로 몰아 공격하는 일종의 인종주의적 용어지.

우일: 이해찬도 토착왜구란 말을 했더군.

동준: 이해찬, 조정래, 북한이 토착왜구 동맹을 맺었어. 허 참.

우일: 등단 50주년을 맞이한 노 작가의 입에서 이런 이야기가 나왔다는 게 믿어

지지 않아.

제3부

고백:
반제청년
동맹

부림사건: 주사파와 볼세비즘

그러다 결국 '부림사건'이란 이름의 공안사건이 터져, 형은 노동 현장에서 붙잡히고 어떤 선배는 공직에서, 나는 군대에서 끌려가게 됩니다. 법정에서 모두들 이 사건은 고문에 의한 공안조작이라고 주장하는데 형만이 오히려 '사회주의자'임을 주장해 지금은 대통령이 된 노무현 변호사까지 난처하게 했다더군요.

작가 김하기가 쓴 이상록 추모글인데 인터넷 검색에서 찾았다. 인터넷에 이런 자료가 있다는 게 신기했다. 수현은 다시 이상록의 자료를 뒤졌다. 이상록이 부림사건을 말한 최초의 기록은 「자술서」였다. 자술서는 1981년 검찰 취조를 받으면서 쓴 것이었다. 첫 페이지는 본적, 주소, 직업, 성명, 주민등록번호 그리고 학력이 기재되어 있었다. 그다음 페이지부터 이상록은 '사상경향', '투쟁 목표', '투쟁방법', '활동사항'을 차례대로 적었다. 13페이지나 되는 분량이었다. 이상록은 자신의 투쟁 목표가 사회주의 혁명이라는 걸 반듯한 필체로 분명하게 말하고 있다. 두 번째 기록은 1988년에 쓴 '회고'였다. 부림사건 17년 후 이상록은 이렇게 말했다.

그해 늦가을 부림사건(1, 2차) 재판이 시작되었다. 검찰 취조 때까지만 하더라도 내가 사회주의자임을 부인할 생각은 엄두도 나지 않았다.

국내의 자생적 사회주의자들에게 국가보안법을 처음 적용한 사건이니 오죽했으랴!

지은 죄를 생각해 보면 (이 땅에서 사회주의 운동이라니!) 적어도 한 10년은 살지 않을까 하는 심정이었다.

다들 소위 '사회주의 사상'의 기본 골격이라 인식하고 있던 논리에 대한 반성을 골자로 하는 반성문을 썼다. 나도 예외는 아니었다.

재판을 얼마 앞두고 바깥의 가족들로부터 서울의 학림사건 재판에서는 사회주의 사상을 부인했으니 우리도 부인하라는 주문이 들어왔다. 처음엔 당황했으나 우리도 곧 그에 따르기로 했다.

우리는 역사적으로 그 대가를 톡톡히 치렀고 만 17년이 지난 지금 이 순간에도 톡톡히 치르고 있다. 사회주의 운동을 숨기느라 민주주의 운동의 공로조차 당당히 주장하기 어려운 역사적 패러독스를 참으로 '비참하게' 느끼고 있을 뿐 아니라 패한 자들의 비열한 도망 수단으로까지 현재는 이용되고 있으니 그 대가란 실로 적지 않은 듯하다.[86]

이상록은 검찰 취조 과정에서 사회주의자였다는 것을 인정하고, 사회주의 사상에 대한 반성문을 제출했다. 재판과정에서는 서울의 학림사건과 보조를 맞추면서 사회주의 사상을 부인하는 내부 방침을 따랐다고 했다. 그렇지만 사회주의 운동을 숨기는 일이란 비참한 일이었다고 술회했다.

이상록의 진술에 따르면 다수가 사회주의 사상을 포지하고 사회주의 건설을 위한 좌익적 활동을 했다는 게 분명한 팩트였다. 부림사건은 용공조작이라고 말하기 어려운 부분이 있었다.

그렇지만 나무위키는 부림사건을 용공조작 사건이라고 대못을 박아놓았다. 인터넷에 떠다니는 것은 이런 종류의 글이 대부분이었다. 노무현이 규정하고 단정했던 말씀의 영향이 지대했다.

> 부림사건에는 사건이 없다. 부림사건은 억지로 엮어 낸 조작된 사건이다.

노무현은 부림사건에는 사건이 없다고 강변했지만 실제로는 사건이 있었다. 부림사건의 성격을 조명하는 데서 중요한 것은 실제 있었던 사건이다. 실재했던 '사건'은 오랫동안 도외시되었다. 그러는 사이 부림사건 조작설이 대세가 되고 말았다. 부림사건 조작설은 노 통의 탄생 시나리오로서는 최상의 설정이었다. 영화 〈변호인〉의 성공은 이런 각본이 크게 한몫하지 않았는가.

역사의 진실을 밝히는 것은 〈변호인〉의 성공과는 별개의 문제다. 부림사건은 어떻게 접근해야 할까? 그것은 실재했던 사건이 무엇이었던가를 밝히는 데서 시작되어야 한다. 그래야 부림사건 이후에 나타났던 조직문제도 시야에 들어오게 된다.

부림사건 이후 부산 좌익운동에는 두 흐름이 있었다. 하나는 이상록이 주도했던 '작은 당' 사업이었다. 지금은 고인이 된 고호석은 추모집에서 이상록의 사회주의는 볼세비즘이었다고 잘라 말했다.[87] 그러니까 이상록이 주도했던 사회주의운동은 사상적으로는 맑스·레닌주의에 입각한 운동 혹은 볼세비즘 운동이었다고 성격을 이야기할 수 있다.

다른 하나는 주체사상에 입각한 주사조직의 혁명운동이었다. 이상록은 '회고'에서 주사조직을 거듭 언급하고 있다. 이상록은 아주 중요한 단서를 남긴 셈이다.

> 나의 제명을 계기로 우리 조직은 본격적으로 몰락의 길로 나아갔고 주체사상은 저항 한 번 제대로 받지 않고 부산 지역을 휩쓸었다. (…) 부산 지역 운동은 (…) 주사파 학생운동의 정치투쟁이 주를 이루었다.[88]

이상록의 맑스-레닌주의적 사회주의운동은 단명했다. 그에 비해 주사파의 김일성주의 운동은 부산을 휩쓸 정도로 크게 성장했다. 부산 주사파 운동의 중심에 있었던 것이 바로 반제청년동맹이었다.

부산 좌익의 두 흐름은 부림사건이 단순히 조작된 사건이 아니라는 걸 웅변하고 있다. 더욱이 노무현의 정치적 성공은 부산 주사파의 운동과 떼려야 뗄 수 없는 관련이 있었다. 이인석과 설민혁의 존재가 그걸 증명하고 있다.

역모의 님들께

    알바를 마치고 전철을 타고 사무실로 왔다. 그동안 타고 다녔던 아반떼는 처분을 했다. 유지비가 부담스러운 데다 운전하는 게 힘이 들었다. 차가 없으니까 홀가분하고 좋았다. 동준은 사무실로 들어섰다. 우일이 먼저 와 있었다.

    "어서 온나."

    "별일 없제?"

    "별일이 와 없겠노. 역모 건도 일이라면 일이제."

    "하. 그렇긴 하네."

    "동준아. 내가 간단하게 함 적어 봤다. 보고 나서 이야기하자."

    우일은 카톡으로 글을 보냈다. 동준은 가방을 안쪽 책상에 두고 나왔다.

    "커피 마실래?"

    "그래 한 잔 타서 도."

    동준은 커피포트에 전원을 연결했다. 빈 잔에 녹차 티백과 커피믹스를 털어 넣고 물이 끓기를 기다렸다. 잠시 후 드글드글 물 끓는 소리가 들렸다. 동준은 온수를 붓고 티스푼으로 저어서 우일에게 커피

잔을 건넸다. 동준은 녹차를 옆에 두고 우일이 보낸 글을 읽기 시작했다. 글은 「역모의 님들께」란 제목이 붙었고, 신영복의 비문 문제, 문재인의 친중 사대주의, 독립좌파, 신영복 노선과 조정래 노선의 문제 등을 차례로 언급했다. 동준은 글을 다 읽고 짧게 소감을 말했다.

"우일아. 글은 이 정도면 안 되겠나. 독립좌파 부분은 조금 보완하면 좋겠고."

"그래? 독립좌파 이야기는 나는 더 이상 나올 게 없고. 동준이 니가 한번 정리해 봐라."

"알았슴둥."

동준은 안쪽 책상으로 가서 컴퓨터를 켰다. 그리고 카톡을 로그인하고 우일이 보낸 글을 복사해서 한글 문서로 옮겼다. 작업을 하는데 한 시간 정도 걸렸을까. 동준은 수정된 글을 우일에게 보냈다. 우일은 글을 보고 엄지 척 이모티콘을 보냈다. 평소에 이모티콘을 잘 사용하지 않는 친구인데. 공감의 표시이리라. 우일은 이스또리아 익게에 글을 올렸다. 수정된 글은 아래와 같다.

역모의 님들께

익게에 게시한 글은 잘 읽었습니다.

신영복의 비문에 대한 문제제기는 전적으로 공감합니다.

10·16 민주항생의 낭사자로서 고맙다는 말씀을 전합니다.

문재인의 친중 사대주의를 비판한 글에 대해서는 많은 부분 저희들도 같은 생각을 하고 있습니다.

베트남의 독립정신을 배우자는 이야기는 아주 훌륭합니다.

'독립좌파'라는 말은 대단히 중요한 의미가 있다고 생각합니다. 한국의 변혁운동은 그 출발점부터 북조선의 영향 아래 있었습니다. 신영복이 관련된 통일혁명당이 좋은 사례입니다. 통혁당은 이북이 관여하고 김일성이 지도한 남조선 혁명정당입니다. 통혁당은 임자도 통혁당이 선구했습니다. 통혁당 주모자 김종태를 포섭한 사람은 임자도 면장을 지낸 최영도였습니다. 최영도는 북조선에서 조선로동당에 입당하고 6개월간 간첩교육을 받은 후 지하당 조직 지령을 받고 다시 임자도로 침투하여 활동을 한 인물입니다.[89]

통혁당은 '미제국주의를 남조선에서 몰아내고(=반미), 자주적 민주정권을 수립하고(=반파쇼민주화), 북조선이 주도하는 통일(=조국의 자주적 평화통일)을 달성'하는 것을 지상의 목표로 하고 있었습니다. 그들은 자주적 민주정권 수립의 다음 단계는 사회주의·공산주의 건설이라고 분명히 규정했습니다. 한마디로 말하면 남조선혁명은 한국이라는 존재를 철저히 부정하고 타도·분쇄하는 것에 다름 아닙니다. 한국의 좌익은 대체로 통혁당의 이런 노선에 충실했습니다. 이 노선에서 조금이라도 벗어나면 반동反動이 되는 것이지요.

독립좌파가 된다는 것은 우선적으로 북조선의 반한적 혁명주의에서 벗어나는 것을 의미합니다. 반한적 혁명주의는 1950년대 혹은 1960년대의 김일성의 남조선 관觀에 의거한 것입니다. 북한은 요즘도 "남조선은 미제의 식민지 통치로 기아와 빈궁이 휩쓰는 인간 생지옥"이라고 가르친다고 합니다. 오늘의 한국은 1950년대, 1960년대의 한국이 아닙니다. 한국은 산업화와 민주화를 이룩한 선진국입니다. 한국은 예전의 반공국가도 아니거니와 군사독재도 아닙니다. 오늘의 한국은 개개인의 경제적인 자립과 자유를 보장하는 주권재민의 민주국가입니다. 그리고 문화적으로 강성한 나라입니다. 이것이야말로 한국의 새로운 정체성입니다. 나라를 위해 목숨을 바친 애국자들, 일터에서 경제를 일군 근로자와 기업가들, 민주화를 외친 시민·학생들, K 컬처의 문화예술인들이 만들어 낸 정체성입니다. 자유롭고 개성적이고 끼 많은 한국인들이 어디에서 나왔습니까. 한국의 새로운 정체성이 그들을 만들었습니다. 또한 그들이 새로운 나라를 만들었습니다. 여기에는 좌우도 없습니다. 오늘의 대한민국은 이런 나라입니다. 어느 누구도 이 나라를 해체하거나 파괴할 수 없습니다. 반한적 혁명주의는 한반도를 떠도는 낡은 유령입니다.

신영복이 독립좌파라고 하는 규정은 저희가 처음 접합니다만 여러 가지로 생각하는 바가 많습니다. 신영복이 북중北中에 대해 일면 비판적인 부분이 있는 건 사실입니다. 조정래로 대표되는 한국 좌익의 전통적인 흐름과 일정한 차이가 있다는 의견에 대해서도 공감합니다. 새로운 용어로서 신영복 노선과 조정래 노선이란 말을 접했는데 아주 창의적인 문제제기로 보입니다.

그런데 신영복의 노선이 얼마만큼 독립적인가 하는 데는 의문이 있습니다. 신영복의 북중 비판이 그의 좌익사상에서 어느 정도 위상을 점하는가. 진북·반미의 많은 부분을 신영복과 조정래는 공유하고 있는 것이 아닌가. 신영복의 독립적 사고는 전통적인 좌익사상의 작은 분지라는 생각이 듭니다.

신영복은 과연 독립좌파인가? 그에게 독립좌파적 요소가 있습니다만…. 우리는 선뜻 결론을 내리지 못하고 있습니다.

그리고 용어문제입니다만 '독립좌파'란 말은 좌파의 전유물저럼 들립니다. 독립적인 가치 지향은 중도·우파에게서도 나타나고 있습니다. 좌우를 포괄하는 용어는 없겠는가 하는 고민이 있습니다.

희한하다고 해야 할까요. 신영복 선생이 번역한 『사람아 아, 사람아!』에서 아주 흥미 있는 용어를 하나 발견했습니다.

"쑨웨. 너는 무슨 파인가? 보수파? 아니면 조반파? 나는 네가 독립사고파이기를 바란다. 비판해야 할 것은 단호하게 비판하고 지킬 것은 단호하게 지키는 주체적인 사고를 하기 바란다. 너도 곧 서른 살. 주체적인 사고를 할 수 있어야 할 때다. 우리들이 어깨에 올려놓고 있는 것은 머리이지 혹이 아니다. 머리는 무엇을 하는 것인가? 사고하고 분석하며 판단하는 것이다."90)

독립사고파! 이거 너무 마음에 드는 말입니다. 좌우를 아우르는 용어로서 제안하고 싶은 것은 독립적 사상 혹은 독립사고라는 말입니다. 자기 머리로 사고하고 분석하고 판단하는 것! 독립적인 것의 의미는 이런 것이지요. 일단 용어문제는 이 정도로 해 두고요. 친북·친중 문제의 현실적 대안을 어디서 찾을 것인가가 당면한 과제인데요. 베트남의 응우엔 짜이의 독립사상으로부터도 배울 게 있다면 배워야지요.

남도주체사상연구회

부산의 반제청년동맹은 1986년 가을에 만들어졌다. 이 시기는 주사 파운동이 들불처럼 번져나갈 때였다. 지하에서 주사파 혁명조직을 만들려는 움직임은 여러 형태로 진행되었다. 대표적인 것이 김영환의 반제청년동맹이었다. 한국 주사파의 원조라고 하는 김영환이 만든 반 제청년동맹은 1989년 3월에 결성되었다.

반제청년동맹은 김일성이 길림에서 만든 청년조직인데 "일체 제국 주의를 타도하고 세계공산주의를 목적한다."라는 구호를 제기하고 투 쟁했다고 한다.[91] 남한에서 반제청년동맹이란 명칭을 사용한 것은 당 연히 김일성의 혁명전통에 기반한다는 것을 의미하는 것이다.

김영환은 이북에서 김일성을 만나고 돌아와서 민족민주혁명당을 창당했다. 김영환의 사례에서 알 수 있듯이 이북과 연계된 지하조직 은 단지 이념적인 것만이 아니라 조선로동당의 당적 지도 혹은 실제 적 관련성을 함축하는 것이었다.

부산의 반제청년농맹(반청) 역시 김일성수의를 지도 이념으로 하는 지하 혁명조직이었다. 이들은 김영환의 반제청년동맹보다 비교적 이 른 시기에 조직을 만들고 활동을 개시했다. 이들이 조직명을 반제청년동맹이라 칭한 데서 어떤 추론적 사고가 가능하다. 지방적인 조직으로서 이들은 어마어마한 명칭을 사용한 것이 아닌가. 과연 그럴만한 배경이 있는 조직일까? 이북의 당적인 지도와 모종의 선이 닿았을까?

반청의 조직적 배경에 대해서는 현재로서는 알 길이 없다. 이들은 어떤 활동을 했을까? 통혁당이나 남민전, 민혁당 같은 유명한 조직은 당국의 수사기록이 남아 있다. 다르게 말하면 좌익사건으로 적발되었다는 것이다. 지하 혁명조직이 당국에 적발되지 않고 '지하'에 머물러 있는 한 외부자가 활동상을 알아낸다는 것은 거의 불가능에 가깝다. 반청은 좌익사건으로 적발되지 않았고 접근 가능한 수사기록도 없다.

이런 여건에서 검토의 소재가 되는 것은 역시 김영환의 반제청년동맹이다. 아래는 민혁당 창당까지의 활동을 정리한 것이다.[92]

- 1989년 3월, 반제청년동맹 결성
- ① 4월 15일, 김일성의 생일에 맞춰 김일성의 찬양 유인물을 주요 대학과 공장지대에 살포하고 김일성·김정일을 찬양하는 플래카드 게시

  ② 대학가에서는 5~6명을 한 개의 단위로 김정일이 쓴 『주체사상에 대하여』를 비롯하여 김일성의 항일유격투쟁사, 주체사상 총서 등을 교재로 주체사상에 대한 교육을 진행
- 전국 주요 대학으로 조직 확대
- 1989년 7월초, 김영환이 북한간첩 윤택림에 의해 조선로동당 현지 입당(대호 관악산1호)

- 1991년 5월 24~25일, 김영환이 김일성 별장에서 김일성 면담
- 5월 하순경, 김영환·조유식이 평양에서 조선로동당 정식 입당
- 6월 11일 서귀포 귀환
- 1992년 3월 16일, 서울대 구내에서 민족민주혁명당 창당

반청이 정당조직화 한 흔적은 없다. 반청의 활동을 추론하는 데 참고가 되는 것은 민혁당 창당 이전의 초기 활동이다. 특히 ①과 ②. 이를 바탕으로 반청의 활동을 추정하면 다음과 같다. 첫째, 대학가 혹은 공장지대에서 김일성·김정일을 찬양하는 유인물을 살포하고 플래카드를 게시했거나. 둘째, 청년·학생을 상대로 주체사상을 교육·전파하는 활동을 했다는 것.

수현은 여기까지 상황을 정리하고 인터넷 검색을 시작했다. 흥미 있는 기사들이 몇몇 있었다. 국가안전기획부(안기부)는 1990년 6월과 8월, '89년도'와 '90년도 상반기'에 발생한 불순유인물 실태를 공표했다. 관련 기사를 인용하면 아래와 같다.

남도주체사상연구회 등 지하조직이 「전설적 영웅」, 「주체의 낙원」 등 김일성과 북한을 노골적으로 찬양하는 유인물 8종을 마산, 창원 등지에서 수백 통씩 대량우송했다.

—『연합뉴스』, 1990. 6. 3.

1990년 1~6월 중에 좌경세력이 살포한 유인물은 569종인데, 지

역별로는 서울, 부산, 경남지역에서 전체 유인물의 60%가 살포된 가운데 부산, 경남지역은 '남도주체사상연구회' 등 친북 지하조직이 근로자를 대상으로 북한 찬양 유인물을 우송, 살포한 것이 대부분이었다.

— 『한국경제』, 1990. 8. 13.

요약하면 '부산, 경남지역은 남도주체사상연구회 등 친북 지하조직이 근로자를 대상으로 김일성과 북한을 찬양하는 유인물을 우송·살포한 것이 대부분이었다'는 것이다. 여기서 '남도주체사상연구회'란 생소한 이름이 등장한다. 안기부의 설명에 의하면 남도주체사상연구회는 부산·경남지역에 기반한 친북 지하조직일 개연성이 높다. 이번에는 남도주체사상연구회를 검색했다. 아래와 같은 기사가 나왔다.

1989. 8. 14. 경남 진주시 신안동 일대에 남도주체사상연구회 명의로 「조선민주주의인민공화국 창건 41돌에 부쳐」라는 제목의 김일성 찬양 유인물 29장 배포.

— 『중앙일보』, 1989. 9. 8.

1989. 9. 2. 창원공단 ㈜통일노조위원장 진영규씨(29)에게도 남도주체사상연구회 명의로 「조선민주주의인민공화국 창건 41돌에 부쳐」라는 제목의 김일성 찬양 유인물 배달.

— 『중앙일보』, 1989. 9. 8.

1989. 9. 6. 경남 창원시 신월동 K상호신용금고에 남도주체사상
연구회 명의로 「조선민주주의인민공화국 창건 41돌에 부쳐」라는 제
목의 김일성 찬양 유인물 1통이 우송.

— 『중앙일보』, 1989. 9. 8.

1989. 10. 11. 「고려민주연방공화국 창립 방안 9돌을 맞아」라는
불온유인물 16장을 마산·창원지역 노동단체에 보내려다 창원우체
국에서 사전에 적발.

— 『연합뉴스』, 1990. 2. 20.

1990. 1. 13. 마산시 한일합섬 정문 앞, 남도주체사상연구회 명
의로 '위대한 수령 김일성동지의 만수무강을 기원합니다' 플래카드
게시.

— 『중앙일보』, 1990. 2. 27.

1990. 2. 5. 진주 시내 각 지역 우체통에서 남도주체사상연구회
발신으로 된 「위대한 수령 김일성 동지의 신년사」 39통이 발견돼
당국이 수거했다.

— 『연합뉴스』, 1990. 2. 21.

1990. 2. 15. 마산 경상대 학생회관에서 유사한 내용의 대자보
발견.

— 『중앙일보』, 1990. 2. 27.

1990. 2. 16. 진주경상대 잔디밭, 남도주체사상연구회 명의로 '경축 주체혁명 위업의 위대한 계승자 김정일동지 탄생 48돌' 플래카드 게시.

— 『중앙일보』, 1990. 2. 27.

1990. 2.17. 오후 9시 30분. 마산시 양덕동 길당구장 3층 건물 벽, 남도주체사상연구회 명의로 '경축, 주체혁명 위업의 위대한 계승자 김정일동지 탄생 48돌' 플래카드 게시.

— 『중앙일보』, 1990. 2. 27.

1990. 2. 19. 19일 하루 동안 창원시 반림, 외동 등의 지역 우체통에서 마산에서 발견된 것과 같은 유인물이 45통 발견. 이 유인물들의 수취인은 통일, 코리아타코마 등 창원공단 내 노조.

— 『연합뉴스』, 1990. 2. 21.

1990. 2. 20. 오후 5시 마산시 석천동 마산우체국 발착계. 반제청년동맹중앙위원회 명의로 된 '민족의 향도이신 친애하는 김정일선생님의 48회 탄생일을 축하드립니다'라는 우편물 80통 발견. 수취인은 경남모직 등 마산·창원지역 주요 업체 노동조합.

— 『연합뉴스』, 1990. 2. 21.

오후 5시 진주우체국 20여 통 우편물 도착. 이 우편물은 모두 수취인이 마산 경남모직 등 마산, 창원, 진주지역 기업체 노동조합 앞으로 돼 있고 반제청년동맹중앙위원회라는 단체가 발신자임.

— 〈KBS 뉴스〉, 1990. 2. 21.

또 20일 하오 6시께 진주시 칠암동 등지에 있는 우체통에서 마산·창원 지역에서 발견된 것과 같은 유인물 13통이 발견됐는데 수취인은 ㈜럭키 온산공장 노동조합 등 대부분 울산지역 업체 노조로 돼 있었다.

— 『연합뉴스』, 1990. 2. 21.

특이사항은 1990년 2월 20일 '반제청년동맹중앙위원회' 명의로 된 유인물이 발송되었다는 사실이다. 남도주체사상연구회와 반제청년동맹중앙위원회는 별개의 조직이라기보다는 반제청년동맹이 모ë조직이고 남도주체사상연구회는 산하의 전술조직으로 봐야 하지 않을까. 치안본부는 같은 해 2월 27일 남도주체사상연구회와 반제청년동맹에 대해 일제 수사에 착수했다(『중앙일보』, 1990. 2. 27.). 경남도경은 같은 해 3월 8일 마산, 진주 등 도내에서 잇따라 발생한 북한과 김일성 부자 찬양 유인물 배포·부착 사건의 범인 검거를 위해 현상금 3천만 원을 내걸었다(『연합뉴스』, 1990. 3. 8.).

당시 신문 기사를 보면 수사당국은 갈지자 행보를 했다. 진주경찰서는 경상대 의대생 진홍근을 구속했는데, 후일 진홍근은 이렇게 진술했다.

사기라고 보는데 내 죄목은 '남도주체사상연구회 회장'이었다. 나는 그런 걸 조직한 적이 없다. 그런데 수사당국은 확신을 했다고 한다. 당시 진주신문 앞에 '김일성 만세' 이러한 플래카드가 붙었다. 의과대 정문 앞에도 붙었다. 내가 자주 가던 서민련에도 이상한 편지가 왔다. 필체를 숨기려고 했는지 『선데이서울』 이런 곳에서 문자 하나하나를 오려 붙인 편지, 충성 서약 뭐 이런 것이었다. 그때 고생 좀 했다.[93)

1989년 진주경찰서는 진흥근을 주모자로 몰아 국가보안법 위반으로 구속까지 했지만, 법원은 증거불충분으로 집행유예 처분을 내렸다. 그러자 마산 동부경찰서는 구학련 총책 정대화에게 혐의를 두고 수사를 진행했다. 아래는 1990년 2월 19일자 『연합뉴스』 기사다.

북한 김정일 생일 축하 현수막 사건을 수사 중인 마산 동부경찰서는 19일 현재까지 별다른 단서를 찾지 못하고 있다. 경찰은 이 현수막이 '남도주체사상연구회' 명의로 돼 있는 점을 중시, 지난 89년 8월 마산, 창원지역에서 이 연구회 명의로 살포된 김일성 찬양 유인물 수사에서 안기부에 의해 구속된 정대화 씨(27, 서울대 4년 제적)에게 포섭됐던 근로자 등에 의해 저질러졌을 가능성도 있는 것으로 보고 울산·마창 지역 좌경 노동운동권에 대해 전면적인 수사를 벌이고 있다.

이 사건에 대한 수사결과는 인터넷 검색에서는 나오지 않았다. 수현은 치안본부 전 연구관이었던 유동현 원장에게 메일을 보내 문의를 했다. 그는 이런 답신을 보냈다.

당시 제 기억으로 남도주체사상연구회 명의의 현수막과 유인물
이 발견되었으나, 관련자들을 파악하지 못해 검거하지 못했습니다.
그러다 보니 수사결과 발표를 할 수 없었습니다.

남도주체사상연구회는 발각되지 않았다!

6·25의 기억:
유시민과 조정래와 최송죽

아침에는 계란장조림을 만들었다. 계란 한 판 30개를 삶아 껍질을 까서 준비해 두고. 팬에 간장이랑 설탕을 넣고 계란을 투입해 색을 내고, 그리고 물을 더해 간을 맞추고, 통마늘과 청양고추를 넣고 중불에 푹 끓여 준다. 계란에 양념이 충분히 배고 물이 어느 정도 졸아들었을 때 불을 끄면 된다.

동준은 계란이 식을 동안 포장 작업을 했다. 주방 조리대에 있는 열무김치를 포장대로 옮기는데 손님이 문을 열고 매장으로 들어왔다. 아주머니는 반찬 냉장고 쪽으로 다가섰고, 남자는 무표정한 얼굴로 뒤따라 들어왔다. 남자는 동준과 눈이 마주쳤다.

"어어, 동준이 아이가?"

"니가 여기 우짠 일이고?"

"요오. 우리 집사람이다."

아주머니는 전에 얼핏 본 사람인데…. 아. 하윤이 엄마였다. 창우는 하윤이 아버지란 말이지!

"보소. 요 손님 왔습니더."

동준은 미영이를 불렀다.

"오랜만입니더. 잘 계셨어예?"

미영은 조리 장갑을 벗으면서 하윤이 어머니에게 인사를 했다.

"예에. 코로나로 힘들지예."

"다 힘들지예. 우짭니꺼."

"오늘은 멸치볶음하고 카레하고 나물 좀 주이소. 아. 열무김치도 좀 주시고예."

미영이 포장을 하는 동안 동준과 창우는 가게 밖으로 나왔다.

"동준이 니는 요오서 뭐하노?"

"보면 모르나. 알바 아이가. 하하."

"알바 한다꼬?"

"그래."

"니가 반찬을 만들 줄 아나?"

"모르는구나. 내가 한식조리사 아이가."

"언제 그런 걸 다 딴노. 그런 그렇고. 니 우리 딸 아이 이야기 들었나?"

"아니. 무슨 이야기?"

동준은 시치미를 뗐다.

"그려? 요새 이스또리아 익게 난리났데."

창우는 기대했던 이야기를 듣지 못해서인지 금세 화제를 바꾸었다.

"이스또리아 익게는 우째 아노?"

"『민주부산』 들어가 봐. 추 기자가 칼럼을 썼더라."

"인자 가입시더."

하윤이 어머니가 반찬을 사서 나오면서 그날 두 남자의 만남은 짧게 끝났다. 동준은 반찬 가게 일을 마치고 사무실로 돌아와서 『민주부산』을 열어 보았다. 메인 페이지 상단에 이스또리아 익명 게시판 사진이 있었고 그 아래에 「보수우익화 혹은 역모?」라는 제목의 박스기사가 있었다. 기사를 클릭했다.

보수우익화 혹은 역모?

우리가 모르는 사이 이상한 일들이 벌어지고 있었다.

얼마 전부터 10·16 관련자 모임과 역모가 이스또리아 탐정사무소의 익명 게시판에다 글을 올리고 답글을 주고받았다. 10·16 관련자 모임은 부산에 있는 부마항쟁 관련자 단체이고, 역모는 10·16 모임에 물음을 제기한 측인데 자신들을 처음에는 '역모'라고 칭했다. 나중에 이들은 '탈주하는 역사 모임'이라는 정식 명칭을 공개했다.

이들은 자신들의 행위를 '역사적 대화'라 부른다. 필자가 보기에는 이들은 진보의 방향으로 나아가는 역사적 방향성을 상실했다. 이들의 대화는 역사에 반하는 것이다. 이들은 어떤 문제가 있는가?

첫째, 친미 사대를 옹호하고 있다. 이들은 여전히 한미일 관계를 중시하고 있다.

둘째, 문재인 대통령이 친중 사대주의로 돌아섰다는 주장은 반문反文의 정치선동에 불과하다. 이들은 문재인 대통령의 북경대 연설문을 제대로 읽지도 않았다. 문재인 대통령은 "중국이 더 많이 다양성을 포용하고 개방과 관용의 중국정신을 펼쳐" 가야 한다고 역설했다. 일방적인 친중 사대를 이야기한 것은 어디에도 없다.

셋째, 문재인 대통령의 사상적 코드는 신영복 노선이 아니라 조정래 노선이라는 주장은 황당한 사설辭說에 불과하다. 도대체 신영복 노선이란 무엇인가. 그런 것이 있기나 한가 말이다. 있지도 않은 걸 가지고 신영복 노선이다, 조정래 노선이다, 하는 게 허깨비 놀음이 아니고 무엇인가.

넷째, 중국과 북한에 대해 비판적이면 독립좌파라고 하는데 그런 건 좌파적 특성이라기보다는 우파적 특성이다. 우파적 특성으로 신영복 선생의 사상적 성격을 재단하려고 하는 것은 난센스다.

다섯째, 부마항쟁 발원지 표지석 문제를 제기하는데 이 또한 특별히 문제가 되지 않는다. 부산의 민주화운동 진영 전체가 뜻을 모아 신영복 선생의 비문을 세웠다. 이제와서 왜 이게 문제가 되는가?

10·16 관련자 모임은 필자도 잘 아는 단체다. 이들이 정체불명의 그룹과 이상한 논의를 전개하고 있다는 것이 충격적이다. 이들의 언동은 보수우익적인 것과 하등 다를 바가 없다. 어쩌다 이 지경이 되었는가. 심히 유감이다.

동준은 이 글을 3인 톡방에 올리고 이스또리아 익게로 들어갔다. 「베트남의 독립정신을 배우자」라는 글에 댓글이 수백 개가 달렸다. 창우 말마따나 난리가 났다. 댓글은 추순실 기자의 좌표 찍기 탓인지 문빠들이 대거 몰려와서 역모를 공격하고 문재인 대통령을 옹호했다. 하지만 문재인 정부의 친중 사대에 반감을 표시한 댓글이 많았다.

동준은 3인 톡방으로 돌아왔다. 우일이 가만히 있을 리가 없었다. 제일 먼저 반응을 보였다.

우일: 추 기자, 이렇게 안 봤는데. 너무 심한데. 보수우익이라니!

동준: 음. 전형적인 문빠적 논리더구만. 문제를 제기하면 프레임을 걸어서 역공을 취한다는 것.

우일: 그러니까 기레기 소릴 듣는 거지.

동준: 기자들이 타락했어. 한심해.

우일: 진영논리에 따라 내 편은 무조건 옹호하고 상대는 어떻든 까고 보는 거지.

동준: 하기야 나도 뉴라이트로 몰린 경험이 있지. 북한체제를 비판했다고. 창우란 녀석이 늘 씹고 다녔어. 나는 정말 이해가 안 돼. 진짜 좌익이라면 북한의 봉건체제를 비판하는 게 옳지 않냐고. 민주당류를 한국에서 좌익이라 부르는 것도 사실은 코미디 같은 일이지만.

우일: 민주당은 북한 비판이 금기 사항인 것 같아. 김여정이 남북공동연락사무소를 폭파할 때도 속수무책이었지. 해수부 공무원이 북한군에 의해 사살되는 사건이 발생해도 이 정부는 말 한마디 못 했다고.

동준: 좌익이 '입꾹닫(입만 꾹 닫다)'만 하면 다행이게. 시도 때도 없이 쉴드를 치는 게 문제지.

우일: 좌익의 북조선 감싸기는 거슬러 올라가면 6·25부터 시작하지.

동준: 북조선은 6·25를 '조국해방전쟁'이라 부른다지.

우일: 조국해방은 무슨 얼어 죽을 조국해방이야. 김일성의 전쟁이지.

동준: 김일성의 명령에 의한 남침이란 이야기지?

우일: 소련, 중공과 짜고 김일성이 남침한 거지. 전쟁은 절대악이야. 6·25 전쟁이 없었다면 통일이 벌써 왔을지도 몰라. 독일을 봐. 독일은 분단 후 동서독 간에 전쟁이 없었다고. 동서로 나뉘고서도 서로 오며 가며 얼마나 자연스럽게 교류가 이루어졌는가 말이야. 이런 게 통일의 전제야.

동준: 남북통일은 전쟁에 의한 방식으로는 안 된다는 거지. 음. 좋아. 절대 지지. 이런 데서부터 역사적 반성이 조직되어야 하는데. 좌익들은 그렇지 못해.

우일: 북조선부터 그렇잖아. 북조선은 조국해방전쟁이란 말을 만들어놓고 이걸 신줏단지 모시듯 하더군. 얼마 전 김정은이 '조국해방전쟁 참전 열사묘'를 참배하는 사진을 봤는데. 한국 사람의 입장에서는 기분이 묘해.

동준: 이북의 '조국해방전쟁'은 거짓을 포장하는 미사여구에 불과해. 첫 번째 거짓은 6·25는 북침이라는 거지. 조선통사 제25장 제1절의 첫 문장은 이렇게 시작해.

미제의 지시에 따라 그 주구들은 1950년 6월 25일 이른 새벽에 괴뢰 '국방군'을 동원하여 북반부를 침공하였다.[94]

동준: 남한의 북침설이 거짓이라는 것은 재론할 여지가 없어. 그런데도 북조선은 지금도 북침설을 가르치고 있지. 최송죽이라는 탈북자가 한 이야기가 심금을 울리더만.

동준은 유튜브에서 최송죽의 이야기를 찾아서 공유했다. 「잘못 배운 6·25 전쟁」이란 제목이 붙은 건데, 내용은 아래와 같다.

제가 아는 6·25 전쟁은 1950년 6월 25일 일요일 새벽 시간에 미제와 남조선 괴뢰도당이 일으킨 침략전쟁으로 알고 있었습니다. 50여 년 동안 그렇게 알고 북한에서 교육도 그렇게 받았습니다. 미국 놈들은 정말 나쁜 승냥이 침략자고 남조선 괴뢰도당은 같은 승냥이라고. 이건 아니다. 동족 간에 상쟁을 일으킨 정말 나쁜 놈들이라고 항장 저는 그렇게 배우고 인식하고 살아왔습니다. 그런데 그 인식이 한국에 와서 완전히 뒤집혔습니다. 저는 6·25 전쟁을 남조선에서 들이친 줄 알았지 북한에서 남침한 줄 정말 꿈에도 생각 못했습니다. 한국에 와서 보니까 절로 이해가 됩니다. 북한에서 한국을 들이쳤으니까 3일 만에 서울 침공, 서울까지 왔지 않습니까. 전쟁을 일으킨 3일 만에. 한국에서 전쟁을 일으켰으면 3일 만에 북한으로 밀고 올라와야 하지 않습니까. 그런데 한국은 전쟁이 일어날 줄은 몰랐습니다. 그리고 국립현충원에 가 보니까 그 사면의 벽을 꽉 채운 전쟁 희생자들을 보니까 너무 놀랐습니다. 세상에 이럴 수가 있는가. 다른 나라도 아니고 한 민족이 서로 총부리를 겨누고 전쟁을 했다는 거는 얼마나 기가 막힌 일이고, 서로 동족상쟁을 일으켜 가지고 양쪽 다 수백만의 희생자가 나왔다는 건 너무 마음이 아프고 가슴이 아팠습니다. 이거는 정말. 그런데 저는 북한에서는 6·25 전쟁을 남조선에서 일으켰다고 생각했으니까난 얼마나 나쁜 교육을 받고 얼마나 잘못 알고 있었습니까. 그 6·25 전쟁 날이 며칠 안 남았잖습니까. 6월 25일 날이면 북한에서는 항상 데모를 합니다. 공장 기업소들, 청년이면 청년, 사로청 다 모여가지고 6·25 전쟁을 발발한 미국 놈들과 남조선 괴뢰도당을 타도하라, 타도하라, 하고 데모를 합니다. 군중집회를 하는데 저도 그 군중집회에 거기 있을 때는 자주 참가했습니다. 그래서 저는 항장 미국 놈들은 나쁜 놈들이다. 그다음 그 후퇴 때 황해남도에 들어와서 숱한 사람들을 고문하고 매질하고 때려죽이고 너무 많이 봐왔단 말입니다. 사진들에서 영화에서 당 해설을 통해서. 그런데 거제도의 포로수용소에 가 보니까난 제가 알고 있는 그 포로수용소가 미국 놈들이 만들어 놓고 미국 놈들이 조선인민군 여자들을 강간하고 때려죽이고 고문해 죽이고 이런 곳인 줄 알았습니다. 그런데 그 포로수용소를 돌아보메 야 내가 생각하는 건 완전히 다르구나. 이건. 이건 아니구나. 제가 쉽게 이해를 못 했습니다. 그래서 책을 보고 영화를 보고 영상물들을 많이 보고, 야 이거 진짜 북한에서 한국을 침략했구나. 침략전쟁을 일으켰구나. 그다음에 저는 이해를 하고, 야 이건 정말 아니구나. 북한사람들 특히 지역 사람들은 더더구나 지금도 전쟁은 미국 놈들과 남조선 괴뢰도당들이 일으키고 거기에다 다른 나라 추종 국가들이 열 개 넘는 추종 국가들이 같이 일으킨 전쟁으로 알고 있단 말입니다. 얼마나 우리가 잘못 알고 있습니까. 그래서 이 영상을 북한사람들이 보게 되면 정말 똑바른 인식을 가지고 똑바로 알아야겠습니다. 6·25 전쟁은 미국 놈들과 남조선 괴뢰도당이 일으킨 전쟁이 아니라 북한에서 일으킨 전쟁이라는 것을 똑바로 알았으면 좋겠습니다. 조국전쟁은 북한에서 일으킨 전쟁이구나. 얼마나 많은 사람들이 죽고 조국전쟁 때문에 얼마나 많은 사람들이 이산가족이 생겼습니까. 이제는 명백하게 알고 있습니다. 6·25는 북한이 일으킨 전쟁입니다.

우일: 이북의 김씨 정권은 거짓의 바벨탑이야. 거짓은 이북과 같은 억압적 감시 체제 하에서만 작동되는 것 같아. 감시 체제에서 벗어나는 순간 거짓은 허물어지고 말아. 최송죽의 사례가 모든 걸 말해 주지 않나.

동준: 자유를 찾은 북한 인민들이 북침설의 허위를 깨닫고 6·25의 진실을 말하고 있는데 남한의 좌익들은 어쩌고 있나.

우일: 기가 막히는 현실이야. 대한민국의 대통령이란 사람부터 이상한 소리를 해대니깐. 문재인은 72차 유엔 기조연설에서 6·25를 '내전'이라 말했다지. 노무현도 내전 발언을 했었지?

영호: 노무현도 내전 이야기를 했었지. 2006년 프놈펜의 동포간담회에서.

나중에 영호가 이야기에 뛰어들었다.

우일: 문재인은 2019년 스웨덴 의회에서도 문제 발언을 했었지.

"서로를 향해 총부리를 겨눈 슬픈 역사를 가졌을 뿐입니다."

이른바 '쌍방과실설'.

영호: 그런데 문 통은 최근에 북한의 남침설로 입장을 바꾼 것 같아.

우일: 다행이구만.

동준: 조정래의 『태백산맥』은 6·25를 내전으로 보고 있다지?

영호: 『태백산맥』을 놓고 말하자면 소설에서 주류적 시각은 조국해방전쟁 아닌가?

우일: 『태백산맥』의 주요 등장 인물들이 해방전쟁의 지지자들인 건 분명하지.

영호: 박현채 교수는 다 알꺼고. 박현채는 6·25 전쟁이 일어나자마자 조국해방 전쟁이란 말을 입에 달고 다녔다고 하더만. 그리고 빨치산이 되어 조선로 동당에 입당했고 조선민주주의인민공화국의 애국가를 부르며 지리산을 누볐지. 서울이 함락되었을 때는 "서울 해방 소식을 듣고 기쁨에 들떴다." 라고 했어. 『태백산맥』에 나오는 우원제란 소년병의 실제 모델이 박현채야. 조정래가 아주 공을 들인 인물이지.

동준: 내전이란 6·25가 어느 한쪽의 단순한 기습에 의해 돌발적으로 야기된 것 이 아닌 남과 북이 전면전으로 치달을 수밖에 없는 내적인 모순과 갈등구 조 속에서 발생한 것으로 보는 거지.[95] 내적인 모순과 갈등구조란 주로 남 조선의 문제인데, 미제국주의를 등에 업은 친일 민족반역자들이 지주·자 본가와 손을 잡고 남조선을 지배하는 구조가 근본적인 문제라는 것이지. 그래서 내전설은 첫째는 계급전쟁으로서 6·25를 본다는 거고.[96] 둘째는 6·25는 조선인민과 미국과의 전쟁이라는 거지.[97] 이렇게 보면 내전설은 북조선의 조국해방전쟁과 비슷한 데가 있어. 북조선의 『정치용어사전』은 조국해방전쟁을 반제반미투쟁과 계급투쟁이 결합된 것으로 설명해.[98]

우일: 유시민이 조정래와 시국 대담을 한 게 있는데 6·25 문제가 언급되더만.[99]

우일은 유튜브에서 동영상을 찾아서 공유했다. 6·25 관련 부분은 아래와 같다.

유시민: 남북관계에 대해서는 제가 한 가지만 선생님께 여쭈어봐 야겠는데 독일과 달리 우리나라는 내전을 하지 않습니까. 전쟁을.

그러니까 8·15 때 국토가 분단되었고, 양쪽에서 단독정부가 수립되면서 국가가 분단되었고, 한국전쟁으로 민족이 분단되었습니다. 완벽하게 남북한이 분단이 되었는데요. 풀려면 거꾸로 풀어야 되지 않겠습니까. 먼저 민족분단부터. 정서적으로 넘어서야죠. 그다음에 우리가 국가의 통합이나 국토의 통합을 할 수 있으니까요. 그런 맥락에서 여쭈어보는데요. 우리가 사실 말을 안 해서 그렇지 북한이 1950년에 전쟁 벌인 거에 대해서 좀 안 좋잖아요. 감정이 있지요. 이거 풀어야 되는데. 사실 김정은 위원장이나 북한 당국이 과거사 문제에 대해서 이렇게 좀 해 줬으면 좋겠다. 그리고 우리 대한민국은 이렇게 해 줬으면 좋겠다. 평소에 큰 우리의 역사를 배경으로 작품을 많이 쓰셨기 때문에 뭔가 좀 생각이 있으실 것 같아요.

조정래: 아. 정치·경제·사회학에 통달한 분의 생각과 소설가의 생각은 조끔 다릅니다. 사회학자들이 이런 정의를 내려놨습니다. 두 개의 정치세력이 충돌해서 만들어진 문제점과 갈등은 그들이 마음을 합해서 해결하자 하는 시점으로부터 그때까지 거쳐 온 세월만큼 또 거쳐야 한다. 우리는 분단 70년의 갈등을 가지고 있습니다. 지난번에 문재인 대통령이 아리랑 공연하는 그 공연장에서 북한 인민들을 향하여 우리 민족끼리 해결할 수 있고 함께 번영할 수 있다는 것을 공언하고 엄청난 박수를 받았습니다. 우리 속마음은 다 그리기를 원합니다. 그것을 통일 원년이라고 생각하고 지금으로부터 앞으로 70년을 노력해야 통일이 온다고 느긋하게 생각하십시다. 이 느긋함이 없이는 조급하면 또 탈이 납니다. 자. 여러분. 김정은 위원장이 계속 바라는 게 불안해하는 게 체제보장이잖아요.

우리는 지난 오천년을 함께 살아왔고 우리 민족은 앞으로 오천년을 장구하게 뻗어 나갈 것입니다. 그 만년의 역사 속에서 지난 70년 앞으로의 70년 140년이 표가 납니까 안 납니까. 표도 안 납니다. 시대의 불행에 의하여 민족이 분단되었고 1국가 1민족의 형성을 못한 그 비극을 1민족 2국가로 140년 살았다는 것을 우리의 후대들은 이해할 것입니다. 우리가 끝없이 인내하는 이 아름다움을 칭송하면서 그들에게 너 잘못했지. 하고 묻는 것은 아동교육의 빵점입니다. 잘못했어도 괜찮아. 다음에 안 그러면 돼 하고 말하면 됩니다. 6·25는 우리의 비극이되 서로가 서로에게 잘못 총질한 싸움이기 때문에 함께 잘못이 있다고 생각하고 너그럽게 70년 후에 비판하도록 우리 물려줍시다.

유시민: 이 자리에 언론인들이 꽤 와계실 텐데요. 혹시 내일 아침에 기사 제목이 소설가 조정래, 한국전쟁 양비론. 이렇게 나올까봐 걱정이 좀 되는데요. 그런 뜻이 아니고 그 경위를 세세히 따지기 시작하면 해법이 없으니까 서로 좀 감싸 안고 덮어 주고 이렇게 하다 보면 때가 되면 풀릴 것이다. 그게 제일 좋은 방법이고 제일 빠른 방법이라는 취지임을 굳이 제가 이렇게 해석해드립니다. 요즘 좀 조심스러워요.

영호: 와우. 유시민이가 6·25 남침설을 이야기하네.

동준: 맞아. 유시민은 이북이 전쟁을 일으켰다고 말하고 있지.[100]

우일: 조정래는 엉뚱한 이야기를 장황하게 늘어놓고는. 1민족 2국가로 140년을 산다고? 뭔 소리야.

영호: 요리조리 피하다가 결국 쌍방과실설?

동준: 신영복이 6·25를 말한 게 있나?

동준은 신영복 이야기로 화제를 돌렸다.

우일: 신영복은 전쟁발생의 원인이 북한에 있다는 이야기를 명시적으로 하지는
    않았지만 이북의 적화통일 혹은 혹은 남한의 **흡수통일** 노선에 대해 양쪽
    다 일정한 비판을 가하고 있지.

동준: 전쟁에 대한 반성적 성찰을 표했다는 데에 의미가 있구먼.

영호: 신영복 노선과 조정래 노선의 차이가 느껴지긴 하는데.

우일: 신영복이 NL좌파적 특성을 보이는 건 분명하지만 조정래와는 어느 면에서
    는 구분된다고 봐야지. 조정래의 『태백산맥』에는 전쟁에 대한 반성적 성찰
    이 없어.

비석 타도 투쟁

시우가 제일 먼저 도착했다. 치킨집은 부산대역 1번 출구 쪽에 있었다. 코로나19의 재확산 탓인지 치킨집은 빈 테이블이 많았다. 시우는 입구 쪽 자리를 차지하고 앉았다. 접이문의 통유리 너머로 초저녁 풍경이 실시간 화면처럼 비치고 있었다. 바깥은 어스름이 지고 있었고 퇴근길의 직장인들이며 젊은이들이 눈앞에서 오고 갔다. 알바가 튀김 과자를 가져다 놓으면서 주문을 뭘로 할거냐고 물어서 조금만 기다려 달라고 했다. 시우는 핸드폰을 꺼내 뒤적거렸다. 그러는 사이 하윤이랑 정선이 함께 가게에 들어섰다.

"안뇽."

"어서 와."

시우는 알바를 불러서 프라이드 치킨에다 생맥 500cc 세 개를 시켰다.

"다들 잘 지냈지?"

"웅. 코로나 안 걸렸으면 잘 지낸 거지? 헤헷."

한 것은 정선이었고.

"팬데믹의 시대에 생명을 보존하고 있다는 건 대단한 일이지. 핫핫."

한 것은 하윤이었다.

"지금 건강하지만 내일 어떻게 될지 모른다는 게 문제지."

시우가 빈정대자,

"K방역을 욕되게 하지 마."

한 것은 정선이었고.

"K방역이 어딨어. 내일을 알 수 없는 시대를 살고 있다니깐."

한 것은 하윤이었다. 그때 알바가 생맥과 치킨을 가져왔다.

"자, 맥주부터 한잔하자."

시우가 맥주잔을 들고 두 사람의 잔에 가볍게 부딪혔다. 그리고 다 같이 맥주를 들이켰다.

동준이,

"이스또리아 익게는 다들 보고 있지?"

하고 물었다.

"음. 오늘은 역모의 행동계획을 확정해야지?"

하윤이 두 사람의 얼굴을 번갈아 보면서 말했다.

"나는 신영복 비문 전체를 파괴하기 보다는 '발원지 표지석' 부분만 제거하는 게 좋겠다고 생각해."

시우가 먼저 자신의 생각을 이야기했다.

"왜?"

하고 물은 것은 정선이었다.

"이스또리아 익게에 여러 글들이 있기 때문에 길게 이야기하진 않겠어. 하윤이가 글에서 독립좌파 이야기를 했는데, 나도 그 글을 접하고 신영복을 일부 긍정 평가하게 되었다고나 할까. 비문 파괴까지 갈 필요는 없다고 봐. 역사왜곡을 바로잡으면 되지 않겠는가, 하는 거지."

시우가 답을 했다.

"신영복이 독립좌파인가 하는 부분에 대해서는 아직 의견이 분분해. 으음. 하윤이는 어릴 때부터 『태백산맥』에 시달려서 그런지 신영복이 새롭게 보이는 부분이 있나 본데. 나는 생각이 좀 달라. 신영복은 인문학적 사유가 능하고 외견상 부드럽게 보이지만 실상은 NL좌파야. 문재인을 보라구. 신영복을 어떻게 대하고 있는지. 나라의 정신적 스승으로 환생한 것 같아. 얼마 전에는 국정원 원훈석을 신영복체로 바꾸었다지. 서울경찰청의 비전 표어도 신영복체. 홍범도 묘비도 신영복체. 이러다간 대한민국 국호도 신영복체로 바뀌는 게 아닐까. 아니 대한민국의 공식 서체는 신영복체가 되어 버린 거지."

정선은 신영복이 독립좌파라는 주장에 대해 선뜻 믿음이 가지 않았다.

"그러면 정선이는 어떻게 하자는 거야?"

하윤이 물었다.

"당초 계획대로 발원지 표지석을 타도하자는 거지."

"타도?"

타도란 말에 시우도 하윤도 웃음이 터졌다. 정선도 참았던 웃음이 삐져나왔다. 세 사람은 웃음으로 의기투합한 것 같았다. 웃음의 색깔은 서로 달랐지만. 그들은 맥주를 마셨다.

"그러니깐 타도론을 다시 정리해 보자고."

시우가 닭다리를 하나 뜯고 나서 진지하게 이야기했다.

"신영복 비석 타도론은 말이야. 첫째, 역사왜곡을 바로잡는다는 의미. 지금 표지석이 있는 곳이 부마항쟁 발원지가 아니라는 것. 둘째, 부마 관련자의 의사가 배제된 편향적 기념사업을 시정한다는 의미. 신영복 비석은 문재인 변호사(당시) 등 일부 운동권 인사의 의중에 따라 설치되었다는 것. 즉, 부마항쟁 관련자 다수가 참여해서 결정된 사업이 아니라는 것. 셋째, NL좌파적인 신영복 사상과 부마항쟁은 아무런 인연이 없다는 것. 타도론은 이런 문제인식에 따른 거야."

정선이 이야기를 듣고 나서 하윤이 물었다.

"문제의식은 그렇다고 치고. 타도의 방법은 뭐임?"

"그래 그 부분인데. 음. 섬세한 방법론이 필요하다고 생각해. 몇 가지 방법이 있긴 한데…. 1은 비석 폭파. 2는 발원지 표지석 글자의 부분 제거. 3은 비석 철거."

정선은 나지막한 목소리로 이야기했다.

"정선이가 생각하는 방법은 비석 폭파라는 거지?"

시우가 물었다. 정선은,

"아냐."

하고 답했고 시우는,

"그럼 어떻게 하자는 거야?"

하고 물었다.

"내 생각은 우리 역량에 맞게 피해를 최소화하면서 가장 효과적인 방법을 찾자는 거지. 1은 최종적인 투쟁이야. 일 단계는 페인팅과 유인물 배포를 병행하면서 우리 투쟁의 정당성을 시위하고 알리는 거야."

"새로운 제안인데."

라고 말한 것은 하윤이었다.

"그래. 그게 좋겠다. 굿 아이디어닷!"

시우가 공감을 표했다. 그리고 하윤에게 물었다.

"하윤이는 어때?"

"…"

하윤은 묵묵부답이었고.

"근데 하윤이에게 묻고 싶은 게 있어. 독립좌파가 뭔 말인지 이야기를 한번 듣고 싶어."

정선이 집요하게 묻고 늘어졌다. 하윤은 맥주잔을 내려놓고 이야기를 시작했다.

"그래 내가 맨 처음 문제 제기를 했으니깐… 독립좌파란 말은 『태백산맥』 필사를 하면서 문득 떠오른 말이었어. 남한 좌익, 정확하게 말하면 남한의 NL좌익은 이북을 정통이라 생각하고 김일성과 조선로동당에 충성을 다하는 자들이야. 지금은 김정은 정권에 충성을 표하고 있지만. 남한 좌익은 이북에 대해 종속적인 존재야. 이게 모든 문제의 출발점이기도 해.

남북관계의 왜곡을 바로잡고 이북을 사람 사는 세상으로 만들자면 독립적인 좌파가 나와야 한다고 생각했지. 이북에 종속적인 엉터리 좌파가 득세하는 이런 세상이 지속돼서는 미래가 없어.

내가 생각하는 독립좌파는 이북의 반한적 프레임에서 자유로울 것을 요구해. 독립좌파는 북한뿐만 아니라 중국에 대해서도 비판할 건 비판해야지. 그건 미국이나 일본에 대해서도 마찬가지야."

"사람 사는 세상'은 노무현의 슬로건 아니냐?"

시우가 이상하다는 투로 물었다.

"그래. '사사세'는 노무현의 슬로건이지. 그건 다른 말로 바꾸어도 좋아. 지금 이북에 필요한 건 인간다운 삶이야."

"독립좌파는 좌파야 우파야?"

정선이 물었다.

"음. 독립좌파는 좌도 아니고 우도 아니야. 독립사고파란 말도 좋고. 다이허우잉이 말한."

"그야말로 독립좌파군!"

시우가 웃으면서 말했다.

고백: 반제청년동맹

'선생님.

메일을 보냈습니다.

확인 부탁합니다.'

김수현 박사가 보낸 카톡 메시지였다. 동준은 메일을 열었다.

동준 샘

메일로 이런 걸 묻게 되어서 우선 죄송하다는 말씀부터 올립니다.

그동안의 탐문을 통해서 중요한 사실관계를 확인할 수 있었습니다.

서론은 생략하고 단도직입으로 묻겠습니다.

반제청년동맹이란 조직을 아시지요?

동준 샘도 반제청년동맹에 가입한 사실이 있지요?

혹시나 해서 말씀드립니다만….

대전의 류현승 선생님도 만나고 왔습니다.

동준 샘을 뵙고 이야기를 듣고 싶습니다.

연락 바랍니다.

김수현 드림.

동준은 책상에서 일어섰다. 사무실 안을 왔다 갔다 했다. 동준은 언제부턴가 자신이 갇힌 존재라는 생각이 들었다. 법적으로 구속된 상태가 아님에도 자유롭지 못하다면 갇힌 것이 아닐까. 갇힘은 인위적인 것이었다. 따지고 보면 그것은 정치적인 것이었다. 동준은 수 없는 정치적 박해를 받았다고 생각한다. 이 정치적 박해의 하나의 계기는 제명(반제청년동맹으로부터의)이었다. 제명은 큰 사건이었다. 제명은 비공식적이긴 하지만 좌익의 처분 기록에 이름을 올리는 것이었다. 동준은 10·16 주동자라는 이유로 우파권력의 박해를 받은 일이 있지만 좌익의 박해를 받으리라고는 생각지도 못했다. 제명 이후 여러 가지 불리한 일들이 많았다. 부단히 어떤 정치적 작용이 가해졌다. 주사파 조직으로부터의 제명 역시 하나의 낙인이었다. 그렇지만 이런 걸 아는 사람은 아무도 없었다. 동준은 현상적으로는 자유인데 실제로는 자유롭지 못했다. 그런 의미에서 반半자유인이었다.

'아. 이제는 이 갇힘에서 벗어나야 한다.'

동준은 절실한 심정이었다. 동준은 창가에 서서 바깥을 내려다봤다. 사람들이 자유롭게 오갔다. 1980년 초여름 부산 15P 헌병대에 갇혀 있을 때의 기억이 떠올랐다. 양정 헌병대 울타리 너머로는 야트막한 언덕배기가 있었다. 사람들이 지나다니는 모습이 헌병대 안에서도 보였다. 어딘가를 향해 걷는 사람들의 작은 움직임 하나하나가 얼마나 부러웠던지. 갇힌 자에게 자유만큼 귀한 것이 어디에 있을까. 동준은 핸드폰을 집어 들었다. 그리고 문자를 보냈다.

'김 박사. 사무실로 와 주시오. 오후 4시 30분.'

동준은 사무실을 나와 온천천으로 내려가서 한 시간 정도 걸었다. 중간에 김 박사의 답신이 왔다.

'네에. 알겠습니다.'

동준은 사무실로 돌아와서 세수를 하고 탁자에 앉았다. 얼마 후 김 박사가 도착했다. 김 박사는 맞은편에 앉았다. 그리고 필기도구와 메모지를 꺼냈다.

"동준 샘. 녹취를 해도 되는지요?"

동준은 고개를 끄덕였다. 굳이 거부할 이유가 없었다. 수현은 핸드폰의 음성녹음 앱을 켜놓고 인터뷰를 시작했다.

"반제청년동맹이란 조직에 가입한 사실이 있습니까?"

"있습니다."

"시기가 언제였습니끼?"

"1986년 연말이었던가."

"故 이상록 선생은 부산의 주사파 조직이 1986년 가을에 만들어졌다고 언급한 바가 있습니다. 이상록 선생의 추모집은 보셨는지요?"

"보긴 봤습니다. 그 무렵인 것 같아요. 잘은 모릅니다만."

"가입식이라고 할까요. 그런 게 있었습니까?"

"비밀모임을 하는 안가 비슷한 데서 가입식이 있었습니다. 장소가 어딘지는 기억이 없습니다. 아주 작은 방이었습니다. 방에 들어서니까 맞은편 벽에 인공기 같은 게 걸려 있었습니다. 인공기를 등지고 이인석이 교자상 앞에 정좌하고 있었고요. 오른쪽으로는 사회자 역할을 한 설민혁이 있었고요.

가입식은 이인석이 주재했습니다. 이인석이 중앙위원장이었지요. 설민혁은 중앙위원이었고요. 식순은 강령과 규약에 대한 찬동 여부를 묻고, 선서문을 낭독하고, 맨 마지막에 이인석이 단도 같은 칼을 쥐고, 그 위로 설민혁과 저가 서로 손을 포개는 일종의 맹세식이라고 할까요. 그런 걸 한 것 같습니다."

"하나씩 물어보겠습니다. 인공기라고 하셨는데요. 이북의 인공기가 맞나요?"

"붉은 오각별이 선명했습니다. 그래서 인공기라고 생각했는데. 지금 생각해 보면 인공기는 아닌 것 같습니다. 남민전기였던가?"

"반제청년동맹은 신생 조직인데 남민전 깃발을 사용했다고요?"

"남민전 깃발인 것 같습니다. 이인석이 옥중에서 남민전 사람을 만났다고 했던가? 하여간에 붉은 오각별은 확실합니다."

"강령이나 규약 혹은 선서문 중에서 기억나는 부분이 있습니까?"

"아뇨. 주사파 지하조직, 아마도 남민전의 강령이나 규약을 참조하지 않았을까요. 선서문도 그렇고."

"반제청년동맹의 결성 경위에 대해 아시는 바가 있는지요?"

"잘 모릅니다. 어느 날 해운대의 어느 아파트에서 회합을 했어요. 이인석이 이북 방송을 녹취한다고 했습니다. 그걸로 주체사상 교양자료를 만든다고 했지요."

"『10·16 부산대중언집』에서 이인석 씨가 구술한 이야기가 상당히 시사적이던데요."

"아. 그 부분. 나도 주의해서 봤어요. 부림사건으로 징역을 살면서 그 안에서 큰 변화가 있었던 것 같습니다. 장기수를 만났다고 했지요."

"동맹 가입 후 어떤 조직 활동을 했습니까?"

"조직의 투쟁계획을 논의하는 자리였는데 건물 옥상에서 플래카드를 게시하고 유인물을 살포하는 투쟁이 제안되었던 것 같습니다."

"누가 제안했나요?"

"이인석이죠."

"그래서 어떻게 됐나요?"

"지금 시국에 맞지 않는 방식이다, 내가 이의를 제기했지요. 남민전식 투쟁방식을 그대로 답습한 거였지요. 주사파 대부 김영환이 이런 투쟁을 '만세투쟁'이라 했다죠."

"혹시 '남도주체사상연구회'란 이름을 들어 보셨습니까?"

"아뇨."

"인터넷 검색을 하면 남도주체사상연구회란 이름으로 만세투쟁을 한 사건이 당시 신문에 자주 보도되었습니다."

"음. 충분히 그러고도 남을 친구들이죠."

"선생님은 만세투쟁에 가담하지 않았지요?"

"에. 저는 아닙니다."

"그 외 또 어떤 활동을 했나요."

"주체사상 학습을 했지요. 주체사상 교양은 평양방송 녹취록을 교재로 썼고요. 1대 1로 교양을 진행했지요. 이인석이 주체사상 교양을 담당했지요."

"남조선혁명론에 대한 교양은 없었나요?"

"있었지요. 조직에서 역점을 둔 건 수령론 교양이었어요. 인민대중이 역사의 주체가 되기 위해서는 수령의 올바른 지도를 받아야 하고 수령에 대한 충실성이 주체 확립에서 핵이 된다는 거지요. 이걸 혁명적 수령관이라 부르지요. 그런데 나는 처음부터 전혀 이해불가였어요. 남조선혁명을 하자는 조직에서 왜 수령론을 가르치는가? 수령론 자체도 말도 안 되는 거였고요. 김일성을 무조건 받들어 모시라는 얘기죠. 주체사상은 정치종교가 되었어요. 그다음은 민족해방인민민주주의혁명론(NLPDR) 학습이었습니다. 당시 이북은 남한사회를 식민지반봉건사회로 보았어요. 지주가 남한사회의 지배계급이라는 거예요. 너무 황당했습니다. 조선로동당은 남한사회를 너무 모른다는 생각이 들더군요. 저는 수령론이나 식반론(식민지반봉건사회론) 어느 것도 수용하기 어려웠어요. 부산 반제청년동맹의 지도부는 평양방송을 암송하는 수준이었고요. 그 무렵 암송파라는 말도 유행했지요. 어떤 문제도 제대로 된 토론이 안 되었어요. 그 사람들은 토론해서 뭘 해 보려는 생각이 아예 없었고요. 아, 이 친구는 안 되겠다 싶었겠죠. 결국 제명되고 말았지요."

"제명된 시점은 언제입니까?"

"가입 후 6개월 만인가."

"동준 샘의 말씀을 들어 보면 NL좌익적인 정서가 전혀 없었던 것 같은데 어떻게 반제청년동맹에 가입하게 되었는지요?"

"부끄러운 이야깁니다. 다 말씀드리기는 어렵고…. 어떻든 주체사상에 대해 다소의 환상을 가졌던 건 사실이고요. 무지의 소산이지요. 부끄럽습니다."

"사람들을 반청에 포섭하는 조직 활동을 하셨나요?"

"으음…."

동준은 힘든 표정을 지었다. 기억을 하기 힘든 것인지. 아니면 이야기 하기 힘든 부분이 있는 것인지. 둘 다일지도 몰랐다. 김 박사는 측은지심이 일었다.

"아. 동준 샘. 제가 캔 아메리카노를 사 왔습니다. 이거 마시면서 얘기하시죠."

하면서 가방에서 캔 커피를 꺼내 동준에게 건넸다.

동준은,

"아. 고맙소."

하고 캔 커피를 받아서 한 모금을 마셨다.

"제가 추천한 사람들이 있습니다만…."

"말씀하시기 곤란하다는 이야기죠?"

"예에."

"좋습니다."

"반제청년동맹은 지금도 활동을 계속하고 있다고 봅니까?"

"그건 모릅니다."

"부산 친노·친문의 핵심부에 반제청년동맹 인사들이 있지요?"

"다른 사람들은 모르겠고요. 설민혁이니 이인식에 한해서 본다면 그렇다고 할 수 있지요. 참여정부 시절에 설민혁은 '부산의 블루하우스'라 불렸지요. 이인석은 장관 보좌관을 지냈고요. 문재인 정부 하에서도 이들은 부산과 친문세력의 핵심인사들이죠. 이호철 전 민정수석과는 아주 가까운 사이지요."

지하에서 김일성주의 노선에 따라서 반한적 혁명운동을 했던 인사들이 슬금슬금 노무현 캠프에 모여들어 노무현을 대통령으로 만들었다. 그리고 문재인을 대통령으로 만드는 데 관여했다.

대한민국의 정치는 북한요인에 의해 영향을 받는 부분이 엄연히 존재하고 있다. 북한요인이란 기지旣知의 공개된 요인도 있지만 비공식적인 혹은 알려지지 않은 것들도 상당히 많다. 부산의 반제청년동맹은 알려지지 않은 북한요인을 생각하는 데서 중요한 사례. 노무현의 정치 혹은 문재인의 정치에서 베일에 쌓였던 비밀의 북한요인을 이제는 드러내고 이야기할 때가 되지 않았을까. 수현은 인터뷰 내내 이런 생각을 떨칠 수가 없었다.

윤한봉의 충격

창밖은 어둑어둑해졌다. 비스듬하게 누운 앞산도 서서히 짙은 검정으로 물들었다. 거리에 어둠이 깔리자 주황색 가로등이 하나둘 켜지기 시작했다. 김 박사의 인터뷰가 끝나고 동준은 한참 책상 앞에 우두커니 앉아 있었다. 사무실 안은 깜깜했다. 동준은 일어섰다. 안방 문쪽으로 다가가서 전원 스위치를 눌렀다. 천장에 달려 있는 흰색의 원형 전등에 불이 켜졌다. 동준은 원탁 테이블에 있는 핸드폰을 집었다. 그리고 3인 톡방에 글을 올렸다. 10·16의 동지들에게 과거사를 고백하는 게 도리라는 생각이 들었다.

> 동준: 오늘은 여태 말하지 못한 이야기를 하려 한다. 나는 1986년 연말에 주사파 지하 혁명조직인 반제청년동맹에 가입한 사실이 있다. 조직 활동은 오래가지 않았다. 반청 내의 남조선혁명론 교양과 관련하여 문제제기를 하면서 조직에서 6개월 만에 제명 처분되었다. 지금 생각하면 참으로 부끄러운 일이었다.

몇 분 후 우일이 톡방에 들어왔다.

우일: 뭐라꼬? 반제청년동맹? 진짜가.

동준: 응.

우일: 혹시 이인석은 관계가 없나?

동준: 이인석이 중앙위원장이었다. 그런데 이인석 이야기를 어떻게 아노?

우일: 사실은 전에부터 이상한 소문이 들리더라. 현승이한테 얼핏 들은 적이 있다.

동준: 그랬나.

영호: 아…. 그런 일이 있었구나. 내가 알기로는 동준이 니는 이북에 대해 일관되
      게 비판적이었는데. 그런 과거가 있었다니. 믿어지지 않는다.

우일: 우짜다가 그런 데 들어갔노?

동준: 이 부분은 당시의 시대적 상황과 관련된 문제인데…. 개인적인 체험을 이
      야기하자면 나는 1979년 10·16으로 구속되었고 이듬해 1980년 5월 17일
      또 구속되었다. 청년시절에 두 번의 징역을 살고 나온 거지. 그 무섭다는 박
      정희가 무너지고 나니까 전두환이 나타났어. 절망적이었지. 그냥 보통의
      방법으로는 안 되겠구나 하는 생각이 들더만. 그러고 나는 혁명주의자가
      되었어. 맑스주의 정치경제학 공부도 했고. 사회주의 혁명에 대한 생각을
      갖게 되었지. 내가 대학을 졸업한 해가 1986년인데 이때는 운동권 전체가
      인민주의로 경도되었지. 대학가에는 주체사상 교양서인 『강철서신』이 널
      리 유포되었고 주체사상 열풍이 불었지. 김정일이 썼다는 『주체사상에 대
      하여』를 나도 읽었어. 이북에 이런 유의 인본주의 텍스트가 있다는 게 충
      격이었지. 그러나 북한공부를 하면 할수록 그건 허상이었어. 아무튼 나는
      그런 환경에서 조직에 관계를 했던 거였어.

우일: 동준아. 니나 내나 40년 지기고 빤히 아는 사인데. 니하고 내 사이에도 이
      런 일이 안 있나. 우리가 모르고 있을 뿐이지. 실제로는 도처에 김일성주의

자들이 암약하고 있다고 봐야 하지 않겠나.

동준: 할 말이 없다.

영호: 얼마 전에 충북 간첩단 사건도 발각되었고.

우일: 남북의 체제경쟁은 끝났다는 이야기가 있지만 내가 볼 때는 그렇지 않아. 여전히 격렬한 체제경쟁이 진행 중이야. 그것도 주로 김씨 정권에 의해서. 민주정부가 들어서고 나서 더 심해진 것 같아.

영호: 요새는 좀 이상하게 돌아가는 것 같다. 남북의 정권이 은근히 손을 잡고 뭔가를 도모하고 있는 것 같은데. 국민들만 모르고 있고.

우일: 문재인 정부가 친북 좌파정권이라서 그런 거지.

영호: 친북 좌파라도 국민적인 동의를 얻어서 추진해야 하지 않나?

우일: 산업부에서 비밀리에 '북한 지역 원전 건설 추진 방안'을 검토했다는 이야기도 있었고. 최근에는 해양수산부가 대규모의 북한 항만개발을 위한 연구용역[101]을 추진했다는 보도가 있더만.

영호: 언제야. 김여정이가 주한 미군 철수를 다시 거론하던데.

우일: 미군 철수 이야기를 하니까 탈레반 생각이 나는군.

영호: 미국과 탈레반의 평화협정이 무슨 의미가 있나?

동준: 한반도 평화협정이란 것도 신중하게 접근해야 해. 북핵문제도 그렇고, 미군 철수 문제도 그렇고.

우일: 평화협정만으로 평화가 지켜지겠냐고?

영호: 그러게 말이다. 기본은 자주국방이야.

동준: 꾼들의 평화운동은 경계해야 해. 말은 평환데 사실은 친북운동이야. 친북이 아닌 시민적인 평화운동이 전개되어야 해. 자유를 지키는 것이 평화야.

우일: 남한 친북세력은 김씨 정권과 사실상 동맹 관계지. 대한민국을 지키려면

자유연대가 필요해.

동준: 독맹은 동맹인데 이상한 동맹이지.

영호: 더불어민주당은 김여정의 막말에 꼼짝을 못하더군.

우일: 조선로동당이 형님당이니께.

영호: 더불어민주당은 해방 직후 남로당 같은 존재?

동준: 남로당이라도 될까. 남로당은 북로당에 대해 어느 면에서는 대등한 관계를
　　　가지려고 했지. 더불어민주당에 그런 게 있는감.

우일: 문재인이 신영복을 존경하는 사상가로 추켜올린 데는 이런 것들이 배후에
　　　있는 게 아닐까. 문재인의 정치가 통혁당적인 접근을 한다는 시그널인 거지.

영호: 신영복은 어느 면에서는 과거의 통혁당 수준을 넘어섰는데도 말이야.

우일: 현실에서는 그런 게 아무런 의미도 없어.

영호: 이 정부에서는 통혁당, 남민전, 전대협 등 신구의 친북 좌익이 실세로 자리
　　　를 잡았어.

동준: 그러니까 주사파 정권이라고 하지.

우일: 어디를 봐도 그래. 부마도 그렇지. 부마항쟁 진상규명위원회는 어떻고. 차
　　　성환이 누군지는 알지? 남민전(남조선민족해방전선) 사건 관련잔데, 부마위원
　　　회의 핵심 요직인 상임위원이란 자리에 있어. 또 있지? 음. 설민혁은 반제청
　　　년동맹 중앙위원이었다메. 그는 부마민주항쟁기념재단 상임이사를 했고.
　　　둘 다 부마 관련자가 아닌데 부마동네에서 주인행세를 해왔지.

영호: 정치적으로 사상적으로 편향된 인사들이 부마와 관련된 기구의 최고의 의
　　　사결정 단위에 포진하고 있다는 거지. 이런 걸 어떻게 받아들여야 하나.

우일: 수십 년간 부마팔이들이 감투 쓰고 훈장 받고 고액연봉 챙기고 별짓을 다
　　　했지. 부마 관련자는 구경꾼으로 만들어놓고.

영호: 국가기념일이 제정되고 나서도 부마팔이들이 하는 짓은 별로 달라지지 않았지.

우일: 부산의 친노·친문들은 부마항쟁 기념사업까지 좌지우지하고 있는데. 기가 막히지 않나.

영호: 노무현기념관은 서울에도 있고 김해에도 있지 않나. 그들은 그쪽 일을 하면 되지. 왜 노 통이나 문 통과는 아무런 관계가 없는 부마항쟁까지 지들 마음대로 하려고 하는 걸까?

우일: 부산의 민주화운동기념사업은 그들이 수십 년간 독점해왔어. 그런 것의 연장선상에 있는 거지.

동준: 『부산민주운동사』가 새로 나왔다는 건 알지? 부산시가 부마재단에 용역을 준 거지. 떡 본 김에 제사 지낸다고 일제 저항운동에서 촛불혁명까지 근대 이후 현대의 운동을 망라한 건데, 부산 운동권의 족보가 만들어졌다고 해야 하나. 부마항쟁사를 기술한 부분은 전체 527쪽(1, 2권) 중 30쪽도 안 돼. 중요한 건 범NL 또는 NL좌파적 시각에서 부산의 역사를 엮었다는 거지.

우일: 부마항쟁이 NL좌파적 서술체계 속에 파묻힌 느낌이야. 부마항쟁의 역사적 의미가 제대로 파악될 수 있을까.

영호: 부산 좌익들은 자기들 때문에 부마항쟁이 일어났다고 말하는데, 기가 막히더군.

우일: 김 누구더라. 그 사람은 부마항쟁을 촉발한 것은 부산대 운동권이었다고 주장하던데.

영호: 송기인신부는 자기가 기도회를 열심히 해서 부마가 일어났다고 하더만.

우일: 양서조합은 양서조합 때문이라고 하고.

동준: 김하기는 당시 언더 서클의 선배였던 이상록이나 고호석이 시기상조론의

입장에서 데모에 가담하려는 후배를 만류했다고 증언하고 있지. 이상록이
나 고호석은 양서조합과도 일정한 관계가 있었는데. 그런 사람들의 시국관
을 엿볼 수 있는 대목이지.

우일: 당시 부산대 운동권 고참들이 시기상조론을 펼친 이유 중의 하나는 현장
활동 준비론이었어.

동준: 이상록은 맑스-레닌주의자였는데 나중에 이렇게 말하지.

*"사람이 제 꼬라지를 알아야지요. 곧 망할 공산당에 희망을 두고
있었으니 그런 안목을 가지고 있었던 내가 무슨 낯짝으로 나서겠
어요."* [102]

동준: 나는 이 대목이 절절하게 와닿아. 부마항쟁이 일어난 것은 1979년인데 10년
후 유럽에서는 1989년 혁명이 시작돼. 소련공산당이 무너지고. 동유럽 사
회주의가 붕괴되고. 동독은 서독에 흡수 통일되고. 이상록이 '작은 당'을 만
든 게 1986년 봄이었지. 1989년부터 동유럽의 공산당이 망하기 시작했고.
그러고 보면 3년 앞을 내다보지 못했지. 우리 모두는 우물 안 개구리였어.

우일: 사정이 이러한데 굳이 철 지난 운동권을 들먹이고, 그걸 앞세워서 항쟁사
를 해명하려고 하는 것 자체가 난센스지.

영호: 도서관에서 우연히 윤한봉이 쓴 『운동화와 똥가방』이란 책을 봤는데. 윤한
봉은 광주의 유명한 활동가였지. 그가 뭐라고 했냐면.

*1979년 10월 중순 (…) 부마항쟁이 터졌다. 전혀 예상하지 못했던
항쟁 발발에 나는 큰 충격을 받았다. (…) 마음을 다잡은 며칠 후*

나는 부산으로 갔다. 그동안 줄곧 생각했던 의문. 어떻게 부마항쟁이 일어날 수 있었을까. 나의 정세 인식에 무엇이 잘못되어 있는가. 를 풀기 위해서였다. (…) 70년대 내내 이 주둥이로 '민중'을 이야기하고 다녔고 가끔 답답할 때는 민중이 각성하지 않는다고, 주체적으로 운동에 참여하지 않는다고, 심지어는 안 따라 온다고 민중을 원망하곤 했다. 하지만 나는 깨달았다. 어리석게도 우금치 마루에서 죽창을 들고 뛰어다녔던 영웅적인 민중, '노동자', '농민'과 같은 관념적이고 추상적인 민중만을 생각하고 있었지, (…) 생활 현장에서 살아 숨 쉬고 있는 오늘의 다양한 대중은 구체적으로 보지 못하고 있었다는 사실을 확연히 깨달았다. 또한 나는 민중들보다 앞서 있었던 것이 아니라 엉뚱한 곳에 서 있었다.[103]

영호: 광주의 운동권조차 이런 반성을 하고 있는데. 부산은 운동권이 자신들이 다 했다는 식이니. 지금은 때가 아니라고 손사래를 쳤던 양반들이….

동준: 좋은 자료를 찾았네. 윤한봉이 양심적인 고백을 했구만. 부산에는 윤한봉 같은 사람이 없어. 그러니까 42년이 지나도록 부마항쟁이 왜 일어났는지 제대로 파악하지를 못해.

우일: 부마항쟁이 왜 일어났는가 하는 문제는 중요하지 않아. 그들이 관심을 갖는 것은 자신들의 운동권 족보라구!

10·26의 회상: 박정희와 김재규

박정희 전 대통령의 42주기였다. 인터넷의 정치 뉴스는 야당 지도부와 대선후보들의 현충원 참배 소식을 전했다. 박정희 생가가 있는 구미에서는 추모제가 열렸다. 집권 여당은 여느 때보다 조용했다. 당 대표도 청와대도 아무런 코멘트가 없었다.

동준은 부마항쟁 관련자로서 10·26을 그냥 지나치지 못한다. 10·26은 동준에게도 불행한 사건이었다. 동준이 박정희의 사망 소식을 접한 것은 동래경찰서 유치장에서였다. 동준은 1979년 10월 16일 부산대에서 시위를 주동했다는 이유로 동래경찰서에서 모진 취조를 받았다. 그들이 묻는 것은 배후였다. 부마항쟁 발생 직후 김재규의 중앙정보부는 북한 간첩 혹은 북한과 연계된 좌익이 배후였다고 하는 '부마사태 시나리오'를 만들었다. 그리고 이 시나리오에 따라 짜맞추기 수사가 이루어졌다.

이미 알려진 이야기지만 동준은 재야의 반정부조직과는 아무런 관련이 없었다. 동준이 유신체제에 반대하는 데모를 결심한 것은 자신의 독립적 사고와 판단에 따른 것이었다. 그 누구의 지시를 받고 행동한 것이 아니었다. 동준은 배후 따위란 없다고 진술했다. 수사당국은 데모 주동자의 말은 그것이 팩트라도 팩트로서 받아들이지 않았다. 그러니까 문제는 팩트가 아니라는 거다. 그들에게는 자신들이 원하는 대답이 중요했다.

어느 날 밤이었다. 동래경찰서 형사들이 동준을 유치장에서 불러냈다. 그들은 검은 안대로 눈을 가렸다. 그리고 양쪽 팔을 잡고 계단을 오르락내리락하면서 어딘가로 끌고갔다. 지하의 고문실이었지 싶다. 그들은 동준을 철봉에 매달았고, 수건으로 코와 입을 가리고는 물을 붓기 시작했다. 일설에 의하면 와사비 물이라는 이야기가 있지만 그건 아닌 것 같다. 물이 쉴 새 없이 코를 타고 기도로 넘어왔다. 숨을 쉴 수가 없었다. 일초 아니 영점일 초를 견디기가 힘들었다. 그들은 사람을 그 지경으로 만들어 놓고는 심문을 했다.

"느거 아버지 고정간첩이제?"

동래서에서 처음 동준을 취조했던 형사는 한 사람은 동성고를 졸업했다고 했고, 또 한 사람은 부산대 경제학과를 나왔다고 했다. 동성고를 나온 형사는 키가 컸는데 취조를 하면서 "내가 니 선배다."라고 말했다. 부산대 경제학과를 나온 형사도 선배라는 말을 했던 것 같다. 그래서 그게 어쨌다는 건지…. 그들도 동준의 고문에 관여했을까. 아무튼.

'책에서나 보던 간첩 조작사건이 나에게도….'

동준은 절망적이었다. 육체는 벌써 한계 상황에 도달했다. 철봉에 매달린 몸은 전후좌우로 요동을 쳤다. 고통이 극에 달했기 때문이다.

'아…. 아니다.'

얼마나 시간이 흘렀는지 모르지만 그들은 물 붓기를 멈추었다.

"보기보다는 약하구만."

물고문을 하던 형사들이 주고받던 말이 어렴풋이 들렸다. 잠시 쉬었다가 다시 공사에 들어갔다. 고통에서 벗어나기 위해 허위 자백이라도 할 수 있었지만 그럴 수는 없었다.

'아버지가 고정간첩이라니…'

동준의 부친은 1·4 후퇴 때 피난을 와서 부산에 정착했다. 처음에는 영주동에서 살았고 나중에는 우암동 산동네로 이사를 했다. 동준도 어린 시절은 산동네서 자랐다. 부친은 북한에서의 삶을 잘 이야기하지 않았다. 한 두 마디 들었던 이야기로는 원산 중학교를 다녔다는 것, 김일성이 정권을 잡고 착수한 주민 성분 분석에서 소시민으로 분류됐다는 것, 이런 것이 전부였다. 그리고 한참 시간이 지나서 안 사실이지만 부친은 이북에서 결혼을 했고 가족이 있었다. 동준의 부친은 남한에서 이런 저런 사업을 했지만 다 실패했고 나중에는 제분회사 근로자로 취업해서 몇 푼의 월급을 받고 살았다. 회사에서 정년 퇴직을 하고 나서는 작은 용달차를 사서 생계를 이었고. 평생 가난한 서민으로서 근근히 먹고살았다.

그런 부친을 고정간첩으로 몰다니. 동준은 참을 수 없었다. 아니라고 외치고 싶었지만 입에서 말이 나오지 않았다. 동준은 머리를 좌우로 흔들었다. 몸으로 부정否定을 말한 것이다. 몇 번의 물고문이 더 가해졌고 그러다가 실신을 했다. 얼마나 시간이 흐른 것일까? 동준이 깨어난 곳은 대동병원 응급실이었다. 대동병원은 지금은 동래전철역 부근에 있지만 당시에는 동래서 후문 쪽에 있었다. 엎어지면 코 닿을 데였다. 동준의 기억으로는 흰 가운을 입은 의사도 오고갔고 간호사도 오고갔다. 동준이 누워 있던 병상 바로 옆에는 동래서 형사들이 지키고 있었다.

동준은 다시 동래서 유치장으로 돌아왔다. 수사당국으로서는 의식을 회복한 마당에 잠시라도 시국사범을 병원 응급실에 둘 이유가 없었던 것이다. 동준의 몰골은 말이 아니었다. 얼굴에 핏기라고는 없었고 창백했다. 그러던 중에 10·26이 터졌다.

경찰은 처음에는 허둥지둥했던 것 같다. 그들은 유치장에 수감된 학생들에게 10·26을 알리지 않았다. 그렇지만 엄청난 역사적 사건을 마냥 감출 수가 없었다. 학생들도 입에서 입으로 소문을 전하면서 거의 다 10·26을 알게 되었다. 모두가 "살았다."라며 환호했다. 갑자기 유치장 분위기가 확 바뀌었다.

동준은 걱정이 앞섰다.

'더 큰 반동이 오지 않을까? 데모 주동자로서 큰 화를 당할지도 모른다.'

이런 생각이 들었다. 동준의 걱정은 기우가 아니었다. 12·12. 5·17. 5·18…. 큰 사건들이 잇달아 발생했다. 지나고 보면 이 시기는 6·25 이후 최대의 격동기였다. 동준은 1980년 5월 17일 다시 구속되었다.

동준에게는 많은 세월이 지났지만 박정희의 죽음은 여전히 큰 충격으로 남아 있다. 어떻게 그런 일이 일어났을까? 민주혁명을 위해 유신의 심장을 쏘았다는 김재규의 주장은 납득하기 어려웠다. 그는 부마항쟁 직후 부마사태 시나리오를 만들고 혹독한 수사를 지휘한 중앙정부보의 수장이었다. 만일…. 역사에서 이런 가정은 그다지 의미가 없기는 하지만. 김재규가 박정희를 저격하지 않았다면 어떻게 되었을까? 10월 16일 부산대 학생들의 시위는 17일 동아대 학생들, 18일 마산 경남대 학생들의 시위를 촉발했다. 10월의 민주항쟁은 다른 지역으로도 번져나갔다. 16일 서울 이화여대생 500명이 3시간 동안 교내 시위를 벌였다. 17일 광주 전남대 학내 시위는 실패했다. 18일 경남 진주에서 경상대 학생들과 고교생, 시민들이 시위를 벌였고 서울대에선 300여 명이 시위를 벌였다. 25일 대구 계명대생 1,000여 명이 교내 시위를 벌이자 휴교령이 내려졌다. 경북대와 영남대도 시위를 막기 위해 휴교했다. 같은 날 연세대에선 "부산에서 17~19일 10만 명이 참여한 대중시위가 발생하고 마산의 대중시위가 이를 뒤따랐다. 29~30일 대학도서관 앞에 모이자."라는 내용의 홍보물 3,000장이 뿌려졌다. 이화여대 학생들도 29~30일 시위를 계획했다.[104]

박정희가 암살당하지 않았다면 전국적으로 반유신 시위가 확대되었을 것이다. 그러면 5·18의 비극도 없었을 것이다. 전국적인 민주화 운동의 힘으로 박정희 정권을 퇴진시킬 수도 있었다. 최악의 경우 박정희가 물리력으로 민주화운동을 진압하는 상황을 가정한다고 해도 일부의 희생이 따랐겠지만 결국은 전국적인 민주항쟁에 의해 박정희는 권좌에서 물러나지 않을 수 없었을 것이다. 김재규의 '거사'는 여러 가지 의미에서 실패한 것이다. 민주화운동에 의한 정권 교체라는 점에서 그의 거사가 과연 바람직한 것인지도 의문이었다.

아무튼 동준은 60대 중반을 바라보는 나이에 한시라도 10·16을 잊지 못했는데, 10·26도 그랬다. 박정희의 시대란 무엇이었던가. 이런 생각이 머릿속을 떠나지 않았다. 박정희의 재평가에 대해서도 마찬가지였다.

박정희를 평가하는 용어로서 '공칠과삼功七過三'이란 말이 있다. 박정희는 독재를 한 잘못이 있지만 공이 더 많다는 말이다. 박정희의 공功이란 경제개발에 있을 터인데. 흔히 말하듯이 대한민국이 이만큼이라도 잘사는 나라가 된 것은 박정희의 치적이라는 것이다.

문재인 대통령도 후보 시절에 공칠과삼으로 박정희를 평가했었다. 박정희 체제에 저항했던 사람들도 다수는 이런 평가를 공유하지 싶다. 동준은 어느 글에서 공칠과삼은 박정희를 너무 후하게 평가한 것이 아닌가 하고 문제를 제기한 적이 있다.

그러나 지금은 생각이 달라졌다. 공칠과삼이 과장된 평가라고 생각하진 않는다. 동준의 생각이 바뀐 하나의 계기는 친북 좌익의 존재 때문이었다. 친북 좌익은 친일파 프레임으로 박정희를 평가했다. 친일파는 惡이고 따라서 박정희는 惡이라는 것이다. 박정희를 공과功過 양면에서 균형 있게 평가하려는 자세는 거의 없었다. 조금이라도 박정희의 긍정 면을 말하면 곧장 극우로 몰리기 십상이었다.

정말 이상한 것은 박정희에 대해서는 악의 화신으로 묘사하면서도 김일성에 대해서는 일언반구도 없다는 것이다. 박정희가 악의 화신이라면 김일성은 어떨까. 독재라는 면에서 김일성은 박정희보다 수십 배 아니 수백 배는 나쁜 독재자가 아니었던가. 어째서 박정희는 물어뜯듯이 하면서도 김일성의 과오에 대해서는 입을 꾹 닫고 있는가 말이다.

아니 입만 닫고 있으면 그래도 양반이지. 친북 좌익은 김일성을 받들어 모시는 김일성교의 신자들이 아닌가. 김일성은 찬양하면서 박정희는 죽으라고 까 댔다. 동준은 수십 년간 이런 광경을 목격하고 환멸을 느꼈다. 이들의 박정희 비판은 다른 의도가 있었다.

부마항쟁을 다루는 북한의 논설들도 대체로 이런 유였다. 남한의 좌익은 이를 추종하는 것이었고, 동준은 독립적인 시각으로 사물을 바라봐야 한다고 생각했다. 그리하여 박정희 평가에 있어서 공칠과삼론을 마침내 수용하기에 이른 것이다.

동준이 사무실에 혼자 앉아서 10·26의 기억을 더듬고 있을 때 창우가 사무실에 나타났다. 그가 10·16관련자 모임 사무실에 모습을 드러낸 것은 근 2년 만이었다. 그만큼 뜻밖이었다. 창우는 부마 관련자인데 동준과는 잘 맞지 않았다. 하루는 이런 일이 있었다. 발단은 조정래였다. 그날 부마 관련자들은 모임을 마치고서 파전집에서 술자리를 가졌다. 막걸리를 한잔 들이키고는 창우는,

"현대문학은 조정래가 최고다. 『태백산맥』은 100년에 한번 나올까 말까 한 걸작이다."

이런 말을 했다. 우일이도 그 자리에 있었는데 가만히 있지를 않았다.

"조정래가 최고라고? 한쪽으로 너무 편향된 역사관을 가지고 있는 거 아냐?"

라며 반론을 폈다. 그러자 창우는,

"편향이라니?"

하면서 역정을 냈다. 우일은 창우의 성격을 잘 아는지라 바로 대응하지는 않았다. 창우는,

"니가 우익이라서 그렇게 보이는 거겠지."

하고 아무렇게나 말을 내뱉었다. 우일의 표정이 일그러졌다.

"우익이라니? 무슨 말을 그렇게 하노. 조정래를 비판하면 다 우익이가?"

창우는,

"니는 평소에 우익적 사고를 하지 않냐."

라며 자극적인 언사를 서슴지 않았다. 우일은 빈 잔에 소주를 따라 입에 틀어 넣었다. 일촉즉발의 분위기였다. 동준이 두 사람의 대화에 끼어들었다.

"와 이라노. 고마해라."

그러면서 창우에게 일침을 놓았다.

"창우야. 니야말로 평소에 좌편향적인 사고를 하는 거 아이가. 사물의 여러 면을 균형 있게 보고 판단하는 게 아니라… 니가 생각하는 것과 조금이라도 다르면 상대를 갈라치고 적대하고 그런 태도로 일관하지 않았냐고."

창우는 자리에서 일어섰다.

"동준이 니는 우일이하고 똑같은 놈 아이가!"

하면서 술집 문을 탁 닫고 나가 버렸다. 그러고는 창우와는 연락이 두절되었다. 모임에도 나오지 않았고. 알바를 하는 반찬 가게에서 우연히 부딪친 건 두어 달 전이었다. 그런 창우가 나타난 것이다.

"창우 니가 여기 우짠 일이고?"

동준은 창우를 보고 옛날 일이 생각나 비이냥스레 말을 건넸다.

"의논할 일이 좀 있어서…."

창우는 어딘지 근심에 싸인 표정이었다. 목소리에 힘도 없었다.

"아. 그렇나. 일단 요 앉아라."

동준은 창우에게 자리를 권하고 탁자를 사이에 두고 마주보고 앉았다.

"그래. 무슨 일이고."

"내 딸 이야긴데."

"하윤이 말이가?"

"우리 딸 이름을 우째 아노?"

"반찬 가게에서 알았지."

"아. 그렇제. 요새 어째 지내는지 알고 있나?"

"그거는 모르지."

"뭔 일을 꾸미는지 모르겠는데. 저거 어마이가 집을 찾아가도 집에도 없고. 어마이하고 연락도 잘 안 되고. 하도 답답해서 이스또리아 탐정사무소에도 찾아갔었다."

"거기는 왜?"

"이스또리아 익게에 올라오는 글을 봤는데. 아무래도 하윤이 글인 거 같아."

"으음. 그렇구나."

"동준아. 익게에서 봤는데. 신영복 비문 문제를 이야기하던데. 이상한 일을 벌이고 있는 거 아이가?"

"이상한 일이라니?"

"그래서 니를 찾아온 건데. 니는 들은 이야기가 없나?"

"전혀. 이스또리아에서는 누구를 만났노?"

"김수현 박사. 자기도 아는 게 없다고 그러더만."

"김 박사가 자네 딸아이와 무슨 관계가 있을까마는."

"하도 꿈자리가 사나워서…. 하윤이가 신영복 비석을 파괴하고 경찰서에 잡혀가는 꿈을 꿨어."

"에이. 뭔 소리여."

"동준아. 부탁을 좀 하자. 혹시라도 하윤이와 선이 닿는다면 그런 일을 못하게 말려 주시게."

"이 사람아. 내가 하윤이를 어떻게 안다고. 그런 말을 하나."

동준은 애써 모르는 일로 치부했다. 창우는 답답했던지 몇 마디를 더하고는 자리를 떴다.

부산 좌익의 알려지지 않은 이야기

창우가 온 다음 날 알바를 마치고 가게를 나설 무렵 문자 메시지가 하나 들어왔다. 김수현 박사가 보낸 것이었다.

'동준 샘. 그간의 탐문을 일단 정리하고 보고서 초안을 작성했습니다. 이스또리 아 홈피에는 요약문을 실었습니다. 이번의 보고서는 중간보고서 정도로 생각합 니다. 부족한 부분은 다음에 보충하도록 하지요. 양해 바랍니다. 아. 그리고 긴히 의논할 일이 있습니다. 연락 부탁드립니다.

수현 드림.'

동준은 사무실로 돌아오는 지하철 안에서 핸드폰으로 요약문을 읽 었다. 내용은 아래와 같다.

부산 좌익 정치의 알려지지 않은 이야기

□ 부림사건에는 사건이 없다는 주장은 재고되어야 함

○ 부림사건 '수괴' 이상록의 회고

　재판이 시작되었고 우리는 '사상'을 부인했다. 닭 울기 전에 세 번이나 부인했던 베드로 처럼 1, 2심을 통하여 10개월 내내 비겁하게 부인했다. 물론 출정 중 한 후배로부터 우리의 사상을 떳떳이 인정하고 재판을 받자는 소극적인 양심의 항의성 제의를 한 번 받기도 했지만 누구도 그다지 큰 반응을 보이지 않았고, 그의 작은 목소리는 가늘게 스쳐 지나가고 말았다. 그날 돌아와서 몹시 괴로웠음은 말할 것도 없다. 더구나 이듬해 봄에 열린 3차 사건(이호철·○○○·정귀순) 재판에 증인으로 불려 간 자리에서 아직 철모르고 사상을 인정하던 한 후배에게 나는 증언을 통해 우리의 방침을 지시까지 하고온 적도 있었다.

　이러한 비겁죄의 명분은 많이 있었다. 굳이 그것을 나열할 필요는 없으리라. 그러나 그 죄가 어디 가겠는가? 우리는 역사적으로 그 대가를 톡톡히 치렀고 만 17년이 지난 지금 이 순간에도 톡톡히 치르고 있다. 사회주의 운동을 숨기느라 민주주의 운동의 공로조차 당당히 주장하기 어려운 역사적 패러독스를 참으로 비참하게 느끼고 있을 뿐 아니라 패한 자들의 비열한 도망 수단으로까지 현제는 이용되고 있으니 그 대가란 실로 적지 않은 듯하다.[105]

○ 이상록은 "사회주의 운동을 숨겼다."라고 발언.
　그는 부림사건 이전에 볼세비즘에 입각한 사회주의 운동을
　실천하고 있었음.

○ 부림사건 이후 부산에서 나타난 좌익운동의 두 흐름 즉, 볼세비즘 사회주의 운동과 주사파 지하 혁명운동은 모두 부림사건 관련자가 주도한 운동이었음.

□ 반제청년동맹 결성

○ 1986년 가을, 반제청년동맹이 결성됨.
부산 주사조직의 출범을 희미하게나마 기록으로 남긴 사람은 이상록임.

○ 동준은 반제청년동맹에 관계했던 사람으로서 최초의 증언자.

○ 부산의 반제청년동맹은 김영환의 반제청년동맹보다 2~3년 앞서 만들어짐.

○ 부산 반제청년동맹의 우두머리는 이인석인데 어떤 경로로 김일성주의자가 되었는지는 추가적인 조사를 요함.
한 가지 단서는 『10·16 부산대학교 증언집』: 여기서 이인석은 옥중에서 장기수 선생을 만났다고 구술: 좌익 장기수로부터 사상적 감화를 받고 포섭되었을 수도 있음.

○ 반제청년동맹의 중앙위원장 이인석, 중앙위원 설민혁은 부산 지역 좌익운동의 핵심 인물.

반청은 조직사업을 통해 부산의 학생운동가 출신을 다수 포섭함.

부산 지역 각 대학 학생운동에 대해 상당한 영향력을 행사했을 가능성이 있음.

□ 반제청년동맹의 활동

○ 반청의 초기 활동은 주체사상 및 남조선혁명론 학습교양, 만세투쟁(옥상에서 플래카드 게시: 유인물 살포) 등으로 추정됨.

  * 『사이공의 흰옷』은 1986년 8월 초판이 나왔는데, 이인석이 이 책의 번역·출판에 관계한 것으로 보임.

○ 1987년 7·8·9월 노동자대투쟁 이후 '혁명의 주력군' 운동에 진출.

설민혁은 노동자복지연구소(1988)를 창립하고 이듬해 노동단체협의회(1989)를 조직함.

이후 '노동자연대'(1994)를 창설하고 산하에 노동상담소를 설치.

문재인 변호사가 노동상담소 소장을 맡음.

부산의 노동운동 공간에 주사파의 활동 근거지를 구축.

이인석은 노단협 등에서 설민혁과 함께 활동.

  * 이인석은 학생이 운동의 주도세력이 아니라고 하면서 노동자가 앞장서야 한다고 말하고 있는데, 이는 북한이 선전하는 남조선혁명의 '주력군'론에 따른 것으로 보임.

○ 합법적 대중 정치공간 진출

반세청년동맹의 대중정치 공간 진출은 1988년 노무현의 부산 동구 국회의원 선거가 하나의 계기가 되었음.

반제청년동맹의 조직원 일부가 선거캠프와 결합.

□ 반제청년동맹의 존속 여부

○ 반제청년동맹이 지금까지 존속하는지는 알 수 없음.

다만 1991년 이후 어떤 변화가 있는 것이 아닐까 추정되는데, 그 근거는 이인석의 아래와 같은 발언.

"주로 외곽에서 노동단체협의회라든지 학습 모임라든지 이렇게 넓은 의미의 노동운동을 한 셈이고. 83년 나왔으니까 91년까지 8년 정도겠네요."

위의 발언은 1991년까지는 노동자계급 주력군 운동에 종사했지만 그 후 다른 부문으로 활동무대를 옮겼다는 것을 시사.

1991년이라는 시점에 대해서는 여러 가지 해석이 가능. 즉, ① 반제청년동맹의 해산을 의미 ② 활동중단을 의미 ③ 조직은 존속하면서 활동의 중심무대를 정치공간으로 옮겼다는 것으로 해석할 수 있음. 현재로서는 해산의 가능성도 있지만 확인이 되지 않고 있음.

□ 이인석과 설민혁, 노무현 정치와 결합

○ 1991년 이후 이인석과 설민혁은 노무현 정치와 본격적으로
  결합.
  1995년 설민혁은 노무현 부산시장 선거캠프의 기획단장을 맡음.
  2002년 이인석은 부산희망연대 공동대표를 맡음.
  * 설민혁은 2002년에는 부산 민주공원 관장 직에 있었음.
  2005년 이인석은 열린우리당 부산시당 사무처장을 맡음.

□ 참여정부(노무현 대통령) 하에서의 이인석과 설민혁

○ 이인석
  해양수산부 장관(김성진) 보좌관(2006.6.4.~).
  부산북항재개발(주) 기획본부장(2007.11~).

○ 설민혁
  진실·화해를 위한 과거사정리위원회 사무처장(2005. 12. 22.~
  2007.).

□ 문재인정부 하에서의 이인석과 설민혁

○ 이인석과 설민혁은 문재인의 2017년 대선 캠프에 결합.

○ 이인석

부산항만공사 운영본부장(2018.3.20.).

부산항시설관리센터 사장(2020.~).

○ 설민혁

부마민주항쟁기념재단 상임이사(2020. 9. 30. ~2021. 9. 30.).

□ 결론

○ 이인석, 설민혁은 김일성의 주체사상을 신봉하고 이북의 남조
선혁명론에 따라 반제청년동맹을 결성하고 반한적 혁명운동
을 이끈 중심인물.

○ 양자는 노무현 정권 탄생과정에 깊숙이 관여하고 요직에 발
탁됨.

○ 양자는 문재인 대통령의 대선캠프에도 참여했고 요직에 발탁됨.

○ 주사파 지하혁명 조직의 수괴들이 아무런 검증 없이 공공연
하게 노무현 정부, 문재인 정부에서 활약.

김수현 박사는 개인적인 차원에서는 하기 힘든 일을 해냈다. 주사
파 지하혁명 조직인 반제청년동맹이 부산에서 장기간 암약했다는 사

실, 반제청년동맹의 주요 멤버가 노무현 정치 그리고 문재인 정치와 결합했다는 사실을 밝혀냈다. 노무현 정치와 문재인 정치에 있어서 반제청년동맹의 영향이 무엇이었던가 하는 부분은 미완의 과제로 남았다. 아쉬움이 남지만 첫술에 배부르랴. 동준은 김 박사에게 수고했다는 문자 메시지를 보냈다.

전前 근대를 위한 전사戰士

"선생님. 제가 먼저 도착했습니다. 2층으로 올라오세요."

수현은 동준과 전화 통화를 끝내고 2층으로 올라갔다. 카페 2층은 벽면이 통유리로 되어 있어서 부산대역 부근의 길거리가 훤히 내려다보였다. 주변 경관이 별로 좋지 않은데도 창가에 놓인 테이블에는 사람들로 꽉 찼다. 카페 한가운데는 인조풀로 장식한 칸막이가 있었는데 그 옆 자리가 비어 있었다. 뭔가 타인의 시선으로부터 보호를 받는 느낌이 들었다. 수현은 자리에 앉았다. 그리고 가방에서 자신이 쓴 보고서를 꺼내 다시 읽었다. 얼마 후 동준이 2층 계단을 올라왔다.

"동준 샘. 여깁니다."

"먼저 오셨구만."

동준이 자리에 앉자 수현이 물었다.

"보고서는 보셨지요?"

"봤지."

"다른 문제는 없던가요?"

"그 정도면 됐어. 아쉬운 건 있지만 개인의 탐사만으로는 한계가 있는 거고."

"예에."

"저쪽에서 어떻게 나올지가 문제야."

"반청 말이지요?"

동준은 고개를 끄덕였다.

"동준 샘이 도움을 주셔야 합니다."

"같이 힘을 모아야지. 그건 그렇고. 무슨 이야기지요? 할 얘기란 게."

"사실은 하윤이가 절 찾아왔어요."

"무슨 일로?"

"비석 타도투쟁이라고 하던데요."

"신영복 비석?"

"네에."

"타도 투쟁이 뭐인고."

"역사 왜곡을 응징하는 차원에서 비석을 제거한다고…."

"폭파하겠다는 건가?"

"폭파라는 말은 하지 않았어요. 암튼 구체적인 행동계획을 세운 것 같습니다."

"으음…."

"하윤이 아버지도 이스또리아에 들렀어요."

"나도 그 얘기는 들었소. 우리 사무실에도 찾아왔지요."

"동준 샘. 어떻게 해야 하죠?"

"우리가 나서서 뭘 어떻게 하겠어요."

"그냥 두고 보자는 겁니까?"

"아니. 꼭 그런 거는 아닌데…."

"하윤이를 같이 만나 보는 건 어떨까요."

"그건 아닌 것 같소. 이스또리아 익게에서 대화를 하도록 합시다."

"그것 말고는…."

"고민을 해 봅시다."

　동준은 사무실로 돌아왔다. 창원에서 택배로 부친 시집 『부마인가요?』가 도착해 있었다. 창원의 지인이 알려온 바로는 시집에는 조성래 시인이 쓴 「우암동」이란 시가 실려 있다고 했다. 42년 전 우암동 다락 방에서 동준은 학우들과 시국선언문 등사작업을 했었다. 10·16 부마항쟁의 초동初動의 거사 장소가 시가 되다니! 동준은 시집을 꺼내 서가에 진열했다. 그리고 안방으로 가서 블라인드를 올리고 창문을 열었다. 창밖에서 불어오는 바람이 약간 차갑게 느껴졌지만 하늘은 구름 한 점 없이 푸르렀다. 10월 말의 전형적인 가을날씨였다. 동준은 컴퓨터 전원을 누르고 시작화면이 나오기를 기다렸다. 그때 3인 톡방의 알림소리가 들렸다. 우일이 보낸 톡이었다.

　'동준 선생. 이스또리아 익게로 오시게나!'

　동준은 즉시 이스또리아 익게로 들어갔다. 우일과 영호가 김 박사의 보고서 요약본을 놓고서 댓글 창에서 격정토론을 벌이고 있었다.

우일: 김일성의 노선에 따라 반제운동을 한 자들이 부산을 활보하고 다녔구만! 이인석과 설민혁은 친노·친문 부산파의 중심인물인데.

영호: 부산이라니? 대한민국을 활보하고 다녔지.

우일: 그렇지. 부산에 국한된 게 아니었지. 대한민국이 어쩌다 이렇게 되었나. 도처에 김일성주의자야!

영호: 문 통은 두 사람이 반제청년동맹의 수괴였다는 걸 알고 있었을까?

우일: 주사파 출신 임종석을 비서실장에 앉혔잖아.

영호: 알았다고 하더라도 별 문제가 안 되었을 거다?

우일: 문 통의 스타일로 봐서는 그러고도 남았겠지.

영호: 임종석은 과거 활동이 대부분이 공개되어 있지 않나? 국회의원을 몇 번하고 서울시 부시장을 하면서 일정하게는 검증을 거쳤다고 봐야지. 우리가 모르는 부분도 있을 수 있겠지만.

우일: 수십 년 전 "위수동(위대한 수령 김일성 동지)"을 외쳤다고 해서 지금도 똑같은 건 아니겠지.

영호: 세월이 가면서 수많은 '위수동'들도 더러는 순화가 되었겠지. 공직에 있는 자는 대중의 눈도 의식해야 하고.

우일: 아무튼 부산의 반제청년동맹은 전혀 알려지지 않았다는 거고. 임종석과는 경우가 달라.

동준: 오늘은 익게에서 일전을 벌이넹. 한때 이 조직에 관계했던 사람으로서 조심스럽긴 한데. 사실을 이야기하자면 반청에 늘어긴 건 자의 반 타의 반이었어. 뭔가 미심쩍었지. 나는 주체사상의 철학적 원리라는 것에 약간의 관심이 있었지만 그게 전부였어. 수령관이나 남조선혁명론 어느 것도 받아들이기 어려웠지. 그런데 아주 가까운 지인이. 누구라고 말하기는 어려워. 아

주 감성적인 접근이었지. 일단 들어가서 보자. 이런 식으로 이야기했을 거야. 그렇게 해서 반제청년동맹에 가입한 것인데. 왜 내가 거기에 들어갔을까? 나는 전혀 이해가 되지 않아. 지금까지도. 굳이 하나의 이유를 들자면 유행 같은 거였어. 1986년의 주체사상은 굉장한 흡인력이 있었지. 그렇게 된 시대적 배경을 들자면 역시 전두환 군사독재를 빼고는 설명하기 어렵지. 의식 있는 청년 학생들은 대부분 절망했고. 그럴 때 유행처럼 들이닥친 것이 주체사상이었어. 지금 생각하면 그건 팬데믹이었어. 사회적·정신적 재앙 말이야. 모든 게 비정상이었어.

영호: 전두환 군사정권이 들어서지 않았다면 주체사상 문제가 지금처럼 심하지는 않았을 거란 이야기지?

동준: 이북이 남조선혁명의 절호의 기회로 삼고 청년학생을 상대로 대남공작을 강화시켰다는 것이 사실이긴 하지만. 이북의 정치사상적 공세가 먹힐 수 있는 토양이랄까. 전두환 군사독재로부터 파생된 문제가 있었지. 한국의 주체사상 문제는 군부를 비롯한 한국 보수우익의 실책이 크게 작용했다고 봐야지.

우일: 부마항쟁 이후 한국이 민주화의 길로 갔다면 얼마나 좋았겠나. 5·18의 비극도 없고 주사파의 창궐도 없었겠지. 그런데 주사파 문제의 외부 환경적 요인은 그렇다손 치더라도 그걸 수용한 측의 문제는 없을까?

영호: 김일성은 생전에 주체사상에 대해 잘 모르고 관심도 없었다고 그러데. 김영환이가 김일성을 만나고 와서 한 얘긴데. 김일성이 필요로 한 것은 김일성교의 신자였지. 김일성의 요구에 따라서 목숨을 초개처럼 버리고 자신에게 충성할 수 있는 신자들 말이야. 주체사상 10계명이니 유일영도체계 10계명이니 하는 것들이 있는 한 북한 주민은 김씨정권의 노비에 지나지 않아.

우일: 호주의 인권단체가 발행한 보고서에 의하면 북한은 인구의 10% 이상(=
260만 명 이상)이 노예노동 상태에 있는 '현대판 노예국가'라고 해. 세계노예
지수 1위가 북한이야.

영호: 세계 자유지수를 보면 북한은 세계 최악의 국가 그룹에 속해. 미얀마나 아
프가니스탄보다 자유지수 총점이 낮아.

동준: 주사파에는 두 부류가 있다고 생각해. 하나는 북한의 현실을 잘 모르고 주
사파가 된 사람들. 다른 하나는 탈레반적 주사파. 제1부류의 주사파는 북한
의 현실을 각성하고 또는 1989년 혁명 이후 소련공산당이 해체되는 걸 보
고 전향을 하게 되지. 김영환도 이런 케이스지. 제2부류의 주사파는 이○
○ 같은 친구들이지. 김일성주의나 북한 사회주의에 대해서는 이미 역사적
평결이 내려진 상태인데. 북한은 세계에서 제일 가난한 나라야. 탈북자가
3만 3,000명이 넘었고. 그들이 대한민국으로 와서 이구동성으로 하는 말
이 있지. 지금과 같은 자유를 누릴 수 있다는 게 얼마나 좋은지 모르겠다!
탈북자는 먼저 온 통일이라고 하지 않는감. 역사적 현실이 가리키고 있는
방향은 남한 주도의 통일인데. 한국의 좌익은 어떻게 하고 있는가. 세계 최
빈국이 주도하는 통일을 위해 복무하고 있지 않는가. 이거야말로 실제적인
통일에 역행하는 것이지. 북이나 남이나 그들은 거대한 기득권이에요. 그
기득권들이 실제적인 통일을 가로막고 있다고. 탈레반적 주사파들은 이북
의 기득권을 지키기 위해 남한의 민주적인 문명을 파괴하려는 자들이야.

우일: 와우! 멋지당. 그래 맞는 말이야. 김씨정권은 김일싱교리고 하는 전근대적
인 정치종교를 위해 장기 항전하는 체제야. 남한의 주사파는 전근대를 위
한 전사들이지. 근대 이후의 문명을 적으로 삼는.

독립좌파를 말하다

시우는 책을 반납하고 중앙도서관을 나섰다. 11월 초의 부산대 교정은 가을색이 물씬했다. 금정산 너머의 하늘은 높푸르렀다. 대학 건물 모퉁이의 느티나무는 노랗게 물들고 있었다. 오랜만에 등교한 학생들은 마스크를 쓴 채 옅은 햇빛을 받으면서 인문관 앞길을 오갔다. 시우는 인문관을 지나 운죽정으로 걸음을 옮겼다. 인문관에서 정문 쪽으로 조금만 내려가면 오른쪽에 운죽정이 있었다. 2층 세미나 실에는 정선이 먼저 도착해 있었다. 시우는,

"일찍 왔네."

하면서 말을 건넸다. 정선은 책을 보다가 고개를 들어,

"응. 반갑다야."

하면서 인사를 했다. 시우가,

"뭔 책을 보냐?"

라고 물었고. 정선은

"조갑상의 소설 『밤의 눈』."

이라고 답했다. 시우가,

"조갑상은 부산의 소설가이고…"

하자, 정선은,

"소설 말미에 부마항쟁 부분이 나와."

라고 답했다. 두 사람이 이야기를 나누고 있을 때 하윤이 세미나실에 들어서면서,

"조금 늦었네. 다들 잘 지냈지? 빨랑 진행을 하자."

라고 하면서 가방에서 발제문을 꺼내 나누어 주었다. 하윤이 정리한 발제문은 이러했다.

신영복은 독립좌파인가

나는 아버지의 권유로 중학교 1학년때부터 『태백산맥』 필사를 했는데, 대학에 들어와서 많은 변화가 있었다. 역사 전공이었기에 역사·인문 관련 서적을 많이 접했고, 오랫동안 의문을 가지고 있던 문제들이 하나둘씩 정리가 되기 시작했다. 그러던 어느 날 『태백산맥』 필사를 그만두게 되었다. 직접적인 계기는 아버지와의 심각한 불화 때문이었지만.

이 무렵 내가 가졌던 문제의식의 하나는 '독립좌파' 문제였다. 한국의 정통 좌익은 조선로동당을 지도적인 당으로 생각했다. 그러니까 이북에 대해 종속적인 존재라는 것이다. 이북에 문제가 있어도 이들은 말 한마디 하지 못했다.

"나는 생각했어. 진정한 좌파는 이북의 김씨 정권과 조선로동당으로부터 독립적이어야 한다는 것. 문득 머릿속에서 독립좌파란 말이

떠오르더라고. 물론 독립좌파는 북중北中에 대헤시도 비판적이지. 게다가 극좌직인 관념 이론으로부터도 독립적이어야 해. 그리고 우파와 공존하는 좌파. 이게 내가 생각하는 독립좌파야.

나는 처음에는 신영복이 독립좌파가 아닐까 생각했어. 이스또리아 탐사세미나 자료가 참고가 된 거고. 그런데 아무리 생각해도 신영복은 독립좌파가 아니었어. 오늘은 이 이야기를 하려고 해.

첫째, 신영복의 '문화대혁명'관이 좀 이상하다구. 신영복은 출소 후 중국 상혼문학의 대표 작가인 다이호우잉의 『사람아 아, 사람아!』를 번역했는데. 작품 중 인상적인 대목은 이거였어."

쑨웨. 너는 무슨 파인가? 보수파? 아니면 조반파? 나는 네가 독립사고파이기를 바란다. 비판해야 할 것은 단호하게 비판하고 지킬 것은 단호하게 지키는 주체적인 사고를 하기 바란다. 너도 곧 서른 살. 주체적인 사고를 할 수 있어야 할 때다. 우리들이 어깨에 올려놓고 있는 것은 머리이지 혹이 아니다. 머리는 무엇을 하는 것인가? 사고하고 분석하며 판단하는 것이다.

"작가는 후기에서 이런 말을 했지. 나는 저 극좌노선을 의심할 용기를 갖지 못했다! 그녀가 말한 독립사고파는 문혁의 아픈 상혼을 느끼게 하는 용어인데. 극좌노선을 의심한다는 건 뭘일까. 최고지도자 마오쩌뚱이든 중국공산당이든 비판해야 할 것은 단호하게 비판해야 한다는 것이 아닐까. 이것이 독립적 사고라는 말의 참된 의미라고 생각해.

그런데 신영복은 어떻게 말하고 있을까? 역자 후기에서 그는 문혁 평가를 두고 좌우의 극단의 견해를 배격해야 한다는 식으로 이야기를 하고 있어. 그러니까 다이호우잉은 문혁을 비판하고 있지만 극단의 입장은 아니라는 거야. 그러면서 "그들이 만들어 내야 할 사회와 역사에 대한 관점을 조금도 소홀이 하지 않는다."는 것을 강조하고 있는데. 이 말은 바꾸어 말하면 이런 거야. 『사람아 아, 사람아!』는 문화대혁명을 비판하면서도 굳건한 사회주의자로 남을 수 있는 길을 보여주는 소설[106]이라는 것이지. 신영복이 이 소설을 번역한 까닭은 여기에 있다는 거고.

　그리고 또 하나의 자료가 있어. 1992년에 맑스주의 경제학자 정운영과 한 대담인데. 신영복은 이런 말을 했어."

　중국의 문화혁명에 대한 논의와 평가는 결코 간단한 문제가 아니라고 생각합니다. 그리고 그것은 그러한 논의와 평가가 발을 딛고 있는 철학적·역사적 입장의 차이에까지 소급될 수 있을 정도로 매우 다양합니다. 문혁은 계속혁명continued revolution론에 입각한 사회주의 사회에서의 계급투쟁으로 착취계급의 소멸과 계급투쟁 그 자체를 구별해야 한다는 긍정적 입장이 있는가 하면, 반대로 문혁은 본실직으로 탈권투쟁이며 몇 억 개의 두뇌를 파괴한 무원칙한 파괴 행위 그 자체라는 입장으로 양극화되어 있습니다. 물론 그 중간에 각각 편차를 보이는 평가들도 있습니다. 저는 원칙에 있어서 문화혁명을 긍정적으로 이해하는 입장입니다.[107]

"아! 문화혁명을 긍정적으로 이해하는 입장! 니 논 엄청난 충격을 받았다고. 이렇게 이럴 수가 있을까. 나는 이제야 전후 사정이 이해가 돼. 왜 다이호우잉의 체제비판을 굳이 중간적인 온건한 것으로 해석하고 있는지를 말이야.

둘째, 신영복의 성찰은 역사적인 성찰과는 개념이 다른 것이란 거야. 좌파 지식인 중 신영복만큼 성찰이란 말을 자주 말한 사람도 드물다고. 그래서 아. 신영복은 과거의 좌익적 사상과 행동을 반성하는 사람이다. 라고 생각하곤 했지. 이건 나만 그런 게 아니었어. 많은 사람들이 신영복을 그렇게 생각했지. 그런데 신영복이 말한 성찰은 개인적인 의미가 강하다고. '다른 것과의 관계성 속에서 자기 정체성을 인식하는 것.' 이게 신영복이 말하는 성찰이야.

나는 여기서 중국의 반사문학에서 말하는 반사와 신영복의 성찰은 역사적 맥락이 다른 개념이란 걸 알았어. 신영복은 역사적으로 존재했던 사회주의의 과오에 대해 근본적인 성찰이 없는 사람이야. 문화대혁명을 긍정한 데서도 알 수 있듯이 그는 다이호우잉이 그렇게 비판했던 극좌적인 혁명관을 가진 인물이었어. 참 아이러니한 일이라고.

신영복이 북한에 대해 약간의 비판적 인식을 보이는 건 맞아. 중국의 패권주의를 비판하기도 하고. 이런 건 그의 좌익적 사상 체계에서는 아주 지엽적인 문제라고. 신영복의 사상적인 뿌리는 여전히 극좌적이야. 결론을 이야기하면 신영복은 독립좌파가 아니라는 거야.

자, 이제 신영복 비석 문제에 대한 내 입장을 말할게. 우리가 처음에 가졌던 생각이 옳았어. 비석타도투쟁을 실행에 옮기자고.

작가 이병주 선생은 『그해 5월』에서 이런 말을 해."

새 시대는 새로운 삶을 살아야 한다.

"그가 말한 새 시대는 박정희가 10·26으로 사망한 이후를 말하는
건데. 지배적인 우상이 무너진 시대를 새 시대라고 부를 수 있겠지.
지금 우리에게 필요한 것은 한국 좌익들이 심어놓은 우상을 끌어내리
는 거야. 신영복은 북을 정통이라 생각하고 남조선혁명을 생각했던
사람들의 계보에 속하지. 그는 구 시대의 좌익적인 혁명운동의 리더였
어. 그는 자신이 과거에 가졌던 신념에 대해 약간 비판적인 사고를 하
고는 있지만 근본적인 성찰이라고 보기는 어려워. 신영복이 새 시대
의 표상이 될 수는 없어. 한 시대의 슬픈 초상이지. 새 시대를 열기
위해서도 그의 비석은 타도되어야 해."

하윤의 발제가 끝나자 시우가 조용히 박수를 쳤다. 정선은,
"뭔가 찝찝한 게 있었는데 깔끔하게 정리를 잘했네."
하면서 하윤을 지지했다. 하윤은 고맙다고 하면서,
"이제부터 행동계획을 확정하자."
라고 제안했다. 정선은,
"전번 모임에서 내가 이야기한 거. 다들 기억하고 있지?"
라고 말했고. 시우는,
"일 단계 투쟁으로 페인팅과 유인물 배포를 병행하자는 거였지."
라고 답했다. 하윤은,

"좋아. 그렇게 하자구."

라면서 호응했다. 세 사람은 이야기를 끝내고 주먹 인사로 결의를 다지면서 자리를 파했다.

꿈속의 외침

하윤은 발제문을 정리해서 이스또리아 익게에 글을 올렸다.

왜 우리는 신영복 비석 타도투쟁에 나서는가?

우리는 부마항쟁 스터디를 하던 중 중대한 사실을 알게 되었다. 부산대에는 부마항쟁 발원지 표지석이라는 게 있다. 발원지 표지석의 비문을 쓴 이는 신영복 선생이다. 왜 하필이면 신영복일까. 십일육 관련자 모임과 대화도 가졌다. 신영복은 부마항쟁과는 아무런 인연이 없다. 그의 비석은 잘못된 것이다. 우리들은 신영복 비석을 타도해야 한다는 생각에 이르렀다. 우리들이 비석 타도투쟁에 나서는 이유는 다음과 같다.

첫째, 신영복은 문재인 대통령이 존경하는 사상가다.

둘째, 신영복은 통혁당 사건 관련자로서 이북의 김일성과 조선로동당을 정통으로 사고하는 반한적 혁명운동에 속했던 인물이다. 출소 후 저술 활동 등으로 동양고전에 능통한 인문학자로서 뭇 사람들의 존경을 받았지만, 그는 본시 극좌적 사상의 소유자다.

셋째, 1979년 10월 16일 부마항쟁의 발원지는 도서관(현재의 기술관) 앞이 아니라 인문사회관(현 사범관) 또는 부산상대생의 시위가 발생한 부산상대 건물(현재의 자연과학관) 앞이었다.

넷째, 부마항쟁과는 무관한 신영복은 그의 이름 석자가 비문에 장엄하게 새겨져 있지만 항쟁의 주역들은 그 어디에도 이름 하나 없다.

다섯째, 신영복 비석은 부마항쟁 관련자의 뜻을 모아서 세운 것이 아니라 문재인을 비롯한 부산의 일부 좌익운동권 인사들에 의해 설치된 것이다.

여섯째, 부마항쟁 정신은 신영복 사상 너머에 존재하는 자유의 정신이다.

일곱째, 부마항쟁사는 운동 기득권에 의해 부단히 왜곡되었다. 신영복 비석 타도투쟁은 역사왜곡을 바로잡는 계기가 되어야 한다.

2021년 11월 30일

탈주하는 역사 모임 일동

추 기자는 이 글을 보고 즉시 『민주부산』에 비판 기사를 실었다. 추 기자의 글이 신호탄이 된 것인지 운동권 좌익들이 이스또리아 익게로 몰려왔다. 그들은 더러운 토사물 같은 댓글을 달고 사라졌다. 야단법석 가운데서도 꿋꿋하게 역모를 지지하는 댓글도 적지 않았다.

미영은 주방에서 소고기뭇국을 끓이고 있었다. 동준은 불앞에서 카레를 저어 주고 있었는데 미영이 불렀다.

"아저씨. 이거 간 함 보이소."

동준은 주방으로 가서 작은 종지에 담은 국을 입으로 가져갔다. 뭔가 밍숭맹숭했다.

"좀 싱거운데."

"그래예?"

미영이는 소금으로 간을 맞추고는,

"괜찮십니꺼?"

하고 물었다.

동준은 종지에 국을 떠서 간을 보고는,

"인자 됐다."

라고 했다.

"요새는 간을 못 보겠다니깐. 피곤해서 그렁가."

매일같이 혼자서 반찬을 스무남은 개를 만들다 보니 그럴 수도 있겠다는 생각이 들었다. 동준은 얼른 홀 주방으로 돌아와 카레 작업을 마무리했다. 그리고 오전 일을 끝내고 아점을 먹고 사무실로 돌아왔다.

동준은 서가에서 『백 사람의 십 년』을 꺼내 읽었다. 몇 자 읽지 않았는데 졸음이 쏟아졌다.

전화벨 소리가 울렸다. 동준의 핸드폰에서 나는 소리였다. 동준은 전화를 집어들었다. 김수현 박사였다.

"오늘입니다."

"웅?"

"아. 오늘 역모가 거사한다고 해요."

"어떻게 알았소?"

"방금 연락이 왔어요."

"몇 시?"

"9시 53분이래요."

"우리는…?"

"동준 샘. 가셔야지요."

"알았소. 부산대로 가지요. 비석 앞에서 봅시다."

"네에."

동준은 전화를 끊고 우일에게 연락을 취했다.

'역모의 비석 타도투쟁이 오늘이다! 부산대로 와라!'

동준은 사무실을 나와 부산대로 향했다.

　동준이 비석 앞에 도착했을 때 역모는 이미 행동에 돌입했다. 하윤은 '부마민주항쟁발원지표지석'이란 글자를 붉은 스프레이로 몇 겹이고 덧칠을 했다. 비문은 검붉은 색으로 변해갔다. 분사 양이 많았던 탓인지 도색이 아래로 흘러내려 붉은 자국을 남겼다. 정선은 가방에서 밧줄을 꺼냈다. 하윤은 표지석 앞쪽으로 나와서 자리를 잡았다. 그리고 미리 준비한 성명서를 읽었다. 지나가는 학생들은 일제히 하윤이 쪽으로 시선을 돌렸다. 어떤 이들은 가던 길을 멈추었다. 하윤이 성명서를 읽는 동안 정선은 표지석 앞길로 내려가 학생들에게 유인물을 나누어 주었다. 하윤은 성명서 낭독을 끝내고 표지석에 등을 밀착시켰다. 그러자 정선은 위로 뛰어 올라와서 밧줄로 하윤의 몸을 표지석에 묶기 시작했다. 잠시 후 하윤의 몸은 완전히 결박되었다. 하윤은 몸을 앞으로 기울이면서 표지석을 끄는 듯한 포즈를 취했다. 표지석은 인간을 속박하는 괴물체로 화했다. 그때 사이렌 소리가 들렸다. 표지석 바로 뒤쪽에 있는 10·16 기념관에서 나는 소리였다. 시우가 밧줄에 몸을 묶고 기념관 유리 벽면에 매달려 있었다. 시우는 자세가 안정되자 사이렌을 끄고 메가폰으로 구호를 외쳤다.

"신영복 비석을 타도하라!"

동준은 불현듯 42년 전 그날이 생각났다. 부산대 상대 학우들이 인문사회관을 나와 상대 앞에서 대열을 정비하고 "유신철폐 독재타도"를 외치면서 시위를 시작했다. 오전 9시 53분. 이것이 1979년 10월 16일 부마항쟁의 최초의 시위였다. 시우가 사이렌을 울리면서 구호를 외친 시각도 9시 53분이었다.

동준은 딸이나 아들 뻘의 후배들이 그날을 기억하고 행동에 나섰다는 것이 너무 고마웠다. 갑자기 눈시울이 뜨거워졌다. 그때 우일이 나타나 동준의 손을 잡았다. 김수현 박사도 가까이 다가와서 손을 잡았다. 그리고 시우의 선창에 따라 "신비타도(신영복 비석 타도)"를 외쳤다. 하윤이와 정선이, 김 박사, 우일이, 동준이 힘께 하는 외침이었다.

동준은 설핏한 잠에서 깨어났다. 피곤해서 그랬던지 잠시 졸았는데 우일이 와 있었다.

"언제 왔더노."

"좀 전에."

"역사 모임 친구들, 한번 만나야 안 되겠나."

"…."

우일은 대답이 없었다. 핸드폰 벨소리가 울렸다.

"동준샘. 저 수현입니다."

"예에."

"이번 주 토요일에 금정산 산행, 어때요?"

"좋지요."

"하윤이 친구들이랑 같이 가기로 했어요. 우일 샘, 영호 샘도 같이 가시죠."

"그럽시다."

"약속 장소는 자연과학관 앞입니다."

"옛날 상대 앞?"

"네에."

동준은 전화를 끊고 원탁 테이블 앉아 있는 우일을 보며 말했다.

"우일아. 이번 주말에 금정산에서 막걸리 한잔하자."

"와? 무슨 좋은 일이라도 있나."

"김 박사하고 역사 모임 친구들도 같이 가기로 했다."

"잘됐네."

"역사를 기억하는 사람들이 있다는 건, 얼마나 행복한 일이고."

"그려. 작은 행동이라도 함께하면 그게 희망이지."

"희망은 그저 주어지는 게 아니야. 그릇된 것을 물리치고 바른 것을 세우는 데서 시작되는 거지."

"같이 희망을 만들어 보자고!"

〈끝〉

미주

1) 백창민·이혜숙, 「부산대에 새겨진 신영복 글씨의 의미」, 『오마이뉴스』, 2020. 4. 16., http://omn.kr/1nb5n

2) 김봉철, 「역사 [헤로도토스]」, 아주 위대한 고전, http://classic.ajou.ac.kr/sub2_view.html?cat=2&idx=3#

3) 헤로도토스 지음, 천병희 옮김, 『역사』(숲, 2017), 322.

4) 『역사』, 323.

5) 『역사』, 324.

6) 김경필, 「"김정은 계몽군주" 비판에 유시민 "내 비유가 너무 고급스러워?"」, 『조선일보』, 2020.10. 1., https://www.chosun.com/politics/politics_general/2020/10/01/3F3VWAB6OZHZNOENYSUBHHR7CY/

7) 부산민주항쟁기념사업회의 최초의 명칭은 '부마민주항쟁기념사업회'였다. 그들은 어느 날 갑자기 '부마민주항쟁'이라는 간판을 버렸다.

8) 노무현재단 엮음, 유시민 정리, 『운명이다』(돌베개, 2019).

9) 김상철(노무현사료연구센터), 「노무현과 부림사건, 그리고 한 인간이 변화한다는 것」, 노무현사료관, 2014. 1. 3., http://archives.knowhow.or.kr/president/story/view/987#

10) 위의 자료.

11) 민주화운동기념사업회 아카이브.

12) 신영복, 『손잡고 더불어』(돌베개, 2017). 92~93.

13) 최영묵·김창남, 『신영복 평전』(돌베개, 2019), 90.

14) 『손잡고 더불어』, 95.

15) 편집부 엮음, 『통혁당』(대동, 1989), 17~18.

16) 『통혁당』, 84.

17) 『신영복 평전』, 86.

18) 『통혁당』, 91.

19) 『통혁당』. 91.

20) 『신영복 평전』, 89.

21) 『신영복 평전』, 89.

22) 안병직, 『한국민주주의의 기원과 미래』(시대정신, 2011), 164.

23) 한홍구 외, 『신영복 함께 읽기』(돌베개, 2018), 49.

24) 『통혁당』, 92~93.

25) 『신영복 평전』. 92.

26) 지셴린 지음, 허유영 옮김, 『다 지나간다』(추수밭, 2009), 43.

27) 계선림, 이정선·김승룡 옮김, 『우붕잡억』(미다스북스, 2004), 109~110.

28) 신영복, 『더불어숲』(돌베개, 2020), 84.

29) 응웬반봉, 배양수 옮김, 『하얀 아오자이』(동녘, 2006), 9.

30) 『하얀 아오자이』, 6.

31) 『더불어숲』, 357.

32) 『하얀 아오자이』, 7~8.

33) 김질락, 『어느 지식인의 죽음』(행림서원, 2011).

34) 한홍구, 「신영복의 일생을 사색한다」, 『프레시안』, 2016. 1. 16., https://www.pressian.com/pages/articles/132589

35) 이은주·김민영·권혁재, 「[희망의 인문학 – 정재승이 만난 사람들] 신영복 성공회대 석좌교수」, 『중앙일보』, 2011. 12. 13., https://www.joongang.co.kr/article/6879280

36) 성연철, 「문 대통령, 북 대표단과 한반도·'통' 자 그림 아래 기념촬영」, 『한겨레』, 2018. 2. 10., https://www.hani.co.kr/arti/politics/bluehouse/831730.html

37) 『더불어숲』, 378.

38) 『손잡고 더불어』, 196.

39) 전영기 , 「한국은 작은 나라? 누가 연설문 썼나」, 『중앙일보』, 2017. 12. 18., https://www.joongang.co.kr/article/22212014

40) 박종찬, 「문재인 "리영희 선생은 노무현 전 대통령의 정신적 스승"」, 『한겨레』, 2010, 12. 7., https://www.hani.co.kr/arti/politics/politics_general/452593.html

41) 위의 기사.

42) 문재인, 『문재인의 운명』(북팔, 2017).

43) 『신영복 평전』, 393.

44) 『신영복 함께 읽기』, 110.

45) 신영복, 『담론』(돌베개, 2020), 84.

46) 『손잡고 더불어』, 196.

47) 『손잡고 더불어』, 183.

48) 『손잡고 더불어』, 182~184.

49) 『손잡고 더불어』, 183.

50) 문재인 대통령은 신베를린선언(2017.7.7.)에서 이렇게 말했다. "인간 존중의 보편적 가치와 국제 규범은 한반도 전역에서 구현되어야 합니다. 북한 주민의 열악한 인권 상황에 대해서는 국제사회와 함께 분명한 목소리를 낼 것입니다." ― 허진, 「문 대통령의 '신(新) 베를린 선언」, 『중앙일보』, 2017. 7. 6., https://www.joongang.co.kr/article/21735593

51) 위문희, 「文 "6·25, 北 침략 이겨내고 대한민국의 정체성 지켰다"」, 『중앙일보』, 2019. 6. 24., https://www.joongang.co.kr/article/23505256

52) 대한민국청와대, 「[대통령의말] OECD 설립협약 서명 60주년을 축하합니다 | OECD 설립 협약 서명 60주년 기념행사」, 유튜브 대한민국청와대 채널, 동영상, 3:43, https://youtu.be/8Py7YLaOQdc

53) 『손잡고 더불어』, 180.

54) 정진우, 「국민 93% "北 핵 포기 안 할 것"…"한국 핵 개발 나서야" 69%」, 『중앙일보』, 2021. 9. 13., https://www.joongang.co.kr/article/25006768

55) 임중빈, 「조소앙(趙素昻)」, 한국민족문화대백과사전, 1995, http://encykorea.aks.ac.kr/Contents/Item/E0052303.

56) 임중빈, 「조소앙(趙素昻)」, 한국민족문화대백과사전, 1995, http://encykorea.aks.ac.kr/Contents/Item/E0052303.

57) 김동규, 「'사람이 먼저다'라는 문재인 대통령의 무서운 말―문재인의 '사람'과 북한 헌법 3조의 '사람'은 상당히 근접해 있다」, 『월간조선』(2019년 2월 호), http://monthly.chosun.com/client/news/viw.asp?nNewsNumb=201902100063

58) 김순덕, 「[김순덕의 도발]선거제 개편…북한 주도 통일로 갈 수도 있다」, 『동아일보』, 2019. 12. 15., https://www.donga.com/news/dobal/article/all/20191215/98807374/1

59) 『통혁당』, 57.

60) 이태, 『남부군』(두레, 2016), 7.

61) 「6.25 전쟁」, 나무위키, 2022. 2. 2. 수정, 2022. 2. 3. 접속, https://namu.wiki/w/6.25전쟁

62) 손연우, 「통일과 토지의 법적 문제」, 『통일법제연구』(한국법제연구원, 2018), 32.

63) 조정래, 『태백산맥』(한길사. 1993), 1권, 148.

64) 이병주, 『지리산』(기린원, 1985), 7권, 335.

65) 『태백산맥』, 10권, 316.

66) 김윤식, 「벌교의 사상과 내가 보아 온 『태백산맥』」, 『문학과 역사와 인간』(한길사, 1991),144~145.

67) 위키백과사전.

68) 최자영, 『시민과 정부간 무기의 평등』(헤로도토스, 2019), 122.

69) 김영의 증언 참조(부마민주항쟁기념사업회, 『부마민주항쟁 10주년 기념 자료집』, 1989).

70) 김영의 증언 참조(민주주의사회연구소, 『치열했던 기억의 말들을 엮다―부마민주항쟁 증언집 부산편 1』(부산민주항쟁기념사업회, 2013).

71) 김하기, 『부마민주항쟁』(민주화운동기념사업회, 2004).

72) 실임, 반실임 어느 쪽에도 속하지 않은 '비실임그룹'도 있었다고 한다. 6·10민주항쟁 사이트의 '노동운동' 기사 참조.

73) 故 이상록 선생 추모 모임, 『사랑공화국에서 미륵공화국으로』(백산서당, 2009), 56.

74) 노재열, 『1980』(산지니, 2011), 174.

75) 유인선, 『베트남과 그 이웃 중국』(창비, 2012).

76) 유인선, 위의 책 참조.

77) 이양자, 『감국대신 위안스카이』(한울, 2020) 참조.

78) 유인선, 위의 책 참조.

79) 조동일·지준모, 『베트남 최고시인 응우엔 짜이』(지식산업사, 1992), 23.

80) 『베트남 최고시인 응우엔 짜이』 참조.

81) 김성범, "베트남유학의 사상사적 특이성", 『유학연구』(충남대학교 유학연구소, 2013), 467.

82) 『사랑공화국에서 미륵공화국으로』, 60.

83) 챤딘반, 김민철 옮김, 『불멸의 불꽃으로 살아』(친구, 1988), 37.

84) 관계자들은 '사람사는 세상'이 민중가요 '어머니'의 가사에서 가져온 것이라고 한다. 그렇지만 정치적 의미에서 '사람사는 세상'은 주사파의 영향을 받은 용어다.

85) 나무위키 참조.

86) 『사랑공화국에서 미륵공화국으로』, 43.

87) 『사랑공화국에서 미륵공화국으로』, 222.

88) 『사랑공화국에서 미륵공화국으로』, 60~61.

89) 한기홍, 『진보의 그늘』(시대정신, 2012), 186.

90) 다이허우잉, 신영복 옮김, 『사람아 아, 사람아!』(다섯수레, 2021), 54~55.

91) 『정치용어사전』(사회과학출판사, 1970). 271.

92) 『진보의 그늘』 참조.

93) 단디뉴스(http://www.dandinews.com)(2018.6·21.).

94) 과학원 역사연구소, 『조선통사(하)』(9월, 1909), 394.

95) 이우용, "역사의 소설화 혹은 소설의 역사화", 『문학과 역사와 인간』, 217.

96) 김윤식, 『6·25의 소설과 소설의 6·25』(푸른사상, 2013), 275.

97) "역사의 소설화 혹은 소설의 역사화", 218.

98) 『정치용어사전』, 470.

99) 유시민·조정래, "봉하마을 시국대담"(시사타파TV, 2019. 9.1.).

100) 유시민, 『나의 한국현대사』(돌베개, 2015), 41.

101) 윤다빈, 「제재위반 北 SOC 사업에 '5조원 지원' 해수부 연구용역 논란」, 『동아일보』, 2021. 9. 11., https://www.donga.com/news/Politics/article/all/20210911/109200297/1

102) 『사랑공화국에서 미륵공화국으로』. 238.

103) 윤한봉, 『운동화와 똥가방』(한마당, 1996), 48.

104) 김광수, 「박정희 정권, 부마항쟁때 서울에도 계엄령·군투입 계획」, 『한겨레』, 2016. 10. 17., https://www.hani.co.kr/arti/area/area_general/766023.html

105) 『사랑공화국에서 미륵공화국으로』, 42~43.

106) 이현우, 「신영복은 왜 다이허우잉을 번역했을까」, 『한겨레』, 2019. 4. 12., https://www.hani.co.kr/arti/culture/book/889767.html

107) 『손잡고 더불어』, 108.